D1878371

शिवानी सिब्बल

शिवानी सिब्बल नई दिल्ली में पैदा हुईं और यहीं पली-बढ़ीं। वे अपनी दो बेटियों और पति के साथ दिल्ली में ही रहती हैं। अंग्रेज़ी में 'इक्वेशंस' उनका पहला उपन्यास है। 'सियासत' उनके इसी उपन्यास का अनुवाद है।

प्रभात रंजन

प्रभात रंजन ने अंग्रेज़ी से हिन्दी में 25 से अधिक पुस्तकों का अनुवाद किया है। 'बहुवचन', 'आलोचना' और 'जनसत्ता' के साथ सम्पादकीय कार्य किया है। फ़िलहाल दिल्ली विश्वविद्यालय के ज़ाकिर हुसैन कॉलेज, दिल्ली (सांध्य) में अध्यापन करते हैं। साथ ही Jankipul.com नामक प्रसिद्ध वेबसाइट के मॉडरेटर हैं। 'पालतू बोहेमियन : मनोहर श्याम जोशी—एक याद' उनकी बहुचर्चित किताब है।

ई-मेल : prabhatranja@gmail.com

दिल्ली जैसे शहर में हर जाति और सम्प्रदाय के लोग काम करते हैं और एक दूसरे के आसपास रहते हैं। उनकी ज़िन्दगी एक-दूसरे को प्रभावित तो करती है लेकिन असल में एक-दूसरे जैसी कभी होती नहीं है। शिवानी सिब्बल ने राजेश और अहान की कहानी के माध्यम से इस जटिल परस्परता को समझने की कोशिश की है। राजेश और अहान की दुनिया एक-दूसरे से बहुत अलग है और बहुत गहरे जुड़ी हुई भी है। यह कहानी है वर्ग, सत्ता और आधुनिक भारत के बदलते आयामों की। 'सियासत' एक संवेदनशील और बहुस्तरीय उपन्यास है।

—शशि थरूर

शिवानी सिब्बल के उपन्यास 'सियासत' में उन दुनियाओं की कहानी पूरी ताक़त एवं बारीकी के साथ कही गई है जो होती तो एक-दूसरे के आसपास ही है, लेकिन असम्भव रूप से एक-दूसरे से भिन्न होती हैं। इसमें स्त्री-पुरुष हैं, माता-पिता हैं, बच्चे, दोस्त एवं प्रेमी हैं जिनकी दुनिया स्थायी बदलावों से प्रभावित हुई है, किसी की दुनिया बनी है, किसी की बिगड़ी है। अपने इस पहले उपन्यास में शिवानी सिब्बल ने असाधारण अनुबोध के साथ यह दिखाने का प्रयास किया है कि आज के भारत में सामाजिक बदलाव केवल महत्त्वाकांक्षाओं के स्तर पर नहीं रह गया है, वह भविष्य के निर्माण के लिए इतिहास को भी बदल रहा है।

—राजकमल झा

फ़र्श से अर्श तक पहुँचने की यह दिलचस्प कथा पाठकों को बहुत प्रभावित करेगी क्योंकि यह बहुत जानदार किरदारों, रोमांचक कथानक, रोचक क़िस्सागोई तथा सुविधासम्पन्नता और उसके लिए चुकाई गई क़ीमत की कथा के माध्यम से नये भारत के बदलते यथार्थ को सामने रखती है। लेखिका की बेहतरीन शुरुआत।

—चित्रा बैनर्जी दिवाकरूनी

समावेशी और सुघड़ उपन्यास 'सियासत' एक ऐसे आईने की तरह है जिसमें हमारे बचपन के भारत से लेकर आज के उस भारत तक जिसमें हम रहते हैं, सब अपनी छवि देख सकते हैं। इस उपन्यास में लुटियन दिल्ली का माहौल है जिसमें सुविधासम्पन्नता तथा महत्त्वाकांक्षाओं की टकराहट है, जिसके कारण ऐसी खलबली मचती है जो हमारे अपने और आसपास की दुनिया के बारे में सही प्रतीत होती है। शानदार शुरुआत।

—किरण मनराल

जानदार शुरुआत, जिसमें विस्मृत भारत के दाम्पत्य जीवन की चुनौतियों का उद्घाटन हुआ है।

—मेघना पंत

सियासत

शिवानी सिब्बल

अनुवाद

प्रभात रंजन

राजकमल पेपरबैक्स

मूल कृति *Equations* का हिन्दी अनुवाद

राजकमल पेपरबैक्स में
पहला संस्करण : 2024

राजकमल पेपरबैक्स : उत्कृष्ट साहित्य के जनसुलभ संस्करण

राजकमल प्रकाशन प्रा. लि.
1-बी, नेताजी सुभाष मार्ग, दरियागंज
नई दिल्ली-110 002
द्वारा प्रकाशित

शाखाएँ : अशोक राजपथ, साइंस कॉलेज के सामने, पटना-800 006
पहली मंजिल, दरबारी बिल्डिंग, महात्मा गांधी मार्ग, प्रयागराज-211 001
1, अनमोल सोराबजी सन्तुक लेन, धोबी तलाव, मरीन लाइंस, मुम्बई-400 002
वेबसाइट : www.rajkamalprakashan.com
ई-मेल : info@rajkamalprakashan.com

यश प्रिंटोग्राफिक्स
नोएडा-201 301 (उ.प्र.)
द्वारा मुद्रित

मूल्य : ₹299

SIYASAT
Novel by Shivani Sibbal
Translated by Prabhat Ranjan

ISBN : 978-93-6086-444-6

अनिना और अनीशा को

जून 2016

बचा-खुचा सामान भी पैक हो चुका था। पारुल और अहान सिकन्द अपने पुश्तैनी घर को आख़िरी बार छोड़कर जाने के लिए पूरी तरह तैयार थे—उस सिकन्द हाउस को जिसे उनके परिवार ने 1946 में हासिल किया था। आनेवाले सालों में न जाने कितने पोतों और पड़पोतों का लालन-पालन इसी घर में हुआ। अहान के दादा, रायबहादुर मनोहर कृष्ण सिकन्द, विभाजन के समय सीमा-पार से आए थे। उन्होंने अपनी क़िस्मत एक तरह से अपने हाथों लिखी थी। उनको आभास हो गया था कि आनेवाला दौर कितना मुश्किल होनेवाला है, इसीलिए उनको शरणार्थी की ज़िन्दगी नहीं जीनी पड़ी। विभाजन के दंगों के शुरू होने के बहुत पहले उन्होंने अपने जैसे ही होशियार एक परिचित मुसलमान से अपना घर बदल लिया था। यह दो भले लोगों के बीच हुआ समझौता था।

रायबहादुर हवाई जहाज़ से दिल्ली आए थे। उन्होंने अपने और अपनी पत्नी के कोट में सोने के सिक्के सिलवा लिये थे। उनके महँगे साज़ो-सामान सड़क मार्ग से दिल्ली आए, जिनमें सागौन का भारी फ़र्नीचर था और रसोई के बर्तन जो कच्चे लोहे के बने थे। ये उनकी पत्नी के साथ दहेज में आए थे।

अपने पैरों पर खड़े होने की कोशिश करते इस नये मुल्क में यह परिवार ख़ूब फला-फूला। उनके घर में उस ज़माने के जाने-माने उद्योगपति आया करते थे। बहुत सारे नौजवान रिश्तेदारों को उस घर में शरण मिलती थी,

जिनकी या तो माली हालत ठीक नहीं होती थी, या जो दिल्ली में कोई परीक्षा देने या नौकरी के लिए इंटरव्यू देने आते थे। सिकन्द हाउस के लॉन में बैठकें लगतीं, संगीत के आयोजन होते। अहान के मम्मी-पापा की शादी में तो युवा फ़रीदा खानम का गायन हुआ था, जिसको सुनने के लिए इन्दिरा गांधी भी आई थीं। यह बात 1960 के दशक की है जब फ़रीदा खानम और इन्दिरा गांधी दोनों ही अपने पेशेवर जीवन के शिखर पर थीं।

अहान के लिए भविष्य में इस तरह की दरियादिली के लिए कोई स्थान नहीं होना था। एक बिल्डर ने सिकन्द हाउस को बड़ी सफ़ाई से ज़मींदोज़ कर दिया और उसके स्थान पर बेतरतीब फ़्लैट बनवा दिए, जहाँ बहुत सारे परिवार रायबहादुर सिकन्द के सपने का एक-एक टुकड़ा लेकर वहाँ अपने सपने बोने लगे।

जून का सूरज बहुत क्रूर था, तापमान इतना अधिक कि मच्छर भी ज़िन्दा नहीं रह पा रहे थे। अच्छे ज़माने रहे होते तो इस समय अहान और पारुल लन्दन में छुट्टियाँ बिता रहे होते, स्कूल के ज़माने के अपने दोस्तों के साथ या अपने बच्चों के दोस्तों के मम्मी-पापाओं के साथ, जो उनकी ही तरह दिल्लीवाले थे और जिनके लन्दन में अपार्टमेंट थे। हर शाम साउथ ऑडले पब में दुर्लभ जिन और टॉनिक के मज़े ले रहे होते।

अहान आख़िरी बार बाहर निकला, अनमने भाव से अपने सिर के बचे-खुचे बालों को सुलझाता हुआ। टेराजो टाइल्स की जगह बोटिसिनो आनेवाले थे, और गेट से अन्दर आने का रास्ता, जहाँ उसने बाइक चलाना सीखा था, परिसर के नये रूप-आकार में वहाँ खम्भे बननेवाले थे, जहाँ छोटे-छोटे खोखे जैसे कमरों में सूनी आँखों वाले नौकर बैठे होंगे। आसपास चलते जेनरेटरों का धुआँ उनके कमरों में भरता रहेगा। अहाते में खड़े सेमल के पेड़ को कटवाने के लिए बिल्डर ने अनुमति ले ली थी। वह सेमल का पेड़ उसकी दादी ने तब लगाया था जब वह यहाँ रहने आईं थीं। तब उसकी शाख़ों पर सैकड़ों

चिड़ियाएँ रहती थीं, जो सुबह-शाम चहचहाया करती थीं। उसको अच्छी तरह याद था कि वह उसके फाहों से ऐसे खेलता था मानो वे बर्फ़ के फाहे हों। जिस जगह सेमल का पेड़ था उस जगह पर पार्किंग होनेवाली थी, नये दौर में इसी के लिए सबसे ज़्यादा मारा-मारी होती थी। वह जब यहाँ लौटेगा तो यह नये सिरे से बन चुका होगा, वह इसके एक फ़्लैट में रहेगा, तीन बेडरूम-हॉल-किचन वाले एक फ़्लैट में, जिसमें एक कमरे में वह और पारुल रहेंगे, एक में बच्चे, और एक कमरे में उसकी माँ। कमरों को साढ़े चार इंच की पतली दीवारें अलग करेंगी। आजकल के बिल्डर ऐसी ही पतली दीवारें बनाने लगे थे। नये अपार्टमेंट में कमरों का जो आकार था पुराने सिकन्द हाउस में उस आकार के बाथरूम होते थे, और ज़ाहिर है कि इन अपार्टमेंट्स में ड्रेसिंग रूम नहीं होते थे। जब वह अपनी पत्नी के साथ सेक्स कर रहा होगा तो उसे टेलीविज़न को ऑन रखना होगा।

पारुल और उसको अपने माता-पिता की तरह अलग-अलग हिस्सों में रहने की आदत थी। लेकिन अब उन्हें रोज़ाना के सारे काम—नहाना, दाढ़ी बनाना, बाथरूम जाना, नाख़ून काटना, एक दूसरे से महज़ कुछ फ़ीट की दूरी पर ही करने पड़ेंगे। उसकी रोंदू बेटी जो बड़ी थी और उससे छोटे बेटे को एक ही कमरे में रहना पड़ेगा, और वे इसी वजह से दुखी रहा करेंगे। सारे गड़बड़झाले में से वह अपने लिए यही बचा पाया था, बजाय घर के मालिक होने के बहुत से फ़्लैट मालिकों में एक हो गया था। हवेली इतने विवादों में थी, फिर भी उसकी क़िस्मत अच्छी थी कि वह बिक गई। उसको क़ीमत अधिक नहीं मिली लेकिन कुछ न मिलने से फिर भी अच्छा था, और उसको बेचने की जल्दबाज़ी भी थी।

जिस दौरान वहाँ अपार्टमेंट बनाने का काम हो रहा था उस दौरान बिल्डर ने उसके परिवार के रहने के लिए पास ही दूसरे माले पर एक फ़्लैट उन्हें दे दिया था। अहान अपनी ज़िन्दगी में पहली बार अपार्टमेंट में रहने की आदत डाल रहा था। वह सिकन्द हाउस के विशाल परिसर में राजकुमार की तरह पला-बढ़ा था जो सर्दियों की ठंडी रात में गर्म कम्बल की तरह लगता था। उसने कभी उस घर से बाहर जाने के बारे में सोचा भी नहीं था।

जब अलार्म बजा, उसने कई बार स्नूज मारा। ताउम्र वह जिस चीज़ को जैसे चाहता था उसने उसको वैसे ही रखा पाया था, न एक इंच दाएँ न एक इंच बाएँ।

उनका जो अस्थायी घर था वह बीस साल पहले जब बना होगा तो ज़रूर बहुत अच्छा रहा होगा, उस ज़माने में जब दिल्ली में रहनेवाले तेज़-तर्रार लोगों को यह समझ में आ गया था कि उनको अपार्टमेंट में रहने की आदत डाल लेनी चाहिए। लेकिन इतने समय के बाद उसके निर्माण की जो कमियाँ थीं वह खुलकर दिखाई देने लगी थीं। घर में सीलन आ गई थी। पता नहीं क्यों भारत में घर बनानेवाले लोग सीलन की समस्या से निजात पाने के लिए अभी तक कुछ क्यों नहीं कर पाए थे। लकड़ी की फ़र्श जब पहली बार बनाई गई होगी तो बहुत नई तरह की चीज़ रही होगी, लेकिन अब वह फूल गई थी जिसके कारण डाइनिंग रूम का दरवाज़ा स्थायी रूप से फँस गया था। आकर्षक इटैलियन नलों में ऐसे दाग़ लगे हुए थे कि लगता था जैसे उनके ऊपर दुनिया का नक्शा बन गया हो। एयरकंडीशनर भी टपकता रहता था। लेकिन वह सबसे अधिक परेशान रहता था मेहमानख़ाने की सीलन से। उसका मानना था कि सीलन ग़रीबी की निशानी होती है, ऐसा लगता है जैसे आप अपनी हालत को बेहतर बनाने के लिए कुछ नहीं कर पा रहे। उसने एक ज़माने की अपनी प्यारी पारुल से कहा था कि वह इनमें से कुछ समस्याओं को ठीक करवा दे। वह सब्र के साथ इन्तज़ार करता रहा, उसको अपने बेडरूम में जाने की इजाज़त नहीं थी। वह डेढ़ घंटे तक मंत्र जाप करती रही 'नम म्योहो रेंगे क्यो'। उसके बाद जब वह उसके पास गया तो वह अपने बेटे के दोस्त की माँ के साथ लंच पर जाने के लिए तैयार हो रही थी। अब उसके पास ड्रेसिंग टेबल तो रह नहीं गया था इसलिए साझा बाथरूम के सिंक पर खड़ी होकर मेकअप कर रही थी। उसने कोई जवाब नहीं दिया, वह मस्कारा लगा रही थी। उसने उसकी तरफ़ निगाह भी नहीं डाली। अपना मेकअप ठीक-ठाक करके उसने ट्वीज़र से अपनी ठुड्डी से एक मोटा काला बाल उखाड़ा और उसकी तरफ़ देखा। "भाड़ में जाओ," उसने कहा और बाथरूम के दरवाज़े से होती हुई बेडरूम में चली गई।

अपने हालिया फ़्लैट्स में जो बात उसे परेशान करनेवाली लगती थी वह यह कि उनमें कमरे बहुत पास-पास होते थे। वह ज़माना गया जब घरों की

छतें ऊँची होती थीं, कई-कई मंज़िल के घर होते थे, कभी न ख़त्म होनेवाले गलियारे होते थे, जिसकी वजह से घर में लोग एक-दूसरे से ज़रूरी दूरी बनाकर रह पाते थे। उसको ऐसा लगता रहता जैसे उसकी पत्नी, माँ और बच्चे हमेशा उसके सामने हों, यही नहीं घर में काम करनेवाले नौकर-चाकर भी उसकी आँखों में आँखें डालकर देखने लगते थे। जिनकी न कोई पहचान थी, न कोई हस्ती, जिन्हें कभी भी बदला जा सकता था। उनके लिए भी अलग से कोई जगह नहीं थी, बरामदा, टैरेस या कपड़े धोने का कमरा, जहाँ वे सिगरेट पीने, मस्ती करने या गप्प करने के लिए बैठ सकें। उन घरों में पहले से जो रहते आ रहे थे उन लोगों ने जैसे ही यह सुना कि उस घर को तोड़ा जा रहा है, सिकन्द परिवार उसमें अब उन्हें रहने की जगह नहीं दे सकता, तो वे घरों को छोड़कर चले गए।

उस रात अहान के सपने में नानी आईं थीं।

उसकी प्यारी नानी अपने अन्तिम दिनों में सिकन्द हाउस में ऊपर की मंज़िल पर एक छोटे से अँधेरे कमरे में रहती थीं। जोड़ों के दर्द के कारण वह चल-फिर नहीं पाती थीं। बाक़ी घर से उनका इस तरह कटा होना सबको अच्छा ही लगता था। नानी के इकलौते बेटे ने कनाडा की एक लड़की से शादी कर ली थी और रहने के लिए कैलेगेरी चला गया था, जहाँ उसने अपने माता-पिता के दिये पैसों से एक घर भी ख़रीद लिया था। उनके पापा अपने पीछे कुछ छोड़कर नहीं गए और जब नानी की देखभाल की बात आई तो उसने कहा कि वह उनको ओल्ड एज होम में रखेगा जो उसके घर से एक घंटे की दूरी पर था। उसने साफ़-साफ़ कह दिया था कि वह अपनी माँ को अपने साथ नहीं रख सकता। वहाँ भारतीय खाना भी नहीं मिलता, न कोई बात करनेवाला होता, और तो और देसी टेलीविज़न चैनल भी नहीं होते। अपने बेटे के पास तिरस्कार का जीवन जीने से अच्छा था अपने दामाद के घर में रहना। अपनी बेटी के ससुराल में सबसे छोटे और सबकी पहुँच से दूर एक कमरे में वह रहने लगीं, जो उनको फिर भी ठीक लगता था।

उसको उनके पानदान का सपना आया, और प्लास्टिक के उस बीकर का जो दवाई के लिए था, जिसमें वह ओल्ड मोंक डालकर पीती थीं,

वह भी बिना पानी मिलाए—जिसको नौकर-चाकर माताजी की दवाई कहते थे। किसी को यह पता नहीं था कि उस कमरे में रम आती कहाँ से थी। उनके उस छोटे कमरे में वह अपने आपको सुरक्षित महसूस करता था। उनके बिस्तर पर चुपचाप लेटा किताबें पढ़ता रहता था, और 'द टाउन माउस एंड द कंट्री माउस' की अपनी जुड़वाँ प्रतियाँ पढ़ता। किसी ने अपनी अतिरिक्त कॉपी उसे भेंट कर दी थी। ऊपर भारी पंखा चलता रहता था, चारों तरफ़ तसवीरें थीं, साईं बाबा की, गांधी जी की, जवाहरलाल नेहरू की, बड़ी नानी के पापा की, जो अपने समय में बहुत बड़े व्यापारी थे। घर के बाक़ी हिस्से में उनकी कोई तसवीर नहीं थी, क्योंकि वह उनका घर नहीं था। उस घर में यह सम्मान केवल सिकन्द परिवार की तसवीरों को हासिल था।

यह उसको बाद में पता चला कि वह अंग्रेज़ी बिलकुल ही नहीं पढ़ पाती थीं, वह बस उसका मज़ाक़ उड़ाती रहती थीं।

अपने सपने में भी वह वहाँ तक नहीं पहुँच पाया।

अगली सुबह जब वह उठा तो ताज़गी महसूस कर रहा था। अब वह अपनी क़िस्मत का सामना करने के लिए उससे अधिक साहस का अनुभव कर रहा था, जितना सोने जाते समय था। उसने स्थिर रहने की पूरी कोशिश की। नेस्प्रेसो अब तक खुला नहीं था, बच्चे फ़र्श पर थे, घर में चारों तरफ़ उनके गैजेट बिखरे हुए थे, प्ले-स्टेशन के तारों का जाल बिछा हुआ था। उसकी उलझन इस बात से और बढ़ी हुई थी कि किसी भी नलके से पानी नहीं आ रहा था।

उसी सुबह उसको बिल्डर का फ़ोन आया। "मैंने अपने हिस्से का एक फ़्लैट राजेश कुमार जी को दे दिया है। एमएलए हैं, आजकल मंत्री भी हैं। आपके लिए अच्छा रहेगा, घर की सिक्योरिटी बनी रहेगी। ओके सर, जय माता दी सर।" कहकर उसने फ़ोन रख दिया।

नलों में पानी आने लगा था : पहले भूरे रंग का पानी आया, फिर हर जगह से पानी आने लगा, चारों तरफ़ पानी ही पानी था।

अहान सिकन्द और राजेश कुमार। मालिक का बेटा और नौकर का बेटा।

पहला हिस्सा

एक

नई दिल्ली, 1980 का दशक

"'मिस्टर इंडिया' मेरा फ़ेवरेट है अहान भइया। श्रीदेवी का ब्लू साड़ी वाला डान्स बेस्ट है!" राजेश ने कहा।

"हाँ बड़ी सही लगती है," अहान ने भी उसी जोश के साथ जवाब दिया।

न जाने कितनी बार दोनों ने वह फ़िल्म देखी थी। अहान के पास जो गिने-चुने वीसीआर टेप थे उनमें एक इस फ़िल्म की टेप भी थी। इसके अलावा उसके पास वुडी वुडपेकर कार्टून का टेप था और एक टेप डब्ल्यूडब्ल्यूएफ़ का जिसे कोई अमेरिका से उसके लिए तोहफ़े में लेकर आया था। उनको बुरा भी नहीं लगता था, उनको इसी में मज़ा आता था कि फ़िल्म देखते हुए उनको पहले से सब पता रहता था, और अहान तो अक्सर फ़िल्म देखते हुए अपना होमवर्क भी पूरा कर लेता था।

अहान और राजेश घर में ऊपर ड्राइंगरूम में बैठे थे, कमरे में एक गोलाकार डाइनिंग टेबल थी और हरे रंग का फ़ानूस, जिसके ऊपर धूल जमी हुई थी। कमरे में बैठकर वे दूरदर्शन पर आठ बजे प्रसारित होनेवाली फ़िल्म का इन्तज़ार कर रहे थे। टीवी पर विज्ञापन देखने का भी अपना मज़ा था—झरने के नीचे नाचती सुन्दर लड़की का विज्ञापन उसको सबसे अधिक पसन्द था।

अहान इकलौता लड़का था जिसका जन्म दो लड़कियों के बाद हुआ था। उसके जन्म के बाद उसके मम्मी-पापा ने राहत की साँस ली थी। वह एयरकंडीशनर के सामनेवाली कुर्सी पर बैठा था। वह राजेश के साथ खेलता था जो उसके पापा के नौकर का बेटा था। राजेश जब भी कमरे में आता तो बाटा की अपनी नीली-सफेद चप्पलें बाहर उतारकर आता था। इस बात की उसको सख़्त हिदायत थी कि चप्पल उतारकर ही कमरे में जाए। चप्पल उतारकर वह वहीं ज़मीन पर बैठ जाता जहाँ अहान सोफ़े पर बैठा होता था। घर का कुत्ता चूपी उसके पास में ही बैठा रहता था। अहान आराम के लिए एक टाँग मेज़ पर पसारे रहता था। दोनों में से कोई लड़का यह नहीं पूछता था कि ऐसा भेदभाव क्यों किया जाता है। दोनों जब से पैदा हुए थे तब से ऐसा ही चल रहा था। राजेश एक साल छोटा था। देखने में वह गहरे रंग का था और उसके दाँत ऊबड़-खाबड़ थे। आमतौर पर वह इतवार के दिन टीवी देखने आता था या जब अहान का जी चाहता वह उसको बुला लेता था। लेकिन उसको सख़्त हिदायत थी कि जब वह कोठी में आए तो किसी भी चीज़ को न छुए।

बिजली चली गई और राजेश ने आदतन अपनी आँखें बन्द कर लीं। अहान ने बड़ी उदास आवाज़ में 'ओ-हो' कहा। यह जानने का कोई तरीक़ा नहीं था कि बिजली कब आएगी। हो सकता था कि मिनटों में आ जाए, या घंटे भर में। कई बार पूरी रात न बिजली आती न बिजली की कोई ख़बर आती। उसकी माँ कमरे में टॉर्च लेकर आई। राजेश उनको देखते ही खड़ा हो गया। उनके पीछे-पीछे राजेंश का पिता लक्ष्मण भी था। अहान की माँ ने उसके माथे पर हाथ फेरा और इशारे से बैठ जाने के लिए कहा। वह फिर से फ़र्श पर बैठ गया।

लक्ष्मण कुमार उस घर में दस या ग्यारह साल की उम्र से ही काम कर रहा था। उसको यह भी याद नहीं था कि उस समय उसकी उम्र क्या थी।

उसको अपना गाँव बहुत अच्छे से याद था। उसको याद था कि उसकी माँ आग के चूल्हे पर झुककर रोटियाँ पकाती थी; वह कैनवास का झोला लेकर स्कूल जाता था; रट-रट कर पहाड़ा याद करता था; स्कूल के हेडमास्टर की भूरी छड़ी और यह भी कि उसके पिता उसके चाचाओं के साथ खेत में काम करते थे।

लक्ष्मण जब छोटा ही था तो उसके माता-पिता का देहान्त हो गया। वे ट्रेन से टकरा गए थे। दोनों की लाशें जब मिलीं तो एक-दूसरे से चिपकी हुई थी। देखकर सब हैरान रह गए थे। वह अकेला रह गया, बोझ की तरह। उसके चाचाओं ने तय किया कि इसको दिल्ली काम करने के लिए भेज दिया जाए, ज़मीन का एक दावेदार भी कम हो जाएगा और खानेवाला एक मुँह भी।

लक्ष्मण की छोटी माँ यानी छोटी चाची ने पड़ोस के गाँव में रहनेवाले रिश्ते के अपने एक भाई से बात की और वह उसको अपने साथ सिकन्द हाउस ले आया, वह भी अपने मालिक को बिना बताए। लक्ष्मण उसके कमरे के बाहर सोता था। वह साठ फीट का एक कमरा था जिसकी नीली दीवारों पर सीलन लगी थी। वह अपने कपड़े खूँटी से टाँगता था। उसके पास एक कैलेंडर था जो उसके साहब ने उसको दिया था और एक प्लास्टिक मढ़ा आईना।

कमरे के बाहर ओसारा बना हुआ था जहाँ उसको सोने की जगह दे दी गई थी। वह ख़ुश था। वह वहीं खाट पर सोता था और अपने कपड़े-लत्ते खाट के नीचे एक थैले में रखता था, जो साउथ एक्सटेंशन के किसी जूते की दुकान का थैला था। उसको तो यह याद भी नहीं था कि वह थैला उसके पास कैसे आया था। लक्ष्मण के दूर के उस रिश्तेदार को खाने के लिए जो मिलता था उसी में से वह उसको अख़बार पर निकालकर खाने के लिए दे देता, और कभी-कभार जब वह बाज़ार जाता तो उसको ख़र्च करने के लिए कुछ सिक्के भी दे दिया करता था।

लक्ष्मण बच्चा ही था और उसको कुछ नहीं आता था। वह उस आदमी के कपड़े धो देता, कमरा साफ़ कर देता, और उसके इधर-उधर के काम भी कर दिया करता था। लेकिन बदले में उसको वेतन नहीं मिलता था, बस रहने-खाने का ठिकाना और बाहरी संसार से सुरक्षा। कुछ समय बाद रायबहादुर का ध्यान उसकी तरफ़ गया, जो अहान के दादा थे, लेकिन उन्होंने इस मामले को कोई ख़ास तवज्जो नहीं दी। कभी-कभी वे उस बच्चे का माथा सहला देते और अपने घर के बच्चों के लिए जो टॉफ़ी रखते थे उसमें से निकालकर एकाध टॉफ़ी भी उसे दे दिया करते। अहान की दादी ने मना किया लेकिन उनके पति ने उनकी बात पर कोई ध्यान नहीं दिया।

जल्दी ही लक्ष्मण की चाची के रिश्ते का भाई, जो उसको लेकर आया था, घी चुराते हुए पकड़ा गया। रात में जब-जब उसको भूख लगती और रसोईघर बन्द होता तो वह रोटी पर घी रखकर खाता था। उसको तत्काल काम से हटा दिया गया। बड़ी मेमसाहब बड़ी कड़ाई से घर चलाती थीं, और उनके दिमाग़ में एक-एक बूँद तक का हिसाब रहता था। ऐसे में कोई उनके भंडार से कुछ निकाल ले यह उनके लिए बर्दाश्त के बाहर की बात थी।

रायबहादुर ने ऐलान कर दिया कि बच्चा वहीं रहेगा, अलबत्ता उसको वेतन नहीं दिया जाएगा।

उसके बाद से वह उस घर का हरफ़नमौला हो गया : ड्राइवर, रसोइया, माली, घर का सामान-असबाब लानेवाला। यह बात भी थी कि इसके सिवा उसका और कोई जीवन भी नहीं था, इसलिए उसको 'वफ़ादार' कहा जाने लगा। इन्हीं वजहों से उसको यह अनुमति दे दी गई कि वह बाहर के कमरे में अपने साथ रहने के लिए अपनी पत्नी को ले आए, उसी कमरे में जिसके बाहर वह पहले कभी सोता था, जिसके बाहर खाना पकाने का चूल्हा था, और जिसके पास ही घर में काम करनेवाले सभी सहायकों के लिए बाथरूम बना हुआ था—जहाँ एक नल था और देसी शैली का पाखाना। वह अपनी पत्नी को लेकर आ गया, जो पड़ोस के घरों में काम करनेवाली एक मेड थी।

उसके इकलौते बेटे राजेश का जन्म कुछ साल बाद पास के एक मिशनरी अस्पताल में हुआ था। देर शाम को जचगी के लिए उसकी पत्नी रिक्शे पर सवार होकर गई थी क्योंकि परिवार की कार शायद ख़राब हो गई थी। उस रात बारिश हो रही थी, जिसका कुछ किया नहीं जा सकता था। अहान की माँ कुछ चिढ़ भी गई थी क्योंकि उनको एक डिनर पार्टी में जाना था, और इस वजह से उन्हें अपने बेटे की देखरेख के लिए रुकना पड़ गया था।

अहान जब से पैदा हुआ था तभी से उसकी देखभाल राजेश की माँ बबीता कर रही थी।

बबीता पड़ोस के एक घर में आया की नौकरी करती थी। उसने पास के एक मन्दिर में लक्ष्मण के साथ शादी की थी। उनके बीच प्यार उस दौरान शुरू हुआ था जब वे अपने-अपने मालिकों के कुत्ते घुमाने जाया करते थे।

बबीता के साथ एक भयानक डाबरमैन होता और लक्ष्मण के साथ सिकन्द परिवार के पीकिनाज़। यह सब अजीब तरह से शुरू हुआ था, लेकिन उनको रोकनेवाला कोई रिश्तेदार भी तो नहीं था। बबीता जन्म से ईसाई थी, और उसका नाम बारबरा था। वह झारखंड के एक अनाथालय में पली-बढ़ी थी, जहाँ उसकी माँ उसको छोड़ गई थी। जब वह काम करने के लिए दिल्ली आई तो दूसरी कामवालियाँ उसका नाम नहीं बोल पाती थीं, इसलिए सभी की सुविधा के लिए उसका नाम बदलकर बबीता कर दिया गया।

उस घर में लक्ष्मण की बढ़ती हैसियत का ही जलवा था कि उसको इस बात की अनुमति दे दी गई कि वह अपनी पत्नी का स्वागत करने के लिए अपने कमरे को फूलों से सजा ले। बबीता को वहाँ अपने पति के साथ रहने की अनुमति भी दे दी गई, और वह रायबहादुर के बहू की निजी आया बन गई।

वह बहुत फुर्ती से और हँसी-ख़ुशी काम करती थी। जब अहान पैदा हुआ तो फ़ैसला किया गया कि उसकी देखभाल वही करेगी।

अहान के जन्म के पहले रायबहादुर का निधन हो गया था। वह अपने पोते का मुँह नहीं देख पाए। बिना किसी चेतावनी के एक दिन उनके दिल की धड़कन बन्द हो गई। वे अचानक अन्तिम नींद में चले गए। साधु-संतों की तरह सदमे में उनकी पत्नी को लकवा मार गया, और अपना बाक़ी जीवन उन्होंने अपने कमरे में ही बिताया। अब अहान के माता-पिता ही घर के मुखिया हो गए।

अहान को जल्दी ही माँ से दूर कर दिया गया। वह पहले की तरह ही जीने लगी। देर रात तक कॉकटेल पार्टी करना, घूमना-फिरना, लंच पर जाना। बच्चे को घर में दूसरी मंज़िल पर कमरा दिया गया था ताकि उसके चीख़ने-चिल्लाने, रोने-गाने की आवाज़ों से उसकी माँ को परेशानी नहीं हो। बबीता ही उसकी देखभाल करती थी, उसको दूध पिलाती, नहलाती और उसके कपड़े बदलती। बस चालीस दिन उसने अहान का काम नहीं किया था क्योंकि उस दौरान उसके बेटे राजेश का जन्म हुआ था। उस समय अहान की उम्र महज़ एक साल थी और उसके ऊपर जल्दी काम पर वापस लौटने का दबाव था, नहीं तो किसी को अस्थायी तौर पर रखा जा सकता था।

अस्थायी रूप से क्या होता था इसका मतलब बबीता समझती थी इसलिए उसने अनुमति माँगी कि उसको काम पर अपने बच्चे को भी साथ लाने दिया जाए। इस बात की मंज़ूरी उसको तत्काल मिल गई। अहान की बहनें पहले से ही स्कूल में पढ़ रही थीं, और उनकी माँ अपने हिसाब से रहनेवाली औरत थीं। वे अपने बच्चे की देखभाल से परेशान हो जाया करती थीं और जितनी जल्दी हो सके उसे किसी को देने के लिए तैयार रहती थीं। लेकिन किसी ज़िम्मेदार को, आख़िरकार वह उनका इकलौता बेटा था।

अपनी माँ के साथ कम और बबीता तथा राजेश के साथ अधिक समय बिताने के कारण उसने बबीता को माँ कहना सीख लिया था, जो वह अपने बच्चे को लगातार सिखाती रहती थी। शुरू-शुरू में तो दोनों बच्चों के बीच एक साल का अन्तर बहुत अधिक लगता था। उसका अपना बेटा इतना छोटा था कि बोल नहीं सकता था जबकि अहान कुछ भी सीख लेता था, नक़ल उतारने लगता था, और उसको किसी भी तरह से समझाया नहीं जा सकता था। उसने अपनी माँ को मम्मी और बबीता को माँ कहना शुरू कर दिया।

उस नन्हे राजकुमार के ऊपर बबीता का जिस तरह से असर था उसमें उसको मज़ा आता था, और वह इस बात को बढ़ावा भी देती थी। जब घर में कोई मेहमान आता और अहान को बबीता की गोद से कोई लेने आता तो वह जिस तरह से चीख़ता-चिल्लाता था उससे बबीता को बड़ी राहत महसूस होती थी। "नौटी-नौटी मत करो, मम्मी के पास जाओ" जब वह ग़ुस्से में अहान से कहती तो इस बात को सुनकर अहान की माँ ग़ुस्से में आ जातीं, लेकिन वह गहरी साँस लेकर अपने ग़ुस्से को काबू में कर लेतीं; वह जानती थीं कि आजकल अच्छी कामवाली कितनी मुश्किल से मिलती है। उस नौकरी में बबीता को एक और फ़ायदा यह था कि अहान के पुराने कपड़े राजेश को मिल जाते। केलों और तेल के दागोंवाले तो मिलते ही थे। पुराने कपड़े देने में मेमसाहिब को कोई परेशानी नहीं होती थी, क्योंकि उनको अब और बच्चा चाहिए भी नहीं था, इसलिए वे कपड़े उनके किसी काम के नहीं थे। यह काम बबीता के ज़िम्मे था और उसको इसमें मज़ा भी आता था। वह उन कपड़ों को तीन तरह के खानों में डाल देती। जो कपड़े अच्छी हालत में होते उनको

राजेश के लिए रख लेती, जिन कपड़ों को धो-पोंछ कर पहनने लायक बनाया जा सकता था उनको वह उन नौकरों को दे देती थी जिनके साथ उसके अच्छे रिश्ते होते थे, और जो कपड़े बिलकुल ख़राब होते थे उनको वह अस्थायी कामवालों को, जैसे सफ़ाई वाले, माली आदि को दे दिया करती, जिन्हें इससे बेहतर की उम्मीद भी नहीं रहती थी। कुछ कपड़ों को वह पूरी तरह से रद्दी के हवाले कर देती थी। बबीता को अपने बेटे को तैयार करने में बहुत मज़ा आता था, ख़ास तौर पर तब जब वे बाहर घूमने जाते थे।

जब अहान बड़ा, शरारती और जिज्ञासु हो गया, ऊबने लगा और शोर मचाने लगा तो उसकी माँ ने लक्ष्मण से कहा कि वह उनको बाहर घुमाने ले जाया करे। बबीता को उसकी देखभाल करनी होती। वह साथ में राजेश को ले जाना भी नहीं भूलती थी। बबीता गाड़ी में आगे बैठती थी जबकि दोनों बच्चे पीछे लुढ़कते रहते थे। वे कभी इंडिया गेट आइसक्रीम खाने जाते, कभी चिड़ियाघर जहाँ वे बन्दरों के ऊपर पत्थर फेंकते। एक बार वे अप्पू घर भी गए। इस तरह से जब घूमने जाती तो थोड़ी देर के लिए ही सही बबीता अपने आपको मेमसाहब समझने लगती थी, जो अपने पति और सजे-सँवरे बच्चों के साथ घूमने के लिए निकली है। इससे उसका अपना नौकर वाला जीवन सहने लायक लगने लगता था।

एक बर्थडे पार्टी थी—अहान का एक कज़िन तीन साल का होनेवाला था। बच्चे के माता-पिता के पास कई पेट्रोल पम्प थे, जाने-पहचाने लोग थे और वे अपने बच्चे के जन्मदिन की पार्टी बहुत धूमधाम से करते थे। हाथी की सवारी होती थी, कोल्ड ड्रिंक की नदी बहती थी, और बच्चों को रिटर्न गिफ़्ट में विदेशी तोहफ़े मिलते थे। "मैं इसको अकेले नहीं सँभाल सकती," अहान की माँ ने अपने पति से कहा, जो उस समय दफ़्तर जाने के लिए तैयार हो रहे थे। वह कई बार अपनी क़मीज़ बदल चुके थे, और आईने में अपने आपको बार-बार देख रहे थे। "बबीता के बिना मैं अहान को पार्टी में नहीं ले जा पाऊँगी, यह बहुत शरारती है और मुझे लोगों से बातचीत भी करनी होती है। फिर वहाँ लड़कियाँ भी होंगी। लेकिन क्या वह वहाँ भी अपने बेटे को लेकर जाएगी?" उनको कोई जवाब नहीं मिला : उनका पति अभी इस बात को लेकर परेशान

लग रहा था कि वह दिख कैसा रहा है। "मैं बबीता को लेकर जाऊँगी और उसके बेटे को भी," उन्होंने मानो अपने आप से कहा।

जिस दिन बर्थडे पार्टी थी उस दिन जब तक मैडम तैयार हो रही थीं बबीता ने अहान को तैयार कर दिया और उसके बाद भागती हुई अपने क्वार्टर में गई ताकि राजेश को भी कुछ ठीक-ठाक कपड़े पहनाकर तैयार कर दे। "चलो-चलो, जल्दी करो, जूते पहनो!" उसने अपने बेटे से कहा। उसने अपने बेटे के बालों में अच्छे से कंघी की और उसको बर्थडे ड्रेस पहनाया जो पिछले साल अहान ने पहना था : भूरे-सफ़ेद रंग की हाफ़ पैंट, टी शर्ट और जूते। फिर उसको गले तक पाउडर से नहला दिया। गेट पर वे मैडम और अहान से मिले। "चलो आगे बैठो, राजेश को भी अपने साथ रखो," मेमसाहब ने आदेश दिया। लक्ष्मण कांटेसा क्लासिक कार में सबको बिठाकर निकला। बबीता आगे बैठी थी और उसकी गोद में राजेश बैठा था। क़िस्मत से उसने सिंथेटिक साड़ी पहन रखी थी इसलिए उसको साड़ी के मुचड़ जाने का कोई डर नहीं था। पीछे की सीट पर अहान अपनी मम्मी और बहन के साथ बैठा था।

पहुँचने के बाद लक्ष्मण ने मैडम और बच्चों के लिए गाड़ी का दरवाज़ा खोला। बबीता और राजेश पीछे-पीछे चल रहे थे। बबीता के हाथ में अहान की पानी की बोतल थी, जो वह घर से लेकर आई थी। बच्चे के हाथ में उपहार देने के बाद अहान की माँ बच्चों को बबीता की निगरानी में छोड़कर जान-पहचान वालों से मिलने के लिए निकल गईं। बच्चों के लिए वहाँ तरह-तरह के खेल करवाए जा रहे थे। अहान ने एक खेल में एक कृत्रिम वीडियो गेम जीता, जो उसने राजेश को दे दिया क्योंकि वह गुलाबी रंग का था।

इसके बाद म्यूज़िकल चेयर का खेल होने लगा। दस के करीब बच्चे मोढ़ों के आसपास चक्कर लगा रहे थे। यह दमघोंटू सितम्बर था—उमस से भरा। जिस बच्चे का जन्मदिन था उसकी माँ म्यूज़िक बजाती तो सारे बच्चे मोढ़ों के चारों ओर चक्कर लगाते थे। म्यूज़िक के बन्द होते ही बच्चों को उन मोढ़ों के ऊपर बैठना पड़ता था। एक-एक करके बच्चे उस खेल से छँटते जा रहे थे, अन्त में अहान, राजेश और हम्माद नाम का लड़का रह गया जो यमन मूल का था और पड़ोस में ही रहता था; उसके माता-पिता दूतावास में काम करते थे।

मुक़ाबला बहुत तगड़ा था। म्यूज़िक बज रहा था। अहान का प्रिय गीत 'बोर्न इन द यूएसए'। बच्चे चक्कर लगा रहे थे कि अचानक म्यूज़िक की आवाज़ बन्द हो गई। एक कुर्सी पर हम्माद बैठ गया। दूसरी कुर्सी के सामने अहान था। इससे पहले कि उसको कुछ समझ आता राजेश आगे बढ़ा और उसने अहान को धीरे से परे सरकाया, इतनी सफ़ाई से कि जजों का ध्यान भी उसकी तरफ़ नहीं गया कि वे उसको खेल से बाहर कर पाते, और दूसरी कुर्सी पर बैठ गया।

अहान खेल से बाहर हो गया। राजेश रह गया। ग़ुस्से के मारे अहान रोए जा रहा था और बबीता उसके आँसू पोंछ रही थी। राजेश का ध्यान खेल की तरफ़ ही था। आख़िरकार उस खेल में जीत हम्माद की हुई, राजेश दुखी होकर जब अपनी माँ के पास पहुँचा तो माँ ने उसको देखते ही एक थप्पड़ रसीद कर दिया। राजेश को बचपन से ही यह सिखाया गया था कि उसको अहान की सेवा में रहना है, और इसके फ़ायदों को भी उसकी माँ ने उसको समझा दिया था। जैसे कि जानवर अपने बच्चों को शिकार करना सिखाते हैं। वह बहुत कम उम्र से ही जानता था कि अगर अहान चाहेगा तो उसकी माँ उसको गोद से उतारकर अहान को ले लेगी; उसको यह भी पता था कि उसे उसी खिलौने से खेलना था जिससे अहान नहीं खेलता था।

जब तक दोनों के बीच यह क़ायदा क़ायम रहा दोनों लड़कों में दोस्ताना भाव बना रहा। राजेश ने तो यह भी सीख लिया था कि अहान के साथ खेलते हुए किसी खेल में कब तक मुक़ाबला करना था और कब अचानक हार जाना होता था। ये सबक़ उसने आसानी से नहीं सीखे थे। जब खेल में अहान की जीत होती तो अहान ख़ुश होकर राजेश की पीठ पर एक धौल जमाता और उसको इम्पॉर्टेड चॉकलेट खिलाता जो अहान की माँ अपने ड्रेसिंग रूम में फ्रिज में बन्द करके रखती थीं। अगर कभी ख़ुदा न ख़ास्ता राजेश जीत जाता तो जैसे मुर्दनी छा जाती और कई बार उसके बाद उसको क्वार्टर में भेज दिया जाता था जबकि उसकी माँ वहीं काम करती रहती। वह समझ गया था कि जीत से ज़्यादा बड़ी चीज़ सफलता होती है, इसलिए जीत के फेर में न पड़कर यह देखना चाहिए कि वास्तव में ज़रूरत किस चीज़ की है।

राजेश ख़ुद को क़िस्मत वाला समझता था कि वह एक कोठी में पैदा हुआ था। उसके एक चाचा थे—कोई रिश्तेदार नहीं, लेकिन वह झारखंड में उसी अनाथालय में पले-बढ़े थे जिसमें उसकी माँ रहती थी, वह रेलवे पटरी के पास जगदम्बिका कैम्प में रहते थे। राजेश अपने माँ-पापा के साथ कई बार उनके घर मिलने जाता था, लेकिन वह उनको अपने घर नहीं बुला सकते थे क्योंकि अहान के मम्मी-पापा की नौकरों को सख़्त हिदायत थी कि उनके मेहमान उस घर में नहीं आ सकते, उनके अपने क्वार्टर में भी नहीं। अहान की माँ को राजेश मैडम आंटी बुलाता था और मैडम आंटी को यह बिलकुल अच्छा नहीं लगता था कि उनके कैम्पस में कोई अनजान आदमी घूमता-फिरता दिखाई दे, चाहे उनके किसी नौकर के यहाँ कितनी ही बड़ी मुसीबत क्यों न आ गई हो। जगदम्बिका कैम्प में रहनेवाले उसके दोस्तों ने उस घर और उस घर की समृद्धि के बारे में सुन रखा था—घर में किस तरह से फ्रिज होता था, एयर कंडीशनर की हवा शरीर पर कैसी लगती थी—राजेश की कहानियों से वह घर उन लोगों को स्वर्ग की तरह लगता था। उस घर की तुलना बस उस लड़के की हैसियत से की जा सकती थी जो परिवार के साथ श्मशान घाट पर अपने स्वतंत्र क्वार्टर में रहता था, जहाँ मेहमानों के आने पर किसी तरह की मनाही नहीं थी, जहाँ वे खुली छत पर पतंगें भी उड़ा सकते थे और नीचे जलती लाशों को भी देख सकते थे।

वह कैम्प कल-कारख़ानों के उस इलाक़े में था जहाँ साहब अंकल की फ़ैक्टरी थी, जिसमें वहाँ रहनेवाले अनेक लोग काम करते थे। शहर में रेलवे लाइन के आसपास बनी बहुत-सी बस्तियों में वह कुछ बेहतर बस्तियों में थी। जगदम्बिका कैम्प का रुख़ रेलवे की पटरी की तरफ़ था। पटरी से होकर गुज़रती ट्रेनें वहाँ के लोगों का जीवन-संगीत थीं। झुग्गियों के बीच बनी सड़क बहुत सँकरी नहीं थी, और वहाँ रात में रोशनी भी रहती थी, जिसके कारण अपराध कम होते थे। वहाँ अच्छी तादाद में बाथरूम भी बने हुए थे। कुल मिलाकर बाक़ी जगहों से अच्छा इन्तज़ाम था वहाँ। सबसे अच्छी झुग्गियाँ वे थीं जिनका रुख़ रेलवे लाइन की तरफ़ था, उधर हवा-पानी और रोशनी बढ़िया थी। जो झुग्गियाँ अन्दर की तरफ़ थीं उनमें नाउम्मीदी का अँधेरा फैला रहता था और

उन झुग्गियों में रहनेवालों के शरीर और कामकाज पर वहाँ रहने का असर भी दिखाई देता था। रेल की पटरी के पास की झुग्गियों में जो लोग रहते थे वे अधिक प्रसन्न और सकारात्मकता से भरे रहते थे। यह उस जगह के कारण था जहाँ बैठकर वे ट्रेन को आते-जाते देखते थे, या ट्रेन में बैठे लोगों की ऊर्जा के कारण था, यह कोई नहीं बता सकता था। लेकिन यह बात तो पक्की थी कि जो लोग अन्दर की तरफ़ वाली झुग्गियों में रहते थे वे उदास रहते थे और उनका रवैया क़तई दोस्ताना नहीं था, वे मौक़ा मिलते ही लड़ने-भिड़ने को तैयार हो जाते थे।

झुग्गी में रहनेवाले लोगों को मजबूरी में सामूहिक जीवन जीना पड़ता था, जिसको देखने में राजेश को मज़ा तो आता था लेकिन वह उस जगह पर रहना नहीं चाहता था। लेकिन अपने माता-पिता के दोस्तों की झुग्गियों में जाना उसको अच्छा लगता था। वहाँ रहनेवाली औरतें आसपास के घरों में झाड़ू-पोंछा और खाना पकाने का काम करती थीं, जबकि पुरुष आसपास के कारख़ानों में काम करते थे। यही मुख्य कारण था कि वहाँ रहनेवाले लोग पुनर्वास कॉलोनियों में नहीं जाते थे, क्योंकि सरकार जो जगह उनको रहने के लिए देना चाहती थी वह बस से एक घंटे की दूरी पर थी, और उस स्थान के आसपास दूध के लिए मदर डेयरी का बूथ तक नहीं था। राजेश के रिश्तेदार के पड़ोस में रहनेवाला एक तेज़-तर्रार लड़का किसी कोठी से दो कुत्ते चुरा लाया था। ग्रेट डेन जाति के इन कुत्तों से उसने प्रजनन का काम शुरू कर दिया था। उस कोठी में रहनेवाले अक्सर विदेश में रहते थे। उन कुत्तों को वह रेलवे पटरी के पास अपनी झुग्गी के बाहर बाँधकर रखता था। जब भी पटरी से ट्रेन गुज़रती तो कुत्ते पागलों की तरह भूँकने लगते थे, लेकिन आसपास रहनेवाले इनसानों के लिए वे अच्छे थे। एक लड़की उत्तर-पूर्व के किसी राज्य की रहनेवाली थी, पेशे से ब्यूटिशियन जिसने एक बाउंसर से शादी की थी, और उसके बहुत प्यारे-प्यारे बच्चे थे नर्म काले बालों, गेहुँए रंग और बादाम जैसी आँखोंवाली। वह फेस एंड फ़िगर नाम से झुग्गियों में ब्यूटी पार्लर चलाती थी। वैक्सिंग से लेकर थ्रेडिंग, हेयर स्टाइलिंग, नेल पॉलिश और पार्टी मेकअप तक उस पार्लर में हर तरह की सेवा दी जाती थी। बस वहाँ बाल धोने का काम नहीं होता था क्योंकि पानी के लिए नलके वग़ैरह नहीं थे।

बबीता अक्सर कहती थी कि झुग्गियों में रहनेवाली औरतें उन औरतों से बहुत सुन्दर दिखती थीं जो कोठियों में किटी पार्टी में आया आती हैं। उसका मानना था कि वे औरतें शारीरिक मेहनत करती थीं, उनके पास फ्रिज नहीं होता था इसलिए हमेशा ताज़ा खाना खाती थीं। इस बात को वह बड़ी शिद्दत से महसूस करती थी और अक्सर कहती भी थी।

जब उनकी पढ़ाई-लिखाई शुरू हुई तो अहान का दाख़िला शहर के सबसे अच्छे प्राइवेट स्कूल में करवाया गया, जबकि राजेश का दाख़िला साहब ने कह-सुनकर पास के सर्वोदय विद्यालय में करवा दिया। धीरे-धीरे उनकी दुनिया अलग होने लगी। स्कूल अहान के लिए वह जगह थी जहाँ उसको पहली बार प्रतियोगिता का अहसास हुआ। किसके टिफ़िन बॉक्स में नाश्ते के लिए विदेशी स्नैक्स हैं, किसकी घड़ी सबसे सुन्दर है, किसके पास नये मॉडल का मैगनेटिक पेंसिल बॉक्स है, कौन छुट्टियों में घूमने के लिए कहाँ गया, किसकी कार बड़ी है, किसके रिश्तेदार अधिक मशहूर हैं? यह सब स्कूल में शुरू हुआ और फिर हमेशा के लिए उसके दिमाग़ में रह गया। जहाँ तक राजेश की बात थी तो उसके स्कूल में सभी बच्चों के पास एक-सी चीज़ें होती थीं या नहीं होती थीं। वे छुट्टियों में अपने दादा-दादी या नाना-नानी के पास गाँव जाते थे, या राजेश की तरह कहीं नहीं जाते थे। सब नाश्ते के लिए तेल में सने पराँठे और सब्ज़ी लेकर आते। वही पराँठे उन बच्चों के पापा लेकर जाते थे, जो फ़ैक्टरियों में काम करते थे, या कहीं ड्राइवर का काम करते थे या उनसे भी नीचे, सिक्योरिटी गार्ड का काम करते थे। वे स्कूल या तो रिक्शे से आते, या अपनी माँ की उँगलियाँ थामे, या अपने-अपने पापा के स्कूटर या साइकिल पर पीछे सवार होकर। कुछ बेचारे ऐसे भी होते जिनके पापा उनकी या उनकी माँ की पिटाई कर देते थे या ऐसे बच्चे जिनके पापा नहीं होते थे, जो अपने नाना-नानी के घर में किसी कोने में रहते थे, या ऐसे माता-पिताओं के बच्चे जिनकी नौकरी अचानक छूट गई होती थी। ऐसी लड़कियाँ भी पढ़ने आती थीं जिनका यौन शोषण होता रहता था लेकिन जो कुछ बोलती नहीं थीं, या ऐसे बच्चे जिनको स्कूल की पढ़ाई का कुछ भी पल्ले नहीं पड़ता था और उनके पास कोई ऐसा होता भी नहीं था जो इस बात की परवाह करे।

अपने आसपास के लोगों के जीवन को देखकर राजेश को यह महसूस होता था कि वह बहुत क़िस्मत वाला है। उसका परिवार ऐसी जगह पर रहता था जहाँ आसपास पार्क थे, खेलने के लिए मैदान थे, उसके पास सवारी के लिए साइकिल भी थी जिसको अब अहान नहीं चलाता था। वह अहान के दिये कपड़े पहनता था, वैसे कपड़े उसके सहपाठी नहीं पहन सकते थे। साहब और मेमसाहब दयालु थे और उनका तौर-तरीक़ा समझ में आ जाता था, यही हाल उसके माँ-पापा का भी था। वह अपना ख़ाली समय माली के साथ बिताता था। फूलों को पानी पटाना सीखता, मिट्टी, पौधों और मौसम के बारे में सीखता, लॉन में पानी पटाता और अपने आपको गीला कर लेता, और बबीता की डाँट-फटकार हँसी-ख़ुशी सुन लेता था। उसने अपने क्वार्टर के आसपास भी फूल-पौधे लगाए, अपने क्वार्टर के बाहर बालकनी में, उसी जगह पर जहाँ कभी उसके पापा रहते थे, जब वे सिकन्द हाउस आए थे। उसने शुरुआत सिंगोनियम और मनी प्लांट जैसे आसान पौधों से की, उसके बाद बोगनवेलिया लगाया, जिससे उस बदरंग क्वार्टर में रौनक़ दिखाई देने लगी थी।

राजेश ऐसी जगहों पर जाता था जहाँ वैसे वह नहीं जा सकता था। अहान के साथ रहने के कारण उसकी अंग्रेज़ी अपने क्लास में पढ़नेवाले बाक़ी बच्चों से अच्छी थी। उसको अच्छा खाना भी मिलता था और कुल मिलाकर उसके साथ बर्ताव भी अच्छा ही होता था।

धीरे-धीरे, जैसे-जैसे अहान और राजेश बड़े होने लगे, वे इस बात को लेकर सजग होने लगे कि सिकन्द हाउस में उनकी क्या हैसियत है। हवेली में लोग अब राजेश को बच्चे की तरह से नहीं बल्कि बड़े हो रहे नौकर की तरह देखने लगे थे। बचपन में उसको जो प्यार दिया जाता था, जिस तरह से उसको तोहफ़े दिये जाते थे अब सब बन्द हो गए थे। घर में अब कोई उसको क्यूट बालक की तरह नहीं देखता था। उसके रोएंदार ऊपरी होंठ और कर्कश आवाज़ ने भी कोई मदद नहीं की। आख़िरी बार वह अहान के साथ बाहर तब गया था जब वह क़रीब दस साल का था। तब वह दिल्ली जिमख़ाना क्लब में सालाना क्रिसमस पार्टी में गया था। उस पार्टी में उसको और उसकी माँ को नहीं जाने दिया गया था, वे लेडीज़ बाथरूम में बाक़ी आयाओं के साथ

इन्तज़ार करते रहे जबकि अहान अपनी माँ के साथ पार्टी में गया था। यह सब क्लब के क़ायदों के कारण हुआ था। क्लब में नौकरों को आने की इजाज़त नहीं थी, और मैनेजमेंट की निगाह में राजेश भी नौकर ही था, इसलिए उसको बतौर मेहमान आने की अनुमति नहीं थी।

राजेश की उम्र जब पाँच या छह साल के क़रीब थी तो वह दीवाली के दिन अहान के बग़ल में खड़े होकर लक्ष्मी पूजा पर आरती करता था। उनको तब इस बारे में पता नहीं था कि उन दोनों की सामाजिक हैसियत अलग-अलग थी। दोनों को अलग-अलग नहीं देखा जाता था और यह सब सामान्य था। किसी को याद नहीं कि अहान के साथ लक्ष्मी पूजा करना कब बन्द हो गया। उसको किसी ने ऐसा करने के लिए कहा नहीं था, राजेश ख़ुद ही धीरे-धीरे अपनी उचित जगह को समझ गया था और पूजा के समय वह ख़ुद ही परिवार और पुराने नौकरों के पीछे जाकर खड़ा हो जाता था।

दो

वकील के दफ़्तर के बाहर इन्तज़ार करना अहान के लिए मुश्किल होता जा रहा था। वह सिकन्द परिवार का वंशज था, उसकी एक जगह थी। इन्तज़ार करना या कोई भी देरी या असुविधा, वह कितनी भी छोटी या वाज़िब क्यों न हो उसे व्यक्तिगत अपमान लगती थी—अपनी हैसियत के कम होने की निशानी। मानो इतना ही काफ़ी नहीं हो, पारुल हर मीटिंग और सुनवाई में जाने की ज़िद करती थी। आख़िरकार उसके मौसा के कहने पर ही वकील ने उसको समय दिया था, अपनी फ़ीस भी कम कर दी थी, और यह वादा भी किया था कि जब केस की सुनवाई होगी तो वह अदालत में भी आएगा। इसके कारण मानो उसको यह अधिकार मिल गया था कि वह इस बारे में लगातार बोलती रहे कि क्या किया जाना चाहिए, क्या किया जा सकता था, और क्या नहीं किया गया। फ़ैक्टरी की हालत ख़राब थी, मज़दूरों की समस्या थी, और नूरिया की समस्या खड़ी हो गई थी जिससे निपटना मुश्किल हो रहा था। वह जिस वकील से सलाह ले रहा था वह उसके साथ स्कूल में भी पढ़ता था—तब वह उसको स्कूल के अहाते में पहचानता भी नहीं था, शायद उसके ऊपर धौंस भी जमाता था, और अपनी पार्टियों में तो उसको कभी नहीं बुलाता था—इसीलिए उसको पारुल के मौसाजी से पैरवी करवानी पड़ी थी कि वह उससे जल्दी से मिल ले। अब वह इस इन्तज़ार में था कि वह जाना-माना वकील उसकी बात ग़ौर से सुन ले, दूसरे केसों पर उसको तरजीह दे और

सुनवाई के दिन समय से अदालत पहुँच जाए। वकील चाहे काम करवा पाए या नहीं उसकी फ़ीस बहुत अधिक थी। इसके अलावा उसकी अपनी ज़िन्दगी के चोंचले भी थे : बिज़नेस क्लास से सफ़र करना, विदेशी गाड़ियाँ, धूमधाम से सालाना जश्न। फ़ैक्टरी गिरवी पड़ी थी, शिमला वाले घर का मालिकाना हक़ साफ़ नहीं था। अगर वह घर उसको मिल भी जाता तो उससे उसको कुछ ख़ास मिलनेवाला भी नहीं था।

कोई ख़ास आदमी दफ़्तर में आया, जिससे अफ़रा-तफ़री मच गई। उसके साथ-साथ सिक्योरिटी वाले चल रहे थे, कुछ और लोग भी थे। उस ख़ास आदमी को अहान के क्लासमेट के कमरे में ले जाया गया, उसका इन्तज़ार और लम्बा हो गया। सामने टीवी चल रहा था जिसकी आवाज़ म्यूट थी। ब्रेकिंग न्यूज़ आ रही थी : दिल्ली कैबिनेट का विस्तार।

अहान की राजनीति में कोई दिलचस्पी नहीं थी और वह टीवी बन्द करने ही वाला था कि उसने देखा कि स्क्रीन पर मंत्री बननेवालों के नाम दिखाए जा रहे हैं : राजेश कुमार, श्रम एवं सामाजिक कल्याण मंत्री।

यह सब हुआ कैसे, लग रहा था जैसे बिना अधिक मेहनत के ही वह मंत्री बन गया था, रातोरात? अहान एक ज़माने में अपने साथ खेलनेवाले उस लड़के के सब्र और उसकी बुद्धि को याद करके मुस्कुराने लगा। उसको याद आया कि राजेश एक नई राजनीतिक पार्टी में शामिल हो गया है। वह जगदम्बिका कैम्प में पानी के उन टैंकरों की निगरानी करने लगा था जो वह पार्टी उन बेचारे लोगों के लिए भिजवाती थी। उनके घर में पानी का कनेक्शन तो नहीं था। वह बड़े-बुज़ुर्गों के घर में पानी की बालटियाँ भी भर-भरकर पहुँचाता था। जब उसके पापा ने यह सब सुना तो वे हँसने लगे थे। अहान के पापा ने लक्ष्मण चाचा से कहा था कि वे राजेश को समझाएँ कि वह यह सब करना बन्द करे। उन्होंने लक्ष्मण चाचा से यह भी कहा कि वे कह-सुन कर उसको किसी सरकारी दफ़्तर में चपरासी की नौकरी दिलवा देंगे, उससे बेहतर उसको चाहिए भी क्या था। क्या चाहिए उसको ज़िन्दगी से लक्ष्मण? अहान के पापा ट्रैफ़िक लाइट को देखते हुए उससे पूछते। लक्ष्मण मुस्कुराते हुए सड़क पर नज़र बनाए रहता।

समझाने-बुझाने का राजेश के ऊपर कोई असर नहीं हुआ। वह पार्टी के काम में लगा रहा, और अब वह राज्य सरकार में मंत्री बन गया था। अहान ने मन-ही-मन सोचा कि वह राजेश से पूछेगा कि क्या वह फ़ैक्टरी के मज़दूरों के साथ विवाद शान्त करवाने में उसकी मदद कर पाएगा, कि वह मज़दूरों से कहकर केस ख़त्म करवा दे ताकि वह बिना अधिक परेशानी के फ़ैक्टरी बन्द कर सके। उसने कनखियों से पारुल की ओर देखा, लेकिन उसके देखने से उसको समझ आ गया कि उसने भी न्यूज़ देख ली थी। उसका चेहरा तन गया था जिससे उसका मेकअप ख़राब हो गया था और दरारों से उसकी ढलती उम्र की लकीरें दिखाई देने लगी थीं। वह अपनी पत्नी को अच्छे से समझता था, इस सबसे वह बहुत ख़ुश नहीं थी, लेकिन वह यह हिसाब-किताब लगाने में लगी हुई थी कि इस सबका उनके ऊपर क्या असर पड़ सकता था, और किस तरह से इसका फ़ायदा उठाया जा सकता था।

उनको 2015 का साल हमेशा याद रहेगा। इस साल उनके नौकर का बेटा राजेश सरकार में मंत्री बन गया था, जबकि अपने जीवन की गाड़ी को चलाए रखने के लिए वे लोग सब कुछ बेचने की कोशिश कर रहे थे। पारुल उस दिन को याद कर रही थी जब उसको लगा था कि अब हालात बदतर होते जाएँगे। वह अहान के जन्मदिन का मौक़ा था, 18 अप्रैल, क़रीब एक दशक पुरानी बात थी।

उस साल अप्रैल में गर्मी कुछ ज़्यादा ही पड़ रही थी, इतनी कि दस साल बाद भी उसको याद थी। हरियाणा ने दिल्ली में पानी की सप्लाई रोक दी थी, और घर में कोई नहीं था। वह किसी भी ऐसे आदमी को नहीं जानती थी जिसकी स्थानीय सरकार में कुछ चलती हो। उसको लगता था कि सरकार में अब झुग्गी-झोंपड़ी टाइप लोग भर गए हैं, अनपढ़ क़िस्म के लोग, जो पहले अखाड़ों के चक्कर लगाया करते थे, चाय की टपरी पर बैठे रहते थे या वेश्यालयों के चक्कर लगाते थे, इस तरह के लोग अब सरकार हो गए थे। उसके पापा के साथ पढ़नेवाले अधिकतर लोग सरकारी नौकरी में आ गए थे, आईएएस, आईआरएस बन गए थे, या उसके पापा की तरह से कुछ लोग सेना में चले गए थे। उनका एक सहपाठी उत्तराखंड सरकार में मंत्री भी बन गया था। अगर उनको कोई काम करवाना होता था तो पापा या मौसाजी फ़ोन करते थे।

पारुल या अहान के किसी सहपाठी ने सरकारी नौकरी के लिए परीक्षा ही नहीं दी थी, उन लोगों को यह विकल्प आकर्षक नहीं लगता था। नतीजा यह हुआ कि पापा और उनके बैचमेट्स के रिटायर हो जाने के बाद उनके पास ऐसा कोई नहीं बचा था जिससे वे पानी, बिजली, स्कूल में दाख़िला करवाने, सफ़ाई करवाने, नाली साफ़ करवाने जैसे कामों के लिए फ़ोन करवा सकें।

पारुल और अहान ने जन्मदिन के मौक़े पर उस रात ख़ूब धूमधाम से पार्टी करने की योजना बनाई थी। वैसे वह छुट्टी का दिन नहीं था लेकिन इससे मेहमानों को किसी तरह की परेशानी होनेवाली नहीं थी। ज़्यादातर पुरुष अपने पिता के जमाए हुए बिज़नेस को चलाते थे, उनके लिए काम के निश्चित घंटे नहीं होते थे, और महिलाएँ तो काम ही नहीं करती थीं। बारटेंडर की भूमिका ज़ाहिर है कि राजेश निभानेवाला था। उनको भरोसा था कि वह शराब नहीं चुराएगा। वह शराब पीता नहीं था, और बोतल चुराकर बेचने की हिम्मत वह नहीं करेगा। उन दिनों भी वह कभी-कभी अपने माँ-पापा के साथ सर्वेंट क्वार्टर में रहने आता था, वह कमरे के बाहर चटाई बिछाकर सो जाता था जो बाक़ी समय चारपाई नीचे रखी रहती थी। राजेश ने कहा कि वह उन लोगों के लिए पानी के एक टैंकर का इन्तज़ाम कर देगा, काउंसिलर उसका दोस्त है। अहान ने राजेश की पीठ पर धौल जमाते हुए कहा था : "दोस्त, तेरे तो काफ़ी कॉन्टेक्ट्स बन गए हैं नई सरकार में, अब मेरा सारा काम तुम ही करवाना।"

और यही हुआ भी।

उस दिन पारुल ने नीले रंग की लेस वाली ख़ास एल.के. बैनेट ड्रेस पहनी थी, जिसे स्पैंक्स के बिना पहनना मुश्किल था, और वह ईमानदारी से देखती तो पता चलता कि इसे बदलने के बाद भी वह मोटी लग रही थी। कान में उसने 3 कैरेट की हीरे की बाली पहनी थी, जो उसने अपनी मौसी से उस शाम के लिए माँगी थी। उसको तो यह भी पता नहीं था कि उसकी क़ीमत कितनी रही होगी। वह हाई हील वाली सैंडिल पहनकर सीढ़ियों से बहुत सँभलकर उतर रही थी तो उसने देखा कि अहान ने व्हिस्की पीना शुरू भी कर दिया था।

उसने आह भरी। जब वह कॉलेज में थी तो उसको पीना बहुत अच्छा लगता था, अभी भी लगता था, लेकिन जब भी अहान पीता था तो उसके ऊपर

नज़र बनाए रखने के चक्कर में वह पीने का मज़ा नहीं ले पाती थी। उसने कितनी पी ली? कितनी जल्दी-जल्दी पी? क्या उसने कुछ खाया? क्या वह अच्छे मूड में घर जाएगा, या वह लड़ाई के मूड में होगा? क्या बच्चे समझ जाएँगे? इन बातों को ध्यान में रखते हुए वह हमेशा कंट्रोल में रहती थी। वह स्कूल की अपनी दोस्तों के साथ पीकर मज़े करती थी—ऐसी शामों में उसको बड़ा मज़ा आता था। वह हमेशा पति के बिना ही जाती थी, और इस तरह वे अक्सर जुटते रहते थे।

पारुल की अहान से भेंट 'द टिप्सी बार' में हुई थी, उस बार में मॉडर्न स्कूल और वसन्त वैली स्कूल के बच्चे जाते रहते थे। दो महीने वे वहीं शनिवार के दिन एक-दूसरे को देखते रहे, अपने-अपने दोस्तों के साथ पार्टी करते हुए। वह फ़ौजी अफ़सर की बेटी थी इसलिए वह बचपन से ही पहाड़ पर लड़कियों के बोर्डिंग स्कूल में पढ़ी थी, जबकि उसके मम्मी-पापा कभी जालंधर, कभी अजमेर तो कभी बरेली की छावनी में रहते थे। जब कॉलेज में पढ़ाई का समय आया तो उसको दिल्ली में पढ़ना पड़ा, क्योंकि उसके पापा के पास इतना पैसा नहीं था कि वे उसको विदेश की किसी यूनिवर्सिटी में पढ़ने के लिए भेज पाते, जिनके कैटलॉग मेल में या सैट क्लासेज में आते रहते थे। स्कूल के आख़िरी दिनों में तो उसकी सहेलियाँ उनके बारे में ही बात करती रहती थीं, उसके बाद सब अपने-अपने रास्ते चली गईं। उसके साथ पढ़नेवाली अधिकतर लड़कियों की पढ़ाई विदेश में ही हुई, उसकी तीन बेस्ट फ्रेंड्स का दाख़िला तो अमेरिका के एक ही कॉलेज में हुआ। "पारुल यार, तुमको आना ही पड़ेगा। एक रूम में दो ही लड़कियाँ रह सकती हैं इसलिए एक अकेली पड़ जाएगी! अपने डैड से कहो न कुछ चक्कर चलाएँ, बहुत मज़ा आएगा!" वे उससे कहतीं। ज़िन्दगी तो अभी शुरू ही हो रही थी।

वह दिल्ली के पास एक प्राइवेट यूनिवर्सिटी में पढ़ने लगी। वहाँ अच्छे-अच्छे कॉलेजों से अधिक ही भीड़ थी, लेकिन इसका कारण यह था कि भारत में किसी भी चीज़ के लिए ऐप्लिकेशन माँगो तो ढेर सारे मिल जाते हैं। वह सोमवार से शुक्रवार तक कैम्पस में रहती थी जबकि वीकेंड मौसी के घर में बिताती थी। उसकी मौसी दिल्ली में ही रहती थी। वह अपने भाई-बहनों के ख़ाली कमरे में रहती थी।

कमरे में उनकी जगह उनकी तसवीरें और खिलौने उसका साथ देते थे। उसके भाई-बहन विदेश में नौकरी कर रहे थे।

मौसी की शादी शहर के एक जाने-माने डॉक्टर से हुई थी। उनके बारे में यह मशहूर था कि वे जेल में सज़ा काट रहे नामी-गिरामी लोगों का इलाज अपने क्लिनिक में करते थे और उनके रहने का इन्तज़ाम करते थे। पैसे लेकर वे उनको मेडिकल सर्टिफिकेट देते थे, और उनको अपने क्लिनिक में भर्ती कर लेते थे। उनके क्लिनिक के कमरों का किराया बहुत अधिक था, लगभग होटल के कमरे की तरह। थोड़ा और अधिक ख़र्च करने पर मरीज़ों को फ़ाइव स्टार होटल की सुविधाएँ और खाना भी मिल जाता था जिनका ज़िक्र मेन्यू में नहीं होता था। मौसी के परिवार के रहन-सहन का जो स्तर था पारुल को उस तरह की ज़िन्दगी जीने का मौक़ा पहले नहीं मिल पाया था, न स्कूल में न ही उन छोटे शहरों में जहाँ उसके मम्मी-पापा रहते थे। उनका घर शीशे और स्टील के योग से बहुत शानदार बना था। सामने एक पार्क था और एक मध्यकालीन स्मारक। उसके पीछे दूसरे लोगों के घर थे। उस घर की फ़ोटो एक बार 'लाइफ़स्टाइल' मैगज़ीन में छपी थी, साथ में मौसीजी, मौसाजी और उसकी बहनों की फ़ोटो भी थी। जब वह फ़ोटो शूट हुआ था तब वह किनारे खड़ी होकर उसको देख रही थी।

कॉलेज से उसने एमए तक पढ़ाई की। उसके बाद एक प्रकाशन संस्थान में नौकरी करने लगी जो कॉफ़ी टेबल बुक छापते थे। वे वेतन तो अच्छा नहीं देते थे, लेकिन उनके यहाँ अधिक काम भी नहीं था। इससे वह रोज़ाना शाम को और वीकेंड में ख़ाली रहती थी। इस दौरान वह मिलना-मिलाना करती और पति खोजने के काम को आगे बढ़ाती। पन्द्रह हज़ार के वेतन में वह वहाँ नहीं पहुँच सकती थी जहाँ वह न जाने कब से जाना चाहती थी। उसकी बॉस एक खूसट बुढ़िया थी, जो लगातार सिगरेट पीती रहती थी, जिसके कारण पूरा दफ़्तर महकता रहता था। लेकिन कुल मिलाकर यह अच्छा ही था।

कॉलेज के दिनों में उसका एक ही लड़के से चक्कर रहा। उसको वह बहुत अच्छा आदमी लगता था। कमल जेंसिन मित्र कलाकार था, विज्ञापन की दुनिया की एक जानी-मानी हस्ती का बेटा था और उसकी माँ स्वीडिश मूल की थी।

वह पूरी तरह से उसके प्यार में डूबी रही, मध्य दिल्ली के सम्भ्रान्त इलाक़े में उसके घर के बोहेमियन माहौल के हिसाब से उसने अपने आपको ढाल लिया था। वह वहाँ घर के बाहरी हिस्से में रात को रुक जाती, और अगले दिन सुबह के समय उसके मम्मी-पापा के साथ नाश्ता करती। वह अक्सर तो वहाँ नहीं रुकती थी लेकिन उसके मम्मी-पापा को इस बारे में पता नहीं था, या वे न जानने का भ्रम बनाए रखते थे, उसकी मौसी को लगता था कि वह कैम्पस में रहती है। उस रिश्ते से उसको बड़ी उम्मीदें थीं, लेकिन एक दिन वह धराशायी हो गया। एक दिन वह उसके घर अचानक पहुँची तो देखा कि वह आदमी उस औरत के साथ बिस्तर में था जो पूरे परिवार की मालिश के लिए आती थी। वह एक विशेष टेबल पर लिटाकर मालिश करती थी जो उस परिवार ने थाईलैंड से मँगवाया था। असल में, एक बार जब वह वहाँ रुकी थी तो उस औरत ने उसकी भी मालिश की थी।

वह आदमी उसको देखकर ज़्यादा हैरान नहीं हुआ, लेकिन वह महिला अपनी पुरानी पैंटीज और बेहद छोटी ब्रा और उसके ऊपर जींस कुरती डालकर भाग खड़ी हुई। उसने चप्पल पहनी थी और उसकी उघड़ी हुई सिल्वर नेल पॉलिश दूर से दिख रही थी। उसके जाने के बाद उस आदमी ने उससे कहा कि वह कलाकार है और अपनी इन्द्रियों को जगाने के लिए सेक्स उसके लिए अहम चीज़ है। वह ग़ुस्से में आ गई और उसको बुरा-भला कहते हुए उसने क्रिस्टल का एक ऐशट्रे फेंक दिया, जबकि वह आराम से सिगरेट पीते हुए उसको देखता रहा, और एक ख़ाली बड़े गत्ते के बक्से में सिगरेट की राख झाड़ता रहा। पारुल कमल की माँ के पास गई कि वह उसको कुछ समझाए, लेकिन वह विदेशी थी और उसको भारतीय तौर-तरीक़े नहीं आते थे। किसी ने उसको सोने के लिए मजबूर तो नहीं किया था न, लगभग उसकी सासू-माँ ने कहा।

वह बहुत परेशान हुई और उसी हाल में अपने मम्मी-पापा के पास कानपुर चली गई, ताकि अपने घावों को सहला सके। उसके मम्मी-पापा उसको लेकर चिन्तित तो थे लेकिन इतने साल अलग-अलग रहने के कारण उन लोगों को यह समझ नहीं आ रहा था कि उसके साथ बातचीत कैसे की जाए। सुबह नाश्ते की मेज़ पर उसके पापा ने मौसम के बारे में बात की, रेजीमेंट की पार्टी

के बारे में बात की, और वह चेहरे पर उदासी ओढ़े बैठी रही। उसकी माँ ने सुझाया कि वह किसी जवान आर्मी अफ़सर से शादी कर ले। वह अपनी माँ को किस तरह से समझाती कि वह फ़ौजी की पत्नी की वैसी ज़िन्दगी जीने से ज़्यादा मर जाना पसन्द करेगी, जैसी उन्होंने जी थी। जिसमें या तो रेज़ीमेंट की डान्स पार्टी में जाना होता है या शहीद जवानों के परिवारों के लिए चंदा जुटाने का अभियान चलाना पड़ता है। उसने अपने मम्मी-पापा से मिन्नतें कीं कि वह उसको पढ़ने के लिए एक साल के लिए विदेश भेज दें, भले एक साल के लिए ही, ताकि वह इस सदमे से उबर सके। लेकिन उनके पास इतने पैसे नहीं थे और यह बात वहीं ख़त्म हो गई।

छुट्टियाँ ख़त्म होने पर आख़िरकार वह अपने मम्मी-पापा के पास से दिल्ली वापस आ गई। आते ही उसको पता चला कि उसके साथ काम करनेवाली उसकी दोस्त की शादी दुबई के एक अमीर परिवार के वारिस के साथ हो रही है। वह अपनी दोस्त की शादी में गई और यह संकल्प लिया कि अगली बार वह ऐसी ग़लती नहीं करेगी।

बोर्डिंग स्कूल के बराबरी के माहौल और उसके अच्छे नाक-नक्श ने जो खाई पाट दी थी, वह अब बढ़नी ही थी। उसकी सुन्दरता को भी आख़िरकार ढलना ही था। उसके दोस्तों ने महँगी पढ़ाई की, शादी और गहनों से लद-फँद गईं और ऐसे पतों पर रहने लगीं जो उसके मम्मी-पापा उसके लिए नहीं ख़रीद सकते थे। वास्तविक संसार में इस बात से कोई फ़र्क़ नहीं पड़ता था कि वह स्कूल में हाउस कैप्टेन रह चुकी थी या इस बात से कि अंग्रेज़ी साहित्य में वह अपनी क्लास में फ़र्स्ट आई थी। फ़र्क़ इस बात से पड़ता था कि उसकी सहेलियाँ अपने 21वें जन्मदिन पर बीएमडबल्यू पा रही थीं जबकि वह अपने वेतन से सैंट्रो कार की ईएमआई चुका रही थी। जल्दी ही उसके पापा रिटायर हो जाएँगे और वे रहने के लिए दिल्ली के द्वारका में अपने फ़्लैट में आ जाएँगे, फिर उसके पास मौसी के घर रहने का भी कोई कारण नहीं रह जाएगा। तब आर्मी बैकग्राउंड की लड़की होगी जो अपने रिटायर मम्मी-पापा के साथ द्वारका में रह रही होगी, ईएमआई वाली सैंट्रो कार से दफ़्तर जानेवाली। उसको 'द प्राइम ऑफ़ मिस ज़्याँ ब्रोडी' की लाइनें याद आ गईं :

किसी के लिए उसकी जवानी बहुत बड़ा धोखा होती है। सुनो लड़कियों, जब बड़ी होना तो चौकन्नी रहना और जब भी जवानी आए तो उसको पहचान लेना। तुम्हें उसे जी-भरकर जीना चाहिए।

उसको जल्दी से अपने आपको बदलना था।

अहान से पहले उसी ने बात की, उसने उससे पूछा था कि क्या उसके पास सिगरेट है, जबकि वह सिगरेट नहीं पीती थी। सिगरेट का कश लगाते ही जब पारुल खाँसने लगी तो अहान इस बात को समझ भी गया। वह हँसने लगा और उसने उससे पूछा कि क्या वह कुछ पीना चाहेगी, उसने पारुल को कॉकटेल पीने के लिए कहा, लेकिन वह एक गिलास शैम्पेन पीना चाहती थी। अहान ने उसके लिए डेमी का ऑर्डर किया और जब पारुल ने देखा कि आधी बोतल आई है तो वह बोल पड़ी, "इसको इस देश में अद्धा बोलते हैं।" सुनकर अहान फिर से हँसने लगा। उसको यह लड़की पसन्द आ गई थी। वे बातें करने लगे, अहान ने उसको अपनी बहनों के बारे में बताया, अपनी फ़ैक्टरी के बारे में बताया, इस बारे में बताया कि उसको सिगरेट पीना कितना अच्छा लगता है, अपने घर के बारे में बताया—जिससे पारुल को समझ में आया कि वह कोठी में रहता है। उसको शैम्पेन पीने की आदत नहीं थी। वह फ़ौरन उसके सिर पर चढ़ गई। नशे में आकर उसने आगे की तरफ़ झुकते हुए उसको प्यार से किस कर लिया। "बहुत मज़ा आया। शुक्रिया!" वह बोली और वहाँ से चली गई, उसने अहान को अपना फ़ोन नम्बर नहीं दिया। उसने माँगा भी नहीं था।

एक सप्ताह के बाद उसको अहान का कॉल आया, उसने कहीं से उसका नम्बर ले लिया था। फ़ोन करके उसने पारुल से पूछा कि क्या वह वर्ल्ड कप का फ़ाइनल मैच देखने उसके घर आ सकती है, वह अपने घर में दोस्तों के साथ मैच देखने की योजना बना रहा था। लेकिन उसने यह कहते हुए मना कर दिया कि उस शाम उसको कुछ काम था। कुछ दिन बाद उसका एक और निमंत्रण मिला; इस बार उसने उसे अपने साथ डिनर करने का न्योता दिया—अपने घर में अकेले डिनर करने का।

वह घर के ऊपर एक छोटे से कमरे में रहता था, वहाँ उनको कोई डिस्टर्ब नहीं करेगा। उसने मना कर दिया। अहान ने हार नहीं मानी और उसने फिर से फ़ोन किया। इस बार उसने बताया कि उसने शहर के एक बेहतरीन जापानी रेस्तराँ 'तत्सूया' में दो लोगों के लिए टेबल बुक किया है और इस बार वह मना नहीं कर सकती क्योंकि उसको टेबल बुक करने में बड़ी परेशानी हुई थी। इस बार उसने हामी भर दी। जाने के लिए उसने एक अच्छी-सी चुस्त ड्रेस पहनी, पैरों में हाई हील डाली और मौसी का शैनेल बैग टाँगकर तैयार हो गई और मौसी के घर के बाहर उसका इन्तज़ार करने लगी। वह उसको लेने के लिए मर्सिडीज़ से आया। उस रेस्तराँ में पारुल के कॉलेज के ज़माने के कुछ दोस्त भी थे। एक दूसरे ग्रुप में किसी का बर्थ डे था जिसकी पार्टी में वे लोग आए हुए थे। उसने उन लोगों से अहान का परिचय करवाया। उनमें से कई उसको पहले से ही जानते थे। मिलने-मिलाने के बाद दोनों अपनी टेबल पर आकर बैठ गए। अहान ने पीने के लिए मोए एंड शैंडोल की बोतल ऑर्डर की। वह वहाँ की होने जा रही थी जहाँ होना चाहती थी, लेकिन अब उसे यहाँ टिकना था।

आम रिवाज़ से उलट वह उसके साथ बहुत जल्दी बिस्तर पर चली गई। वह इसके लिए तैयार नहीं था। यह लड़कियों को पटाने और तैयार क़रने से बहुत अलग था, सब कुछ बहुत स्वाभाविक तरीक़े से हुआ। वह सिकन्द हाउस अक्सर आने लगी, लेकिन उनकी असली मुलाक़ातें मौसी के घर में होतीं, कॉलेज ख़त्म होने के बाद उसने वहीं रहना शुरू कर दिया था। मौसी को यह सब पता था कि वह आता है लेकिन वह इस बात को नज़रअन्दाज़ कर देती। लड़की को घर भी तो बसाना था, समय बहुत तेज़ी से गुज़र रहा था।

वह जब अहान के घर जाती तो ड्राइंगरूम में उसकी माँ के साथ बैठती थी। उसने एक बार भी अहान से यह नहीं कहा कि वह उसका बेडरूम देखना चाहती है। अहान की बहनों की राय उसको लेकर अलग-अलग थी। किसी को वह 'स्वीट' लगती थी तो किसी को चालाक। वह अहान की माँ की सहेलियों के साथ बैठकर बातें करती, अहान की बहनों को स्कूल की अपनी दोस्तों के बारे में नई बातें बताती—उनके बहुत से छोटे भाई-बहन उसी की

उम्र के थे और उनमें से कुछ से वह परिचित भी थी। वह छोटे-छोटे तोहफ़े लाती थी लेकिन बहुत सोच-समझकर—लुभावने नेल पोलिश, डायट नमकीन, कानपुर की मिठाई, जहाँ उस समय उसके पापा की पोस्टिंग थी। जिस दिन दोनों ने पहली बार साथ बैठकर शराब पी थी उसके एक साल के अन्दर अहान ने उसको प्रोपोज़ किया और कहा कि वह उसके साथ एक दिन के लिए आगरा चले। पारुल की मौसी ने उसको सब समझा दिया था कि किस तरह से सब कुछ हैंडल करना था। अपने स्वभाव के विपरीत उसने एकदम से हाँ नहीं कह दिया। उसने प्रोपोज़ करते समय उसको हीरे की दो कैरेट की अँगूठी दी थी, जितना उसने सोचा था अँगूठी उससे छोटी थी। उसने मुस्कुराते हुए कहा कि वह उसको प्यार करती है लेकिन उसको सोचने के लिए थोड़ा समय चाहिए। अहान ने ज़िद की कि वह अँगूठी तो पहन ले। उसने पहन ली। ताजमहल के सामने उन्होंने एक-दूसरे को किस तो नहीं किया लेकिन उसने अहान को सीने से लगा लिया। अहान ने उससे कहा कि उसके लिए कुछ और भी सरप्राइज़ है। उसने अमरविलास होटल में एक कमरा बुक कर रखा था जहाँ गुलाबी शैम्पेन की एक बोतल ठंडी हो रही थी। कमरे में उसने बड़े प्यार और सावधानी से उसके साथ सम्भोग किया। वह और अधिक देर अपने ऊपर काबू नहीं रख पाई और उसने हाँ कर दी और दोनों एक-दूसरे के हो गए। जब वे दिल्ली लौटकर आए तो उसने सबसे पहले जाकर अहान की माँ से आशीर्वाद लिया।

सगाई की छोटी-सी रस्म इसके ठीक बाद पारुल की मौसी के घर पर हुई। अपने मम्मी-पापा के सीमित बजट के बावजूद पारुल ने कोई कसर नहीं छोड़ी। चारों तरफ़ गुलाब की लड़ियाँ लटकाई गई थीं, मंडी से देशी गुलाब मँगवाए गए थे जो वहाँ कुछ सस्ते मिलते थे। गुलाब की ख़ुशबू से पूरे घर में उत्साह का माहौल था। मौसी ने चाँदी की तश्तरियों में सबको मिठाई परोसी। पारुल ने उस दिन अपनी मौसेरी बहन का लहँगा पहना था। उसकी बहन ने अनामिका खन्ना का बनाया वह लहँगा अपने बेस्ट फ्रेंड की शादी पर पहना था। उसने अपने मेकअप का ख़र्चा ख़ुद दिया था, जिसमें उसके आधे महीने का वेतन चला गया।

रस्म देर रात जाकर पूरी हुई। पूजा के बाद उन दोनों ने एक-दूसरे को अँगूठी पहनाई। अहान ने पारुल को हीरे की वही अँगूठी पहनाई जबकि पारुल ने सोने का एक बैंड अहान की कलाई में पहनाया, जिसके ऊपर उनकी पहली मुलाक़ात की तारीख़ लिखी हुई थी। पीनेवालों के लिए वियूवे क्लिको की छह बोतलें मँगवाई गई थीं, जिसे शैम्पेन के कूपों में परोसा जा रहा था। और हाथ की बनी बढ़िया चॉकलेट साथ में खाने के लिए, जो उसका कज़िन सेल्फिजेज से लाया था।

"सब कुछ अच्छे से हो गया," लड़के वालों के जाने के बाद पारुल की मौसी ने कहा।

उस शाम पारुल और अहान को पारुल की स्कूल के ज़माने की एक दोस्त की संगीत पार्टी में जाना था। वह शाम को उसको लेने के लिए अपनी नई पोर्च कार में आया था, जो सगाई के मौक़े पर उसके पापा ने उसको गिफ़्ट में दी थी। घर के अन्दर आकर उसने अपने नये सास-ससुर को प्रणाम किया। मौसा और डैडी के साथ बैठकर उसने व्हिस्की का घूँट लगाया, और जाने के लिए तैयार हो गए। पारुल ने उस समय भी वही लहँगा पहना था जो सगाई पर पहना था, लेकिन माँग टीका उतार दिया था। अपने बालों को खोलकर इस मौक़े के लिए वह पूरी तरह से तैयार थी जिन्हें उसने सुबह बहुत औपचारिक ढंग से बाँधा हुआ था।

जब दोनों संगीत के लिए फार्महाउस आ रहे थे तो उसने अहान से पूछा, "मेकअप सुबह वाला ही है, ठीक लग रही हूँ न?" गाड़ी उस समय छत्तरपुर के उस स्पेनिश हाशियैंडा में प्रवेश कर रही थी जिसके पीछे मध्य प्रदेश की खदानों का पैसा लगा था।

उसने उसकी तरफ़ देखा, और आगे से उतरकर उसके लिए गाड़ी का दरवाज़ा खोल दिया। संगीत में क़व्वाली का आयोजन था और उसके लिए पारुल पूरी तरह से तैयार दिखाई दे रही थी। उसको हमेशा किसी पार्टी में आने से पहले थोड़ी झिझक होती थी। दोनों ने जाकर वर-वधू का अभिवादन किया, वे महफ़िल में सामने की कतार में ज़मीन पर बैठे हुए थे। संगीत में उनकी कोई दिलचस्पी नहीं थी, लड़की के पापा की बहुत सारी खदानें थीं,

वह ऐसे जता रहा था मानो उसको संगीत में बड़ी दिलचस्पी हो, क्योंकि उसको ऐसा लगता था कि बड़े लोगों की दुनिया में ऐसा होता है। स्कूल के दिनों में ज़्यादातर पारुल वधू, परिसा, के पीछे की कुर्सी पर बैठती रही थी, जहाँ अल्फा बेटिकल ऑर्डर में बैठना होता था। यहाँ वह अपनी दोस्त का साथ देने के लिए उसके पास बैठी। उसको क़व्वाली सुनने में बहुत मज़ा आ रहा था, और अच्छे से जानती थी कि 'ये जो हल्का हल्का सुरूर है' और 'मेरा पिया घर आया' जैसी चीज़ें इस तरह की गार्डन पार्टियों में बहुत अच्छी जमती थीं। अहान अपनी आँखें नचाता हुआ बार की तरफ़ चला गया। परिसा ने पारुल का हाथ पकड़ रखा था इसलिए वह उसके पीछे-पीछे नहीं जा पाई। सामने की तरफ़ संगीत की आवाज़ बहुत तेज़ आ रही थी, इसलिए पारुल एक तरफ़ सरक गई, लेकिन सामने की तरफ़ ही बैठी रही।

उसने कनखियों से देखा कि कमल जेंसिन भी आया हुआ है, उसका पहला प्रेमी। उसको देखकर उसका दिल बैठने लगा। वह आकर उसके बाएँ बैठ गया, वहाँ बहुत भीड़ थी। उसको देखकर वह मुस्कुराने लगी। उसकी अँगुली में अँगूठी महसूस कर वह कुछ बोला जो पारुल को सुनाई नहीं दिया; संगीत की आवाज़ बहुत तेज़ थी। तभी अहान लौट आया। वह कुछ पेग चढ़ा चुका था और अपनी मंगेतर को खोज रहा था।

अहान ने जब पारुल को कमल जेंसिन के साथ बैठे हुए देखा तो वह ग़ुस्से से काला पड़ गया। वह उसके पास गया और हाथ पकड़कर उसको उठा लिया। संगीत का शोर बदस्तूर जारी था। वह उसको खींचता हुआ कार की ओर ले जाने लगा। रास्ते में जिससे भी पारुल की आँखें मिलतीं वह उसको माफ़ी के अन्दाज़ में देखने लगती, क्योंकि वह समझ रही थी कि अगले दिन किस तरह की अफ़वाहें उड़ सकती थीं।

पार्किंग पास की ख़ाली जगह पर थी, जहाँ अँधेरा था। कार में बैठकर उसने लॉक कर लिया। वह दोनों हाथों से पारुल को मारने लगा। वह अपने हाथों से अपने आपको बचाने की कोशिश करती रही। "कुतिया! मैं तुमको ठीक कर दूँगा!" वह बार-बार कहे जा रहा था। किसी और कार का ड्राइवर वहाँ से गुज़रा लेकिन उसको कुछ पता नहीं चल पाया। पारुल सदमे में थी, इसलिए उसके मुँह से किसी तरह की आवाज़ नहीं निकल रही थी, वह बस उसके

घूँसों से अपने आपको बचाने का प्रयास कर रही थी। कार से बदबू आ रही थी। पारुल को अपने पैरों के पास कुछ गीला-गीला सा महसूस हुआ—अहान जब उसको खींचते हुए पार्किंग में ला रहा था तो उसका पैर किसी गन्दी चीज़ पर पड़ गया था, वह गन्दगी अब कार के कॉर्पेट पर आ गई थी, अभी तक प्लास्टिक के मैट ख़रीदे नहीं गए थे।

"कमीनी!" अहान ने चिल्लाते हुए कहा और पारुल की दाईं आँख पर एक घूँसा चला दिया। उसकी पपनियों से ख़ून बहने लगा और वह दर्द के मारे चीख़ने लगी। कार में रंग के निशान आ गए थे, यह तमाशा अब ख़त्म होनेवाला था।

अहान अपने ग़ुस्से से बाहर आ गया। "मुझे माफ़ कर दो बेबी, पता नहीं मुझे क्या हो गया था," जब उसने कहा तो जैसे वह रो रहा था। "मैं तुमसे बहुत प्यार करता हूँ और जब मैंने तुमको उस बंगाली लफ़ंगे के साथ देखा जिसके साथ पहले तुम्हारा चक्कर था तो मुझे न जाने क्या हो गया।" वह उसके हाथों को चूम रहा था।

"मैं इस तरह मौसी के घर नहीं जा सकती," पारुल ने सुबकते हुए कहा। उसके मम्मी-पापा, भाई-बहन सब उसकी सगाई में आए हुए थे। उसका घर भरा हुआ था। वह अपनी बहन के कमरे में रह रही थी, किसी को पता नहीं चलेगा। "मैं अपनी सगाई के बाद पहली बार सिकन्द हाउस भी इस तरह से नहीं जा सकती," वह सुबकते हुए बोली।

उस रात वे ग्रैंड होटल में चले गए। होटल के डॉक्टर को बुलाया गया। उसने अनमने तरीक़े से उसकी जाँच की और कुछ दवाएँ और आइस पैक लिख दिया। अहान ने बड़े प्यार से उसके गहने उतारे और मेज़ पर रख दिये। पारुल ने अहान की मदद से होटल का ड्रेसिंग गाउन पहन लिया। उसने रूम सर्विस को फ़ोन करके आइस मँगवाया और पारुल की आँख को उससे सेंकने लगा ताकि सूजन कुछ कम हो सके। उसकी आँख के एक कोने में कटे का निशान पड़ गया था जिसका कुछ नहीं किया जा सकता था। वह बार-बार उससे माफ़ी माँग रहा था, उसकी उँगलियों को चूम रहा था, उसके पैरों से गन्दगी को साफ़ कर रहा था। बार-बार कह रहा था कि अब ऐसा कभी नहीं होगा।

पारुल जैसे सुन्न पड़ गई थी। उसने कुछ नहीं कहा। उस समय इस बात के लिए लड़ना बहुत मुश्किल था, उसको उसी के साथ रहना था। वह अभी कुछ नया कर पाने की स्थिति में नहीं थी। दोनों कुछ घंटे वहाँ सोए। पारुल ने पाँच बजे का अलार्म लगा लिया था। अहान ने उसको सबके उठने के पहले घर पहुँचा दिया।

तीन

अब वापस अहान की बर्थ डे पार्टी में लौटते हैं।

पारुल रसोई में देखने के लिए गई कि सब कुछ सही था या नहीं। जाली वाले दरवाज़े के बाहर तन्दूर जल रहा था, और दिल्ली की हवा को ख़राब करने में अपना योगदान दे रहा था। पानी का जो टैंकर राजेश के दोस्त ने इन्तज़ाम करके भिजवाया था उसके ऊपर सफ़ेद रंग से लिखा हुआ था—"ग़रीबों के लिए मुफ़्त पानी, सौजन्य—नदीम मियाँ, एमएलए सराय जुलेना।" एक मोटे पाइप से पानी अंडरग्राउंड टैंक में भरा जा रहा था। उसने सोचा कि पता नहीं डिनर कब हो इसलिए कुछ खा लेना चाहिए। पार्टी ख़त्म होने तक किसी-न-किसी को तो होश में बने ही रहना था ताकि नौकरों को इनाम दिया जा सके और बची हुई शराब को अलमारी में बन्द किया जा सके।

मोमबत्तियाँ जल रही थीं। हाल में ही उन्होंने जो बीएमडब्ल्यू कार ख़रीदी थी वह मेन गेट के पास खड़ी थी ताकि आसानी से दिखाई पड़े। अहान ने अपने दोस्त के एक दोस्त से सेकेंड हैंड कार ख़रीदी थी लेकिन यह बात किसी को बताने की नहीं थी। उसके अपने दायरे में सभी के पास नई-नई विदेशी गाड़ियाँ थीं, और अब बार-बार कार बदल पाना मुश्किल होता जा रहा था। घंटे-भर में मेहमान आने लगे—उनके दोस्त जिनको वे बचपन से जानते थे और जो धीरे-धीरे अपने माता-पिता के थोड़े परिष्कृत संस्करण हो चुके थे। ज़ाहिर है उनकी जो बातचीत होती थी, जो चिन्ताएँ होती थीं कमोबेश उनके अभिभावकों जैसी ही थीं।

अहान के साथ स्कूल में पढ़नेवाला एक दोस्त था नोनी, जो लन्दन में फ़ाइनांस के क्षेत्र में काम करता था, और वह उसके उन कुछ दोस्तों में था जो परिवार के दायरे से बाहर निकलकर विदेश चले गए थे। उसने एक ब्रिटिश लड़की से शादी कर ली थी, जो अगर देसी होती तो उसको किसी भी लिहाज़ से न तो सुन्दर कहा जा सकता था, न स्मार्ट और न ही अमीर। लेकिन उसके ब्रिटिश पासपोर्ट और गोरी चमड़ी वाले बच्चों के कारण उसके मम्मी-पापा और परिवार के लोग ख़ुश थे। नोनी ज़िद किये हुए था कि पारुल की सासू माँ को भी पार्टी में थोड़ी देर के लिए बुला लिया जाए। बचपन से ही उसको अहान की माँ से लगाव था। वह अक्सर वहीं पड़ा रहता था, वीडियो गेम खेलता था, अहान के साथ मस्ती करता था। इस तरह वह अपने मम्मी-पापा की उम्मीदों के बोझ से बचा रहता था। अहान की माँ अपने कमरे में तैयार होकर बैठी हुई थीं—मैनीक्योर, पैडीक्योर किये हुए और अपनी रोज़मर्रा की नाइटी और बंडाना के बजाय मार्क्स एंड स्पेंसर का ट्यूनिक और टाइट्स पहने हुए। नोनी के कहने पर वे ड्राइंगरूम में आईं। "मैं तुम लोगों के साथ कुछ ड्रिंक लूँगी, नोनी ज़िद कर रहा था तो आ गई," उन्होंने कहा और पारुल समझ गई कि आज उसको मज़ा नहीं आनेवाला था। उसको सिरदर्द जैसा महसूस होने लगा, वह सोच रही थी कि काश वह इस समय अपने बिस्तर में पड़ी, डार्क चॉकलेट और कैमो माइल चाय पीते हुए 'डाउनटाउन ऐबी' देख रही होती।

"आजकल इन लोगों पर भरोसा नहीं किया जा सकता..." मम्मी ने नौकरों के बारे में यह बात कही, चाहे कोई भी कहीं नौकर हो सबके बारे में। किसी भी जाति, किसी भी धर्म या इलाक़े से हो, उनके लिए सब बराबर था। पारुल को अपनी माँ को मदर्स डे पर फ़ोन करना पड़ता था और फेसबुक पर बधाई भी लिखनी पड़ती थी, नहीं तो वह रोने लगती थी। वह आराम से काउच पर बैठ गई थी जबकि लड़के बार के पास मँडरा रहे थे। "अब राजेश के पापा लक्ष्मण को ही लो," वह बोल रही थी जबकि राजेश उनके गिलास में व्हिस्की डाल रहा था। "वह जब इस घर में आया था तब बच्चा ही था। वह रायबहादुर के लिए काम करता था और खाने-कपड़े के अलावा कुछ नहीं लेता था,

उसकी पीढ़ी वफ़ादार थी," उन्होंने कहा और अपने ससुर की विशाल तसवीर की तरफ़ इशारा किया, जो बड़े से फ्रेम में ऊपर की ओर टँगी हुई थी। "आज के लड़के तो मालिक बन गए हैं, वे अपनी हैसियत भूल गए हैं। कल वे हमारे सोफ़े पर बैठने लगेंगे, उसी प्लेट में खाने लगेंगे जिसमें हम खाते हैं," उन्होंने इस तरह से धीमी आवाज़ में कहा ताकि राजेश को सुनाई न दे।

"सही कह रही हैं आंटी," पारुल की बोर्डिंग स्कूल के ज़माने की दोस्त सोनाली ने कहा, "उसकी शादी भी इसी तबक़े में हुई थी। मेरी कामवाली महीने में एक दिन छुट्टी पर जाती है। जिस दिन जाती है उस दिन लाजपत नगर के जींस-टॉप पहनकर ऐसे तैयार होती है कि मत पूछिए, लेकिन अपने मुँह-नाक का क्या कर सकती है बेचारी?" वह धीरे से मुस्कुराने लगी। उसके मुँह से हरियाली पनीर-टिक्का का एक टुकड़ा बाहर आ गया, लेकिन सब ऐसे जता रहे थे मानो किसी ने देखा ही न हो।

"हाँ बेटा, मेरा ड्राइवर, लड़का ही है अभी। अचानक मुझे मझधार में छोड़कर चला गया, मैंने उसको छुट्टी भी नहीं दी थी लेकिन वह अचानक यह कहकर अपने गाँव चला गया कि उसकी पत्नी को बच्चा होनेवाला है। मुझे कोई दूसरा ड्राइवर भी नहीं मिल रहा। काम का कोई तरीक़ा ही नहीं रह गया है," मम्मी ने उन अनदेखे 'अन्य' लोगों के ख़िलाफ़ अपना अभियोग-भाषण समाप्त किया जो उन जैसे लोगों को परेशान करते रहते हैं। नोनी की ब्रिटिश पत्नी पूरी कोशिश कर रही थी कि दो भाषाओं में चल रही इस बातचीत में शामिल रहे। अन्तर-सांस्कृतिक शादियों में ये चुनौती हमेशा और हरदम ही होती हैं, लेकिन जब उसने यह सुना कि एक वयस्क व्यक्ति अपनी मालकिन के चंगुल से छूटकर भाग गया, तो बात का सिरा उससे बिलकुल ही छूट गया।

अहान तब तक बहुत नशे में आ चुका था। वह कमरे से निकल गया। उस कमरे से जिसमें सिगरेट के धुएँ और परफ़्यूम की गन्ध भरी हुई थी, जहाँ हॉलीडे होम, नौकरों, गहनों, कारों, कारख़ानों और लोगों के अफ़ेयर के बारे में बात हो रही थी। कमरे के शोर से उसको परेशानी हो रही थी इसलिए वह बाहर गार्डेन में चला गया। गार्डेन में जाकर उसने अपने लिए गाँजे की एक सिगरेट बनाई।

वह इन सब चीज़ों का कम ही सेवन करता था, क्योंकि उससे सब गड़बड़ हो जाता था। उसने एक गहरी साँस ली और आसपास की हरियाली को देखने लगा जो रोशनी में चमक रही थी। दिल्ली में अब सीवेज की गन्ध आने लगी थी। सभी घर फ़्लैट में बदलते जा रहे थे जिसके कारण शहर की नालियों में इतनी गन्दगी आने लगी थी जो उनकी क्षमता से बाहर थी। उसके पापा शाम में ही अपना कर्तव्य पूरा करने आ गए थे, यानी उसको जन्मदिन की मुबारकबाद देने के लिए। वह एयरपोर्ट जाने के रास्ते में थे, दोनों ने बहुत कम समय साथ बिताया, इससे दोनों ने राहत की साँस ली। वह अहान के लिए तोहफ़े में एक कुर्ता-पाजामा लेकर आए थे, जो उन्होंने किसी डिज़ाइनर स्टोर से ख़रीदा था। उसकी पैकिंग तो पहले वाली ही थी लेकिन साफ़ तौर पर उसको खोला गया था। पहले जिसने उसको ख़रीदा था उसको वह पसन्द नहीं आया होगा। बाद में उसको दुबारा पैक किया गया था, यह साफ़ दिखाई दे रहा था कि किसी नौसिखिया आदमी ने उसको दुबारा से पैक किया था। सबसे बढ़कर वह उसके पापा के साइज़ का था उसके साइज़ का नहीं। इससे पारुल को लगा कि नूरिया ने उसको जल्दी-जल्दी में वापस पैक कर दिया होगा। लग रहा था कि उसके पापा को अहान के जन्मदिन की याद इतनी देर से आई होगी कि तोहफ़ा ख़रीदने का समय ही बाक़ी नहीं रह गया। पारुल ने जब अहान को बताया तो उसको तकलीफ़ तो हुई लेकिन उसने कुछ कहा नहीं। अहान अब घर के अन्दर देखने लगा और जब खिड़की के शीशे के उस तरफ़ उसको राजेश दिखाई दिया तो उसने उसको इशारे से बुलाया, नशे की हालत में वह भूल गया था कि राजेश अब उसका दोस्त नहीं था।

जवाब में राजेश ने भी हाथ हिला दिया और लोगों को शराब परोसने में लगा रहा। वह अहान के दोस्तों को पिला रहा था, जो कभी उसको अपने साथ खिलाते थे, उसके साथ खाने-पीने की चीज़ें साझा करते थे। जब से वे बड़े हो गए थे तब से वह बहुत राहत महसूस करने लगा था क्योंकि अब वे इस तरह के आयोजनों में उसको पहचानते नहीं थे। चूँकि वे उसको पहचान नहीं पाते थे इसलिए वे उसके सामने कुछ भी बात कर लेते थे, मानो वह उस जगह पर हो ही नहीं, या शायद उन लोगों को अभी भी यही लगता था कि घर में

काम करनेवाले सहायक अंग्रेज़ी समझते ही नहीं। इसी ग़लतफ़हमी के कारण कई मामले बिगड़ गए, व्यावसायिक सौदे बिगड़ गए और बहूरानी-जेठानी के बीच के रिश्ते बिगड़ गए। आम तौर पर इस तरह की सारी सूचनाएँ ड्राइवर के माध्यम से बाहर आती थीं। सभी ज़रूरी बातें कार में चलते हुए होती थीं, प्यार की बातें, मनुहार की बातें, कार में बैठे-बैठे मोबाइल फ़ोन पर बातें होती रहतीं और ड्राइवर उनको चुपचाप सुनते रहते। कुछ ड्राइवर या तो ब्लैकमेल से या उन सूचनाओं को बेचकर अच्छा-ख़ासा कमा लेते थे। उसका एक कज़िन एक ऐसे ड्राइवर को जानता था जिसने इसी तरह की कमाई से अपने गाँव में घर बनवा लिया था और उसकी नौकरी भी बरक़रार रही। यह बड़ी अजीब बात थी कि साहब लोग इस तरह से फँस जाते थे, वह भी महज़ इस वजह से कि उनको यह ग़लतफ़हमी रहती थी कि नौकरों-ड्राइवरों को अंग्रेज़ी नहीं आती।

"क्या लोगे भैया?" उसने एक मेहमान से पूछा, जिसके साथ वह बचपन में कबड्डी खेला करता था। वह उन लोगों के ड्रिंक्स थोड़ा हार्ड बना रहा था और किसी टेलिविज़न शो की तरह इस इन्तज़ार में था कि अब क्या होनेवाला है। कोई चुप हो गया तो कोई आक्रामक हो गया, सबके ऊपर पीने का अलग-अलग असर हो रहा था। जब वह बच्चा था तो उसने एक बार पी ली थी और उसके बाद उसके साथ जो हुआ उसके कारण उसने क़सम खा ली थी कि ज़िन्दगी में अब वह कभी शराब को हाथ नहीं लगाएगा। उसका यह संयम उसके लिए फ़ायदेमन्द साबित हो रहा था और वह इसका आनन्द भी उठा रहा था।

"वो रात याद रखना राजेश," उस शाम जब पारुल भाभी उसको बार की चाभी दे रही थी तो मैडम आंटी ने उसको याद दिलाया था। जब भी वह सिकन्द हाउस में किसी पार्टी में बार सँभालता था तो यह रस्म ज़रूर निभाई जाती थी। मानो वह उस बात को भूल सकता हो।

बात तब की है जब वह साढ़े पन्द्रह साल का था, उसका कद तब पाँच फ़ीट ग्यारह इंच हो चुका था। सिकन्द हाउस में एक बड़ी पार्टी का आयोजन हुआ था। सबसे बड़ी बेटी का रोका था। बेटी की शादी को ध्यान में रखते हुए आंटी और साहब अंकल ने अपने मतभेद भुला दिये थे और ख़ूब धूमधाम से आयोजन किया था।

होनेवाली दुल्हन ने गुलाबी रंग का लहँगा पहन रखा था और वह किसी फ़िल्म स्टार से कम नहीं लग रही थी। चारों तरफ़ मोगरे के फूल सजाए गए थे। शराब की नदी बह रही थी। राजेश के माँ-पापा काम-इन्तज़ाम में लगे थे जबकि राजेश क्वार्टर में ही था। क्वार्टर की बालकनी से उसको लॉन का कुछ हिस्सा दिखाई दे रहा था। वह देख पा रहा था कि उसके पिता साहब अंकल के पीछे-पीछे चल रहे थे, मेहमानों के लिफ़ाफ़े रख रहे थे, ख़ाली गिलासों को हटा रहे थे। ज़ाहिर है कि इतनी बड़ी पार्टी चल रही थी इसलिए नौकरों के खाने में देरी हो रही थी और उसकी माँ नियत समय पर उसके लिए खाना लेकर नहीं आई थी। उसको भूख तो लग ही गई थी, वह कुछ बोर भी हो रहा था। इसलिए वह क्वार्टर से नीचे उतर गया और टहलते-टहलते किचन के पास पहुँच गया। अँधेरे ख़ाली गैराज में शराब की बोतलें रखी हुई थीं, जिससे कि ज़रूरत पड़ने पर उनको वहाँ से निकाला जा सके। उसने हरे रंग की एक बोतल उठाई जिसके ऊपर किसी चिड़िया की फ़ोटो बनी हुई थी। वहाँ रोशनी इतनी कम थी कि वह बोतल पर लिखा नाम पढ़ नहीं पाया। न जाने उसके मन में क्या आया कि उसने बोतल खोली और जाने कितनी पी गया। किसी का ध्यान उसकी तरफ़ नहीं गया और सब कुछ ठीक ही लग रहा था। पीने से उसके गले में जलन महसूस हो रही थी। उसका स्वाद भी बहुत ख़राब था लेकिन बस इतना ही।

उसके बाद वह जेनरेटर के पास बँधे कुत्तों के साथ खेलने लगा कि तभी उसको व्हिस्की का नशा चढ़ने लगा। उसको चक्कर आने लगा। उसको अपने आसपास सब कुछ घूमता दिखाई दे रहा था। वह डर गया और लड़खड़ाते हुए पार्टी में चला गया। वह मदद के लिए अपने पापा को ढूँढ़ रहा था। उसी जगह पर वह अहान के साथ खेला करता था लेकिन पार्टी के कारण वहाँ सब कुछ बदला हुआ दिखाई दे रहा था। वह अचानक लड़खड़ाते हुए उस जगह पर गिरा जहाँ मैडम आंटी अपनी होनेवाली समधिन की बहन से बात कर रही थीं। मैडम की उसके ऊपर नज़र पड़ी। कुछ देर तो वे उसको नज़रअन्दाज़ करते हुए बातचीत करती रहीं, फिर समधिन की बहन से माफ़ी माँगी और वहाँ से हट गईं। जल्दी से एक नौकर से कहकर उन्होंने राजेश को क्वार्टर में पहुँचवाया।

राजेश की माँ को इस बारे में पता चला। वह अपने कमरे में वापस गई और उसको खाने के लिए कुछ दिया। पीने के लिए पानी भी। उस रात उसने कुछ नहीं कहा। अगली सुबह जब वह उठा तो उसका मुँह सूख रहा था, सिर में दर्द हो रहा था। उसके पापा अभी भी दिखाई नहीं दे रहे थे। उसने अनुमान लगाया कि हो सकता है वह साहब अंकल के साथ गाड़ी लेकर निकल गए होंगे। वह उठकर बिस्तर पर बैठ गया, उसको कुछ समझ में नहीं आ रहा था। उसकी माँ जब अपने आपको और नहीं रोक पाई तो उसने उसके दोनों गालों पर एक-एक थप्पड़ लगा दिया।

"तुम्हारी वजह से हम बेघर हो जाएँगे! तुम्हें पता भी है कि तुम कितने लकी हो, यहाँ रहने की इजाज़त है तुम्हें? शराब पियोगे बेशर्म!" उसकी माँ ने उसके ऊपर चिल्लाते हुए दो-चार थप्पड़ और रसीद कर दिये। राजेश लाल वेल्वेट की रज़ाई के अन्दर छिपकर माँ के ग़ुस्से के शान्त होने का इन्तज़ार करता रहा। पिटाई करने के बाद उसकी माँ ने उसको खाने के लिए एक केला दिया, और एक गिलास गुनगुना नारियल पानी, फिर अपने काम पर चली गई।

तय हुआ कि वह साहब अंकल और मैडम आंटी के नाम माफ़ी की चिट्ठी लिखेगा। बबीता को नाटकबाज़ी में बहुत मज़ा आता था इसलिए उसनें घोषणा की कि वह अपनी सच्चाई को जताने के लिए इस चिट्ठी को साहब लोगों के बीच जाकर पढ़ेगा ताकि वे लोग देख लें कि वह कितना गम्भीर है।

बाद में उस शाम जब वह पूरी तरह से ठीक हो गया तो वह घर में दाख़िल हुआ। साहब अंकल कहीं दिखाई नहीं दे रहे थे। रोका की रस्म पूरी करके शायद नूरिया मैडम के पास वापस जा चुके थे। मैडम आंटी और अहान ने उसको ऊपर टीवी रूम में बुलाया। अहान को उसके ऊपर दया भी आ रही थी और हँसी भी। राजेश की माँ उसको कुहनी से मारकर इशारा कर रही थी, उसके पिता मुस्कुराए जा रहे थे। उसके बाद उसने झुककर और ख़ुद को जितना छोटा दिखा सकता था, दिखाते हुए पढ़ना शुरू कर दिया।

आदरणीय साहब अंकल और मैडम आंटी,

दीदी की मँगनी के शुभ अवसर पर मैंने आपको और इस घर को शर्मिंदा किया, इस बारे में मुझको बहुत अफ़सोस है। मुझे माफ़ कर दीजिए, मैं क़सम खाता हूँ कि आज के बाद मैं कभी शराब नहीं पीऊँगा।

आपका
राजेश कुमार

सब कुछ अच्छे से हो गया। मैडम आंटी अच्छे मूड में थीं। वह इस बात को लेकर बहुत ग़ुस्से में थीं लेकिन वह भी हँसे बिना नहीं रह सकीं और राजेश को जाने दिया। अहान हँसते-हँसते दोहरा हो रहा था।

राजेश सिर झुकाए हुए था। वह अपनी माँ के पैरों की बिछिया को देखे जा रहा था। उनकी चाँदी की चमक जा रही थी। एक साधारण थी जबकि दूसरे पर साँप की आकृति बनी हुई थी। वह अपना सिर नहीं उठा पा रहा था। उसको अपना सिर बहुत भारी लग रहा था। वह माँ के पैरों की तरफ़ देखता रहा। वह 'सॉरी मैडम आंटी' कहना चाहता था, लेकिन उसके मुँह से शब्द ही नहीं निकल रहे थे। वह सिर झुकाए हुए ही कमरे से बाहर निकल गया। रास्ते में वह बूढ़े होते चूपी से भी टकरा गया। वह विरोध में चिल्लाया। उसके बाद उसने शराब को कभी हाथ नहीं लगाया।

उस पार्टी में राजेश देर तक रुका रहा, सभी मेहमानों के जाने के बाद तक। कुछ मेहमान अभी भी डटे हुए थे और मेज़बान के सब्र का इम्तहान ले रहे थे। पारुल भाभी ने उससे कहा कि वह बची हुई शराब को अलमारी में रख दे जिससे कि बचे हुए मेहमान जाने का इशारा समझ लें। उसके लिए अहान के पियक्कड़ दोस्तों को सँभाल पाना मुश्किल होता जा रहा था। ख़ासकर इस वजह से भी क्योंकि अहान बीच पार्टी में सोने जा चुका था। उसने बार की चाभी भाभी के हाथ में सौंपी और जब तक वह बोतल गिनती तब तक वह खाना खाने लगा। उसकी माँ उसके लिए किचेन में खाना रख गई थी। उसने खाने को माइक्रोवेव में इतना गर्म कर दिया कि दाल मुँह में डालते ही उसका मुँह जल गया।

चार

अपने जन्मदिन के अगले रोज़ अहान जब उठा तो उसके सिर में बहुत दर्द था।

अहान के पापा ख़रीदारों से मिलने के लिए दुबई गए थे और फ़ैक्टरी का काम उसके भरोसे छोड़ गए थे। अहान ने कई बार कहा था कि वह ख़ुद उनसे जाकर मिल लेगा, क्योंकि फ़ैक्टरी का काम उसके बस का नहीं था, लेकिन उसके पापा को लगता था कि उनके बेटे को बिज़नेस का एक-एक काम सीख लेना चाहिए इसलिए वे अपनी बात से टस से मस नहीं हुए।

जब अहान के पिता बारह साल के थे तो उनके पिता रायबहादुर सिकन्द ने उनको गाड़ियों के कल-पुर्ज़े के व्यापार से जुड़ी हर बात सिखानी शुरू की। रायबहादुर को बिज़नेस की दुनिया में आरबीएस कहा जाता था और विभाजन के पहले वे सूद पर पैसे लगाने का काम करते थे। जब वे दिल्ली आए तो कारों के बारे में उन्हें कुछ भी पता नहीं था। पेशावर का उनका एक पुराना दोस्त था, जिसकी एक बार उन्होंने मदद की थी। वह उनको शॉक अब्ज़ॉर्बर का ऑर्डर देने की स्थिति में था। वह एक ऐसा मॉडल था जो हिन्दुस्तान मोटर्स की हर कार में लगता था। रायबहादुर ने दिल्ली में अपने दोस्त की बेटी की शादी अपने पैसे से की थी। उसका कन्यादान भी सिकन्द हाउस में हुआ था। डोली भी यहीं से विदा हुई। उस समय दिल्ली में ऐसे लोग बहुत कम थे जिनके पास इतना बड़ा घर हो और पैसे भी हों। यह दोस्ती उनके काम आई।

"तुम चाहे जितनी मेहनत कर लो, लेकिन अभ्यास करने से बेसुरा रियाज़ ठीक नहीं हो सकता है। यही बिज़नेस के साथ है। उद्यमशीलता के साथ भी यही बात है। जोख़िम लेने की क्षमता। इन चीज़ों को सिखाया नहीं जा सकता है, यह आपके अन्दर होता है और आप उसे बस बेहतर बना सकते हैं," जब अहान के पापा ने एमबीए की पढ़ाई के लिए विदेश जाने की बात की तो आरबीएस ने उनसे कहा था। उसके बाद आरबीएस ने उनको एक छोटे अधिकारी को घूस देने के लिए भेज दिया जो कुछ अड़चन पैदा कर रहा था।

"जब मैं इस बिज़नेस में आया तो मुझे कारों के बारे में कुछ भी पता नहीं था," वह कहा करते, और लोग इसलिए उनकी बात सुनते क्योंकि वे अमीर और ताक़तवर थे। "मैंने इसमें बस एक मौक़ा देखा। बिज़नेस और क्या है सिवाय इसके कि आप कुछ बेचें और उससे मुनाफ़ा कमाएँ। मेरा सहपाठी मेरी मदद करने की हालत में था और वह समझता था कि मैं भी समय आने पर उसकी मदद करूँगा। मेरे पास जो भी जमा पूँजी थी उसमें लगा दी। अपनी पत्नी के गहने भी बेच दिये—यह ध्यान रखो कि उसने भी त्याग किया—और मैं वह बनाने लगा जिससे मैं मुनाफ़ा कमा सकता था। मैंने डेट्रायट से एक आदमी को बुलाकर जनरल मैनेजर बनाया, वह अमेरिकी नागरिक था, मौरिस जॉनसन, ताकि फ़ैक्टरी को पेशेवर तरीक़े से चला सकूँ। उन दिनों तो कोई ऐसा सोच भी नहीं सकता था..." सुननेवाले की थकी आँखों से बेख़बर वे बोलते जाते।

अहान के पापा अपने बेटे के लिए इतने सख़्त नहीं थे। उनके पापा ने उनको जो हुनर सिखाया था वे उसके क़ायल तो थे लेकिन वे अपने बेटे को वैसा सख़्त प्रशिक्षण देने में हिचकते थे। वैसे भी दो घर होने के कारण वे अपने बेटे के लालन-पालन का उस तरह से ध्यान नहीं रख पाए जिस तरह से उनके पिता ने उनका रखा था और जिसकी एक इकलौते बेटे को ज़रूरत होती है।

अहान ने पिछली रात जो नशा किया था वह उससे उबर नहीं पाया था। सुबह के समय उसको परेशानी हो रही थी। जैसे-जैसे उसकी उम्र बढ़ती जा रही थी

हैंगओवर से उबर पाना उसके लिए मुश्किल होता जा रहा था। शरीर ने अब विद्रोह करना शुरू कर दिया था। दोपहर तक अपनी नानी और माँ के बहुत समझाने-बुझाने के बाद वह टोस्ट-बटर और केले का नाश्ता कर, कॉफ़ी पीकर तैयार हुआ। उसके ड्राइवर ने उसको रेंज रोवर में बिठाया और उसको फ़ैक्टरी के गेट पर ले जाकर उतार दिया। यह उसके पिता की नई गाड़ी थी जो उन्होंने नूरिया को नहीं उसको दे रखी थी। उनके बाहर जाने का यह फ़ायदा भी उसे हुआ था। वैसे तो वह पूरी तरह से उस औरत के साथ रहते थे, लेकिन अपने अन्दर वे पुराने चलन के आदमी थे, इसलिए वे उससे मिलने आते रहते थे।

रास्ते में बहुत भीड़ थी, किसी स्थानीय नेता की सभा थी और उसके कारण चारों तरफ़ जाम हो गया था।

"ये सब तुम्हारी बिरादरी के हैं न राजेश?" उसने राजेश से ऐसे कहा मानो वह उसके ऊपर इल्ज़ाम लगा रहा हो। राजेश सामने की सीट पर बैठा हुआ था। उस रात पार्टी के बाद वह कोठी में ही रुक गया था। उसको सुबह के वक़्त औद्योगिक क्षेत्र में पहुँचना था। उसके पिता सुबह ही स्कूटर से निकल गए था, इसलिए वह अहान की गाड़ी के आने का इन्तज़ार कर रहा था। जब गाड़ी आई तो उसने अहान से आग्रह किया कि वह उसको छोड़ दे।

"बस पहुँच ही रहे हैं भइया," राजेश ने उसका मन रखने के लिए यूँ ही कह दिया। वह रैली में उमड़ी भीड़ को देख रहा था, इसीलिए वह यहाँ आया भी था। खुले ट्रक में सवार होकर बहुत से लोग आ रहे थे। आगे और जाम था। तरह-तरह की छोटी-बड़ी गाड़ियों ने जाम लगा रखा था। धूल सने पैकेज्ड 'प्लास्टिक गिलासों' के सैकड़ों डिब्बों से भरा एक छोटा विक्रम आधी सड़क को घेरे खड़ा था। रेंज रोवर किसी तरह से उनके बीच से निकली। गाड़ी के सभी अलार्म बजने लगे थे। ये गाड़ियाँ भारत की सँकरी सड़कों के लिए नहीं बनाई गईं जहाँ भीड़ में इनसान और गाड़ी एक-सी सड़कों पर एक साथ ही चलते थे, एकदम सटकर, वह भी इसलिए नहीं कि वे ऐसा करने को मजबूर थे, बल्कि इसलिए कि ऐसा कर सकते थे। जैसा कि वे कहीं भी लाइन लगाने पर करते थे। उनको ऐसा लगता था मानो इस तरह गाड़ी से सटकर चलने से वे अपनी मंज़िल तक जल्दी पहुँच जाएँगे।

"सड़क क्या कम ख़राब थी! ये लोग कुछ सोचते ही नहीं। पहले हैंगओवर से परेशान था और अब यह," राजेश ने सुना कि अहान फ़ोन पर किसी से कह रहा था, शायद भाभी से।

आख़िरकार वे सिकन्द ऑटोमोबाइल के गेट पर पहुँचे। सुरक्षा गार्ड ने रेंज रोवर कार को देखकर गेट खोल दिया। गाड़ी के ऊपर धूल की एक पतली परत जमी हुई थी।

"गुड मॉर्निंग बाबा," राजेश के पिता लक्ष्मण चाचा ने कहा, वह थोड़े से झुके हुए थे और मुस्कुरा रहे थे और हाथ में बहुत सारे काग़ज़ लेकर उसका रास्ता देख रहे थे। अहान ने अपनी आँखों को नचाते हुए कुछ निगलने की कोशिश की, लेकिन उसका मुँह सूख गया था। वह बूढ़ा आदमी पिछले कई दिन से उन काग़ज़ों को दिखाना चाह रहा था। उसके अतिरिक्त गम्भीर मुद्दे से चिढ़ पैदा होती थी।

'अब तो ऐसा मत कहो, मैं बत्तीस साल का हो चुका हूँ और एक बच्चे का पिता भी हो गया हूँ। अब तो बाबा कहना बन्द करो,' अहान ने मन-ही-मन कहा और सोचा कि अब वह उसको लक्ष्मण कुमार कहकर बुलाएगा क्योंकि वह अब बड़ा है। इससे शायद वह भी उसे उचित ढंग से सम्बोधित करने लगे।

वह फ़ैक्टरी में घुसा तो किसी को पहचान नहीं रहा था, वह बहुत थका हुआ था, उसको गर्मी भी बहुत लग रही थी और वह बहुत परेशान भी था। वह सीधा अपने पापा के चैम्बर में घुसा, अन्दर जाकर उसने दरवाज़ा बन्द किया, कॉफ़ी बनाई और गाँजे वाली सिगरेट सुलगा ली। कुर्सी पर बैठकर वह दोनों का आनन्द उठाने लगा। उसने काम शुरू करने के पहले कुछ देर अपने लैपटॉप में डाउनलोड किये हुए टोरेंट्स देखने का निश्चय किया।

लंच का समय था और चूँकि सिकन्द साहब नहीं थे इसलिए लक्ष्मण चाचा ने खाने के लिए मज़दूरों को पन्द्रह मिनट के बजाय एक घंटे का ब्रेक दे दिया। बाबा का इस बात पर ध्यान भी नहीं गया। जैसे ही ब्रेक की घंटी बजी मज़दूर जल्दी-जल्दी अपना खाना निकालने लगे। चावल, दाल, अचार और प्याज़ की ख़ुशबू उनके पसीने की बू के साथ मिल गई थी और ऐसी गन्ध में बदल गई थी जिसको अहान की सबसे बड़ी बहन ने 'भारतीय गन्ध' कहा था।

कई साल पहले एक नये कैफ़े के उद्घाटन के मौक़े पर उसने हँसते हुए यह बात कही थी।

आज मज़दूर जल्दी में थे। आज वे पत्ते खेलने और गप्पें मारने में समय नहीं गँवा रहे थे। मज़दूरों को पता था कि अहान इस बात की चेकिंग नहीं करता था कि उस दिन के उत्पादन का लक्ष्य पूरा हुआ या नहीं। उस दिन मज़दूर जल्दी में थे क्योंकि उस दिन रैली में मनोज भाई बोलनेवाले थे। इसमें उनको थोड़ी दिलचस्पी थी लेकिन सुनने जाने के लिए कोई ख़ास बेचैनी नहीं थी। लेकिन रैली के आयोजकों में राजेश भी एक था और उसने कहा था कि रैली में जो आएगा उसको 300 रुपये और डायरेक्टर्स कट व्हिस्की का एक पौआ दिया जाएगा, भले ही कोई एक घंटे के लिए ही मनोज भाई का भाषण सुनने के लिए आ जाए।

राजेश अक्सर सुबह के समय अपने पापा को स्कूटर से फ़ैक्टरी छोड़ जाता था और शाम को आकर ले जाता था। इससे दिन-भर स्कूटर उसी के पास रहता। वह लोगों की हर तरह से मदद करने की कोशिश करता था और इस वजह से वह बहुत लोकप्रिय भी था। वह क्या कर रहा था इसके बारे में उसके पापा को पता था या नहीं यह बहसतलब बात थी लेकिन जब सारे मज़दूर फ़ैक्टरी से निकलकर रैली में जा रहे थे तो गेट पर खड़े गार्ड ने आँखें मूँद लीं। रैली पास के एक तेज़ धूप भरे पार्क में ही थी।

मंच पर राजेश सभी नेताओं के पीछे गर्व के साथ खड़ा था। आज उसके राजनीतिक गुरु मनोज भाई मंच पर भाषण देनेवाले थे। उस दिन भीड़ के सामने राजेश को मनोज भाई के बारे में बोलना था, जो यह बताने के लिए काफ़ी था कि पार्टी के अन्दर उसका क़द कितना बढ़ गया था। उस दिन सुबह वह आईने के सामने खड़े होकर बोलने का अभ्यास कर रहा था, जबकि उसकी माँ बाहर दरवाज़े से कान लगाकर सुनने की कोशिश कर रही थी कि वह क्या बोल रहा है।

"मेरे प्यारे भाइयो और बहनो, अब मंच पर मौजूद है वो! हमारे दर्दों को समझनेवाला, हमारी आवाज़ दुनिया तक पहुँचानेवाला, हर माँ का बेटा, हर बहन का भाई, हर मज़दूर की आशा है वो। पुलिस की परमानेंट नौकरी छोड़कर न्याय के लिए लड़नेवाला। हमारे अपने मनोज भाई अब कुछ लफ़्ज़ बोलेंगे,"

वह आईने में अपने आपको देखकर बोल रहा था, बाहर की आवाज़ों को नज़रअन्दाज़ करता हुआ।

मनोज भाई देखने में बहुत साधारण थे। उत्तर भारतीय पुरुषों के प्रतिरूप लगते थे, सिवाय अपनी आँखों के। उनकी दाईं आँख ख़रगोश की तरह लाल और सफ़ेद थी। मज़दूर नेता बनने के पहले वह पुलिस में सिपाही थे। लेकिन सालों-साल पिटाई, यौन हिंसा और उगाही देखते-देखते उनका जी इस नौकरी से उचट गया। लेकिन कहा जाता है कि जिस बात से उन्होंने पुलिस की नौकरी छोड़ने का फ़ैसला किया वह कुछ और थी। अपने पड़ोस की एक लड़की को छेड़ने के अपराध में उन्होंने एक लड़के को गिरफ़्तार किया। उस लड़के ने उस लड़की के ऊपर तेज़ाब फेंक दिया था। कहते हैं कि उन्होंने उसे एक जाली जन्म सर्टिफिकेट दे दिया जिसके हिसाब से वह बालिग़ नहीं था। कहते हैं वह घूस देकर और अपने रसूख का इस्तेमाल कर छूट गया। पुलिस की नौकरी के साथ-साथ उन्होंने अपना उपनाम लिखना भी छोड़ दिया था क्योंकि वह जाति के नाम पर होनेवाले अन्याय से लड़ना चाहते थे। अब उनको मनोज भाई या मनोज भाईसाहब बुलाया जाने लगा था।

नीली और मटमैली वर्दी पहने लोगों को रैली में आते देखकर राजेश ने राहत की साँस ली। इन्हीं वर्दियों को देखता हुआ वह बड़ा हुआ था। उसका कोटा पूरा हो गया था। फ़ैक्टरियों से क़रीब चार सौ मज़दूर आ चुके थे। सिकन्द फ़ैक्टरी के मज़दूर आए थे, मीट की फ़ैक्टरी से कसाई आए थे और तकनीकी कम्पनी में काम करनेवाले कुछ लोग भी आए थे, जो कुछ चिकने-चुपड़े लग रहे थे। राजेश समझ गया था कि इन चिकने-चुपड़े लोगों का आना इस रैली की ख़ास सफलता मानी जाएगी और एक पल के लिए उसको उस आदमी के भाग्य पर झुँझलाहट भी हुई जिसने उनको भर्ती किया था। रैली में आनेवाले बहुत से लोग इसलिए आए थे कि इसी बहाने नाते-रिश्तेदारों से मिलने का मौक़ा मिल जाएगा, जो अलग-अलग इलाक़ों की फ़ैक्टरियों में काम करते थे। राजेश के भी दो भाई और एक बहनोई रैली में आए थे।

राजेश ने माइक सँभालने के बाद इधर-उधर देखा। एक उड़ती निगाह पार्क में डाली।

'काफ़ी पब्लिक है,' उसने मन-ही-मन सोचा, वह कुछ घबराया हुआ था। "हेलो हेलो माइक टेस्टिंग। हेलो हेलो माइक टेस्टिंग," उसने झिझकते हुए शुरुआत की।

वहाँ मौजूद लोग मिलने-मिलाने में लगे हुए थे, उन लोगों ने राजेश की आवाज़ पर ध्यान नहीं दिया।

राजेश घबराहट के मारे अपनी लाइनें भूल गया। वह बार-बार यही बोले जा रहा था, "हेलो हेलो माइक टेस्टिंग, हेलो हेलो माइक टेस्टिंग।" अब रैली में आए लोग चुप होकर उसकी तरफ़ देख रहे थे। यह देखकर मनोज भाई उसके पास आए और उसके कन्धे पर हाथ रखते हुए मज़ाक़ में बोले, "हाँजी बेटा, चल रहा है माइक।"

भीड़ से हँसी की ज़ोरदार आवाज़ आई। राजेश की तन्द्रा टूटी। मनोज भाई ने उसे आँख के इशारे से परे सरकने के लिए कहा और उसके बाद माइक पर आकर बोलना शुरू कर दिया।

"भाइयो, यहाँ आने के लिए आप लोगों ने बहुत त्याग किया है और बदले में कुछ पाने की उम्मीद से आप यहाँ नहीं आए हैं। किसी-न-किसी रूप में आप यह त्याग रोज़-रोज़ करते हैं। चाहे लंच ब्रेक न लेकर मुझे सुनने के लिए आना हो या जब आपके सहकर्मी की पत्नी बीमार होती है तो आप एक्स्ट्रा शिफ़्ट करते हैं ताकि उसे अपना वेतन न गँवाना पड़े," उसने बोलना शुरू किया। "लेकिन आपकी ज़िन्दगी क्या है? किसी बोझा उठानेवाले जानवर की तरह। जब तक आपकी साँस रहती है तब तक आप इसी तरह खटते रहते हैं और फिर मर जाते हैं। आप अपने खटारा स्कूटर से उतरकर बड़ी गाड़ी से उतरनेवाले अपनी फ़ैक्टरी के मालिक को सलाम करते हैं और उम्मीद करते हैं कि वह आपके सलाम का जवाब देकर आपकी इज़्ज़त रख लेगा। कई बार वह जवाब देता है, कई बार नहीं भी देता है। आपके बच्चे सरकारी स्कूलों में पढ़ते हैं जबकि उनके बच्चे प्राइवेट स्कूलों में पढ़ते हैं। लेकिन जब आपके बच्चे बीमार पड़ जाते हैं तो आप उनकी देखभाल नहीं कर पाते क्योंकि न तो आपके पास पैसे होते हैं न समय। लेकिन अगर इन मालिक लोगों के बच्चे बीमार पड़ते हैं तो वह फ़ैक्टरी नहीं आएगा। अगर उसकी पत्नी घर में पूजा रखती है तो वह नहीं आएगा।

अगर उनके भाई-बहनों के बच्चों की शादी होगी तो वह फ़ैक्टरी नहीं आएगा। लेकिन आप? अगर आप किसी भी कारण से एक दिन भी नहीं जाते तो या तो आपकी मज़दूरी कटने का ख़तरा रहता है या कई बार तो आपकी नौकरी के ऊपर भी बन आती है। क्यों? मैं आपसे पूछना चाहता हूँ कि क्यों? आपकी क्यों? क्योंकि आप उनके लिए फ़ालतू होते हैं! उसको तो फ़ैक्टरी अपने बाप-दादा से मिली थी जबकि आप उस फ़ैक्टरी को चलाते हैं। आपके बिना वह फ़ैक्टरी चल ही नहीं सकती। इसलिए आपसे मैं यह कहता हूँ कि अपनी-अपनी फ़ैक्टरी में जाकर अच्छे वेतन की माँग कीजिए। उनसे अपने लिए स्वास्थ्य बीमा माँगिए, बीमारी पर छुट्टी माँगिए। क्योंकि उसका काम आपके बिना नहीं चल सकता है, न कि आपका। उसको अपने संगठन की शक्ति का अहसास करवाइए।"

भीड़ के एक हिस्से से तालियों की आवाज़ आने लगी, नारेबाज़ी होने लगी। ऐसा लग रहा था कि उधर किसी ने नारे लगाने के लिए इशारा किया था क्योंकि भीड़ के दूसरे हिस्से में लोग उसी तरह से बैठकर बातें कर रहे थे।

राजेश शर्म के मारे सुन्न हो गया था, वह कुछ नहीं बोल पा रहा था, यहाँ तक कि वह किसी से आँख भी नहीं मिला पा रहा था। बदनामी के डर से वह मंच से उतरकर पीछे की तरफ़ बैठ गया। उसने मौक़ा गँवा दिया था। मनोज भाई की आवाज़ उसके ठीक ऊपर स्पीकर में गूँज रही थी। उसको सुनते हुए उसको अपने बचपन के अपमानों की याद आ गई।

इकलौता बच्चा होने के कारण राजेश ने अपना बचपन अधिकतर बड़ों के बीच में ही बिताया, सिकन्द हाउस में काम करनेवाले आदमियों और औरतों के बीच। बचपन में अहान के साथ रहा था, लेकिन उन दोनों के बीच बहुत अन्तर था, और यह साथ भी बाद में उतना नियमित नहीं रहा। वह भी नौकर था, यह बात अलग है कि शुरुआती दिनों में उससे कोई काम नहीं करवाया जाता था। तब भी उसको उसी तरह के अनुभव होते रहते थे जिनके बारे में मनोज भाई लगातार बात करते रहते थे। दूसरे नौकरों की तरह, जो किसी भी स्थिति में एक शान्तिपूर्ण जीवन जीना चाहते थे, उसने भी इन हालात को एक ऐसी बीमारी के रूप में स्वीकार कर लिया था जो हमेशा रहती है, जैसे मधुमेह या अल्सर। लेकिन इसको लेकर सचेत वह हमेशा रहा।

वैसे उसकी पढ़ाई तो एक अच्छे स्कूल में हुई लेकिन उसको किसी दोस्त को घर के अन्दर लाने की इजाज़त नहीं थी। सिकन्द हाउस में रहनेवाले नौकरों के लिए अपने मेहमान बुलाने की सख़्त मनाही थी। अहान अक्सर बाहर खेलने जाता, या उसके दोस्त घर में आते रहते थे, लेकिन उसको उनसे अलग रखा जाता था। बल्कि कहना यह चाहिए कि वह अपने आपको इस सबसे दूर ही रखता था, सिवाय अहान के जन्मदिन के जिसमें उसको हर हाल में जाना होता था। जब वह आठ साल का हुआ तब से उसने अपने माँ-पापा से साफ़ कह दिया कि वह अहान के जन्मदिन में उसके उतारे हुए कपड़े पहनकर नहीं जाएगा। उसके बाद से हर साल उसके पापा सरोजिनी नगर मार्केट से उसके लिए नये कपड़े ख़रीद देते थे। वही कपड़े वह उस साल बाद में अपने जन्मदिन पर भी पहनता था। उसके माँ-पापा उसकी बहुत सारी बातों को तो मान लेते थे, लेकिन हर साल स्कूल शुरू होने पर वे उसके लिए नये बैग ख़रीदने के लिए राज़ी नहीं हुए। उसको अहान के पुराने बैग से ही काम चलाना पड़ता था, भले ही उसके ऊपर कार्टून के जिस किरदार की फ़ोटो बनी हुई थी वह उसको पसन्द नहीं था।

उसके माँ-पापा का कहना था कि वैसे भी अहान अलग स्कूल में पढ़ता है इसलिए एक तरह से उसके पुराने बैग उसके लिए नये ही हुए। अहान के जन्मदिन पर वह सब होता था जो वह चाहता था, लेकिन राजेश को अपना जन्मदिन अपने आप मनाना पड़ता था। कोई बच्चा उसके साथ खेलता भी नहीं था। अहान की बहन दिव्या उसको कहती थी कि वह भी खेले तो स्कूल की उसकी सहेलियों के झुंड से वह घबरा जाता। लम्बी-लम्बी टाँगों वाली वे लड़कियाँ जो बिना बात हँसती थीं। जब उसकी सहेलियाँ आसपास होती थीं तो वह उनसे बचने की कोशिश करता था लेकिन उसका दिव्या से बात करने का मन बहुत करता था। उस पार्टी में आनेवाले अधिकतर बच्चों की दिलचस्पी खेल-खिलौनों में उतनी नहीं रहती थी, इस तरह की पार्टियों में तो वे जाते ही रहते थे। अफ़सरों, दलालों और नौकरों के वे बच्चे खोई बैग के खेल में शामिल होते थे। जिस समय बर्थडे बॉय उस बैग को फोड़ता था तो तीन-चार मिनट के लिए सभी के लिए खुली छूट होती थी।

राजेश भी अहान के दोस्तों को धक्का मारते हुए उस बैग से गिरनेवाले सामानों में से अपने लिये चुन लेता था और बाद में अपने कमरे में आकर बहुत सन्तुष्टि के भाव से अपने हिस्से को देखता था।

बहुत कम उम्र से ही वह इस बात को समझ गया था कि वह नौकरी के लिए नहीं बना। वह रोज़-रोज़ की बेइज़्ज़ती सहन नहीं कर सकता था जबकि बड़ी उम्र के नौकरों के ऊपर इन बातों का कोई प्रभाव नहीं पड़ता था। वे कुछ हल्के-फुल्के मज़ाक़ में उन बातों को उड़ा देते थे और पलटकर उन पर सोचते तक नहीं थे। उन दिनों बर्फ़ और ठंडे पानी का बड़ा जलवा था। घर में एक छोटा-सा फ्रिज था लेकिन उसका सामान सिकन्द परिवार के लिए ही रिज़र्व रहता था। चाहे कितनी भी गर्मी क्यों न पड़ती हो नौकर फ्रिज का पानी नहीं पी सकते थे। उनको रसोई के बाहर रखे मटके से ही पानी पीना पड़ता था। उसको सोफ़े पर बैठने की इजाज़त नहीं थी जबकि परिवार के झबड़े कुत्ते दिन-भर सोफ़े पर ही सोए रहते। जब अहान और उसकी बहन के दोस्त घर में आते थे तो राजेश को वहाँ जाने की इजाज़त नहीं होती थी, लेकिन जब उनके दोस्त चले जाते तो खाने का बचा-खुचा सामान उसके लिए क्वार्टर में भेज दिया जाता था। मीठा-नमकीन सब स्टील की एक ही प्लेट में। उसके पिता को जिस तरह से अहान की बहन के कड़वे बोल सहने पड़ते थे उस लड़की से जिसको वह बचपन में स्कूल छोड़ने जाते थे। वह इस बारे में अक्सर सोचता था, नौकर का लड़का होने के कारण उसको बड़ी उम्र की उन लड़कियों से बात करने की इजाज़त नहीं थी। अगर उसकी कोई बहन हुई होती तो शायद उसे भी उनकी नौकरानी बना दिया जाता।

जिस तरह से कोठी के अन्दर उनको अदृश्य बनकर रहना पड़ता था वह उसको कभी अच्छा नहीं लगता था। ऐसे लगता था जैसे कोठी के कैम्पस में उनके दिखाई भर दे जाने से वहाँ का नज़ारा बिगड़ जा सकता था। उस घर में काम करने के अलावा उनका कोई अस्तित्व नहीं था। बाग़बानी उसका शौक़ था, लेकिन जब घर वालों को यह पता चला कि वह इस काम में कितना तेज़ है तो उसको शाम में माली की मदद के काम में लगा दिया गया। उसको अपना होमवर्क पूरा करके इस काम में लग जाना पड़ता था,

जबकि उसका बिलकुल मन नहीं होता था। जब तक वह उस घर में रहा साहब लोगों के लिए माली का काम करता रहा, ऊपर से वे ऐसे जताते थे मानो किसी तरह का एहसान कर रहे हों। "कुछ सीख जाएगा लक्ष्मण, आगे काम आएगा," मैडम आंटी हमेशा मुस्कुराते रहनेवाले उसके पिता से कहती।

विद्रोह करने का उसके पास कोई विकल्प नहीं था। अगर वह ज़रा-सी भी परेशानी खड़ी करता तो मैडम आंटी उसको और उसकी माँ को बाहर का रास्ता दिखा देती और हो सकता है कि उसके पिता को भी। न कोई चेतावनी देती, न कोई समय देती, बस बाहर कर देती। हालाँकि ऐसा होने की कोई सम्भावना नहीं थी। उसके पिता की जगह उस घर में प्रधान नौकर की थी, जिसकी वजह से बहुत सारे लोग थे जो उनको हटवाने की ताक में रहते थे और इसके लिए वे राजेश और उसकी माँ को फँसाने में लगे रहते थे। उनके बीच तकरार चलती रहती थी। इस उठापटक से साहब लोग बेपरवाह रहते थे। कई बार अंडों को ग़ायब कर दिया जाता, कई बार ज़रूरत से ज़्यादा वाशिंग पाउडर ख़र्च कर दिया जाता या पेट्रोल का बिल बढ़ा-चढ़ा कर दिया जाता। कई बार खुलेआम लक्ष्मण के ऊपर आरोप भी लगाए जाते।

राजेश भी उस षड्यंत्र भरे माहौल में कूद पड़ा। वह अपने माता-पिता की आँख और कान बन गया। माली का काम करने के कारण उसकी पहुँच पूरे बँगले में थी, जहाँ वह वैसे नहीं जा सकता था। गमलों में पानी पटाते हुए उसको इधर-उधर से जो सुनाई देता था वह उन बातों को टुकड़ों-टुकड़ों में अपने माता-पिता को बता दिया करता था—लेकिन उसको यह नहीं समझ आता था कि वे उन सूचनाओं का क्या करते थे।

इन चीज़ों के मद्देनज़र उसको अहान का इस्तेमाल करने में भी किसी तरह की हिचक नहीं थी। वैसे दोनों के बीच की दूरी बढ़ गई थी लेकिन राजेश उसके स्वभाव को बहुत अच्छे से जानता था। इसलिए उसने यह तय किया था कि सबसे अच्छा यही रहेगा कि किसी बड़े काम के लिए उसका इस्तेमाल करे न कि रोज़मर्रा के झगड़ों में उसको उलझाए। वह जानता था कि इस तरह की छोटी-मोटी चीज़ों में अहान की कोई दिलचस्पी नहीं है क्योंकि अपने रोज़मर्रा के जीवन में उसने इस तरह का ओछापन कभी नहीं देखा था।

जब राजेश सोलह साल का था तो उसके पापा और बबलू में झगड़ा हो गया। बबलू मैडम आंटी के मायके का रहनेवाला था, उनके बचपन के दिनों के ख़ानसामे का भतीजा। साहब अंकल ज़्यादातर सिकन्द हाउस से बाहर नूरिया मैडम के साथ रहने लगे थे। ऐसे में मैडम आंटी घर में अपने वफ़ादार लोगों को रख रही थीं, जो उनके मायके के होते थे। उनको सबके ऊपर सन्देह रहता था, और उनको जो पता था उसकी वजह से उनसे शर्मिंदा रहती थीं, ख़ासकर लक्ष्मण कुमार से, जो उनके पति के साथ हर जगह जाता था और उनके हर राज़ को जानता था। सबसे बुरी स्थिति उसके पिता की थी। मैडम साहब की पत्नी थीं और इस वजह से वह उनकी बहुत इज़्ज़त करते थे, लेकिन वह इस बात को भी जानते थे कि अगर उन्होंने नूरिया मैडम की लल्लो-चप्पो नहीं की तो वह दिन दूर नहीं जब वह सड़क पर होंगे। बबलू घर में ज़्यादा समय बिताता था जबकि लक्ष्मण साहब के साथ दिन-भर बाहर रहता था; ऐसी अफ़वाह थी कि बबलू को कोठी के अन्दर रहने के लिए घर भी मिलनेवाला था। एक दिन जब राजेश मैडम आंटी के कमरे के बाहर बालकनी में पौधों को पानी पटा रहा था तो उसने सुना कि मैडम आंटी किसी से फ़ोन पर इस बारे में कह भी रही थीं।

ऐसा नहीं हो सकता। क्वार्टर में साधनों की कमी पहले ही बढ़ती जा रही थी। बाथरूम एक ही था और उसके बाहर क़तार लगने लगी थी। नहाते समय उसकी माँ कपड़े तो जल्दी-जल्दी धो लेती थी लेकिन कपड़े सुखाने के लिए जगह नहीं होती थी। बालकनी में उसकी चटाई को मोड़कर रखा जाता और ऊपर रस्सी टाँगकर कपड़े सुखाए जाते थे।

बबीता, लक्ष्मण और राजेश ने मिलकर तय पाया कि उनको बबलू को वहाँ से निकलवाना ही पड़ेगा। इसके लिए एक योजना बनाई गई। बबीता के ज़िम्मे मैडम आंटी के कपड़ों को धोना, सँभालना भी था, तो उसने मैडम आंटी के कमरे से एक अंडरवियर और एक मोटी चूड़ी ग़ायब कर दी। लेकिन मैडम का ध्यान इस बात पर गया ही नहीं। इसी बात की उम्मीद थी और इसीलिए यह योजना बनाई भी गई थी। जब बबलू अपने कमरे में नहीं था तो चुराई गई चीज़ों को उसके कमरे में ऐसी जगह पर रख दिया गया कि वह जल्दी से दिखाई न दें, और जब सही मौक़ा आए तो उनकी तलाश की जा सके।

वह सही समय भी आ गया। जाड़े की एक सुबह राजेश ने अहान को सर्वेंट क्वार्टर की दीवार के पीछे देखा, जहाँ आसपास से गुज़रनेवाले पेशाब करने के लिए खड़े होते थे। वह वहाँ छुपकर सिगरेट पी रहा था, लेकिन उसका धुआँ वह अन्दर नहीं ले रहा था क्योंकि यह उसको अच्छा नहीं लगता था या शायद उस उम्र में इतना पता भी नहीं रहता है। वह घुमावदार सीढ़ियों से उतरकर उसके पास चला गया। अहान ने उसको देखकर सिर हिलाया लेकिन कुछ कहा नहीं। राजेश ने भी उससे सिगरेट माँगी। अहान ने उसको सिगरेट दी और दोनों चुपचाप सिगरेट जलाकर पीने लगे।

जब अहान बचा हुआ सिगरेट फेंक रहा था तो राजेश ने उससे कहा, "आप मेरे बड़े भाई हैं इसलिए आपको बता रहा हूँ। बबलू के कमरे की तलाशी ली जानी चाहिए। मैडम आंटी को लेकर उसके इरादे सही नहीं लगते। वह किसी और को ख़बरें दे रहा है।"

इस बीच बबलू ने भी दोनों को सिगरेट पीते हुए देख लिया था। नौकरों के रहने का यह इलाक़ा इतना सँकरा था कि उसमें कुछ छिपा रह ही नहीं सकता था। वह भी चाहता था कि लक्ष्मण का परिवार जितनी जल्दी हो सके सर्वेंट क्वार्टर से निकल जाए। वह तत्काल मैडम आंटी के पास गया और उनको बताया कि राजेश अहान को बिगाड़ रहा है, वह उसको सिगरेट पीना सिखा रहा है। अहान ने इस आरोप के बारे में सुना। वैसे तो वह अभी बच्चा ही था लेकिन उसके पापा ज़्यादातर घर में नहीं रहते थे इसलिए वही उस घर का पुरुष था। इसलिए उसने लक्ष्मण कुमार को आदेश दिया कि वह उसके सामने बबलू के कमरे की तलाशी ले। बबलू ने कुछ नहीं कहा। उसको पता था कि उसके पास छिपाने के लिए ऐसा कुछ था ही नहीं तो वह क्यों डरता।

कमरे की अच्छी तरह से तलाशी के बाद चारपाई के नीचे प्लास्टिक के एक बैग में से अहान की माँ का अंडरवियर और चूड़ी निकली। स्वाभाविक था कि बबलू चीख़-चीख़कर कहता रहा कि वह निर्दोष है, उसको कुछ नहीं पता लेकिन उसकी बात किसी ने नहीं सुनी, और उसके बाद वह सिकन्द हाउस में कभी दिखाई नहीं दिया।

स्कूल की पढ़ाई पूरी होने के बाद अहान मैनेजमेंट पढ़ने के लिए आस्ट्रेलिया चला गया। अमेरिकी डॉलर का भाव चढ़ा हुआ था, और वैसे तो अहान के पापा के पास अभी भी बहुत सम्पत्ति थी लेकिन दो-दो घर चलाने के कारण और बेटी दिव्या की शादी की तैयारी के कारण उनके पास पैसों की कुछ कमी हो गई थी। दिव्या की शादी अभी तक नहीं हो पाई थी।

उनको नूरिया से एक बेटा हुआ था अमन, जो वैसे तो अभी बच्चा ही था लेकिन उनको उसके बारे में भी सोचना था। वह जानते थे कि समय आने पर वह इस हालात से सस्ते में नहीं छूट पाएँगे। पढ़ाई-लिखाई और रहने के ख़र्चे के हिसाब से आस्ट्रेलिया, अमेरिका और इंग्लैंड से सस्ता पड़ता था। लड़कियाँ दिल्ली में पढ़ी थीं और इसमें शर्म की कोई बात भी नहीं थी। लेकिन उनको अपने बेटे को पढ़ाई के लिए विदेश भेजना था, यह पहले से तय था। बोर्ड की परीक्षा में उनकी लड़कियों को अच्छे नम्बर आए थे और दिल्ली यूनिवर्सिटी के अच्छे कॉलेज में उनका दाख़िला भी हो गया था। लेकिन उनके बेटे ने बहुत घटिया प्रदर्शन किया था वह भी जान-बूझकर ताकि वह बाहर जा सके। भारत के किसी भी ठीक-ठाक कॉलेज में उसका दाख़िला नहीं हो सकता था, इसलिए उसके पास विदेश में पढ़ने का ही विकल्प बचता था।

राजेश भी वहाँ से बाहर निकलना चाहता था, लेकिन उसके विकल्प और भी सीमित थे। वह अब कोठी में भी नहीं रह सकता था। अपने माता-पिता के कमरे के बाहर चटाई बिछाकर वह अब और नहीं सोना चाहता था। वहाँ जितना रहना था वह रह चुका था और अब वह अपनी ज़िन्दगी शुरू करना चाहता था। अहान के पापा, साहब अंकल दिल्ली यूनिवर्सिटी में उसकी पढ़ाई और हॉस्टल का ख़र्चा देने के लिए तैयार थे। दिल्ली यूनिवर्सिटी में सरकारी सब्सिडी के चलते फ़ीस बहुत कम थी और अहान के पापा के लिए वह ख़र्चा बहुत मामूली था लेकिन राजेश के लिए ज़िन्दगी को बदलकर रख देनेवाला था।

"यह तो उतना ही ख़र्चा है जितना दो रातों के डिनर पर आता है, और लड़का चला जाएगा और मैं नहीं चाहूँगा कि कोई जवान लड़का वहाँ बिना किसी मक़सद के रहे। अहान भी जा रहा है इसलिए अब घर में बस महिलाएँ ही रह जाएँगी," लक्ष्मण ने सुना कि उसके साहब नूरिया को समझा रहे थे।

अहान की माँ को इस बात की अधिक परवाह नहीं थी कि उसके पति कहाँ-कितना ख़र्च करते हैं। जब तक उनका और उनके बच्चों का अच्छे से ध्यान रखा जा रहा था तब तक उनको ऐसी बातों से कोई फ़र्क़ नहीं पड़ता था। राजेश को इसकी परवाह नहीं थी कि किस कोर्स में उसका दाख़िला होता है, या उसका दाख़िला कहाँ होता है, वह इसी बात से ख़ुश था कि उसको बाहर रहने का मौक़ा मिल रहा है।

राजेश परीक्षा में पास हो गया और उसका दाख़िला कान्ति कॉलेज (सान्ध्य) में हिन्दी ऑनर्स में हो गया। अब सवाल हॉस्टल का था। उसके लिए हॉस्टल में रहना ज़रूरी था। लेकिन हॉस्टल में रहने की जगह मुश्किल से मिलती थी, कारण यह था कि हॉस्टल में शहर से बाहर के छात्रों को रहने दिया जाता था। अहान के पापा ने यूनिवर्सिटी में अपने सम्पर्कों का इस्तेमाल किया और उसका दाख़िला बिहार के चकिया के पते से करवाया, जहाँ उसके परदादा का घर था, और जहाँ वह अपने अब तक के जीवन में कुल दो बार गया था। अब वह काग़ज़ पर अपने कई अन्य सहपाठियों की तरह बिहार का रहनेवाला हो गया था।

कॉलेज का हॉस्टल अच्छा नहीं था। यूनिवर्सिटी के पास उसके रख-रखाव पर ख़र्चा करने के लिए पैसा नहीं था। यह भारत की उस धारणा के हिसाब से सही ही था कि कष्ट सहना कुछ बड़ी चीज़ होती है। इसलिए ऐसी जगहों की देखभाल की ज़िम्मेदारी जिन लोगों की होती है वे पूरी कोशिश करते हैं कि वे वहाँ रहनेवालों के जीवन में जितनी परेशानी हो सके, पैदा करें। शहर के अधिकांश घरों की तरह हॉस्टल के कमरे यहाँ के मौसम को देखते हुए नहीं बनाए गए थे : कमरे गर्मी के मौसम में बहुत गर्म हो जाते थे और बरसात के मौसम में तो अच्छे से अच्छे कमरे में भी सीलन आ जाती थी। जो ख़राब कमरे थे और जो फ्रेशर्स को दिये जाते थे, वे टपकने लगते थे और उन कमरों में रहनेवालों को कभी-कभी बिस्तर तक पर बाल्टी लगाकर रखना पड़ता था। बारिश के बाद सितम्बर मध्य तक पानी जम जाने के कारण मच्छर बहुत हो जाते थे। दीवाली के कुछ सप्ताह बाद तक मौसम धुआँ-सा रहता था और उसके बाद हॉस्टल के छोटे अँधेरे कमरे ठंड के कारण जमने लगते थे।

छात्रों को कमरे में हीटर लगाने की इजाज़त नहीं थी क्योंकि हॉस्टल की वायरिंग इतनी पुरानी थी कि इतना लोड सह नहीं सकती थी।

जब बबीता ने वार्डन से पूछा कि क्या वह अपने प्यारे बेटे के लिए हॉस्टल में हीटर दे सकती है तो वार्डन ने उसको समझाया कि यह हॉस्टल है होटल नहीं। बबीता पढ़ी-लिखी नहीं थी इसलिए वह इस मज़ाक़ को समझ नहीं पाई, लेकिन वार्डन बहुत गर्व महसूस कर रही थी और उसने हॉस्टल की स्पेलिंग से 'एस' निकालकर 'होटल' कहने के अपने इस मज़ाक़ को आगे उन अभिभावकों के लिए रख लिया जो आगे ऐसी कोई माँग रखेंगे।

राजेश को को अपना खर्च ख़ुद निकालना था और एक बार फिर से सिकन्द अंकल की मदद काम आई। उसको मैकडॉनल्ड के नये खुले रेस्तराँ में काम मिल गया, मैकडॉनल्ड का वह आउटलेट कमलानगर में था, जो कैम्पस के पास ही था। वह वहाँ दिन के समय में काम करता और शाम के समय में कॉलेज में पढ़ाई करता। उसे इस बात की पूरी उम्मीद थी कि वह अपने परिवार का पहला ग्रेजुएट हो जाएगा। रिश्ते में उसका एक भाई पहले ही बारहवीं पास कर चुका था इसलिए इस मामले में वह पहला नहीं हो पाया था।

वह जुलाई की एक उमस भरी सुबह जब बारिश शुरू भी नहीं हुई थी, सिकन्द हाउस से निकल गया। उसके पास मैडम आंटी का दिया हुआ वीआईपी का एक पुराना सूटकेस था। उसने अपना सामान पैक कर लिया। उसने अपने सारे नये कपड़े भर लिये जो उसने सरोजिनी नगर मार्केट से ख़रीदे थे। नये कपड़े ख़रीदने के लिए उसके पापा ने पैसे दिये थे। उस दिन अहान के पापा ने लक्ष्मण कुमार को इस बात की इजाज़त दे दी थी कि वह पुरानी मारुति इस्टीम कार में उसको हॉस्टल ले जाकर छोड़ दे। उस कार को सब्ज़ी कार कहा जाता था क्योंकि उस कार का इस्तेमाल घर के नौकर घर का सामान लाने के लिए करते थे। उसको बीच-बीच में आकर क्वार्टर में दो-चार दिन के लिए रहने की इजाज़त तो थी लेकिन यह बात साफ़ थी कि अब वह इस घर में रहनेवाला नहीं था। बबीता अपनी नाटकबाज़ी के लिए जानी जाती थी और उसने उस दिन ख़ूब रोना-धोना मचाया। उसने अपने कमरे में एक आले

पर देवताओं को सजाकर रखा हुआ था, जिसके सामने उसने अपने बेटे के साथ पूजा की। उसके बाद जाते समय उसको ज़बरदस्ती दही-चीनी खिलाई।

सुबह के 9 बजे सिकन्द परिवार से कोई भी उसको अलविदा कहने के लिए नहीं आया—इतनी जल्दी कोठी में कोई उठता भी नहीं था। पर उसके जाने से पहले वाली शाम को साहब अंकल ने उसे घर में बुलाया था। मैडम आंटी भी वहीं थीं। राजेश ने उन लोगों को धन्यवाद दिया, उनके पैर छुए और एक हजार एक रुपये का लिफ़ाफ़ा लेकर वहाँ से चला आया।

अहान उसी साल पहले ही जा चुका था। स्कूल ख़त्म होने के बाद आस्ट्रेलिया में कॉलेज की पढ़ाई शुरू होने के बीच में अहान के पास काफ़ी समय था, इसलिए उसके पापा यह चाहते थे कि इस बीच वह ऑफ़िस आता रहे और फ़ैक्टरी का काम सीख ले। वह समझते थे कि बेटे को सिखाने की ज़रूरत थी, अनुशासित करने की ज़रूरत थी। नूरिया के ग़ुस्से के बावजूद वह इस काम को करना चाहते थे। लेकिन अहान ने अपने पापा को समझाया कि एमबीए की पढ़ाई शुरू होने के पहले वे उसको कुछ महीने छुट्टी मनाने दें; क्योंकि वह बहुत थका हुआ था। अहान के पापा के मन में अपने दूसरे परिवार के कारण कहीं-न-कहीं ग्लानि का भाव था। उनको ऐसा लगता था कि इसका उनके पहले परिवार के ऊपर ठीक असर नहीं पड़ा था। इसलिए उन्होंने तत्काल उसकी छुट्टी के लिए इन्तज़ाम कर दिया। वैसे भी ऑफ़िस से बहुत दिन दूर रहने के कारण वह काम नहीं सीख पाता लेकिन इससे नूरिया को चैन पड़ जाता। वैसे भी तीन महीने में कौन-सी दुनिया बदल जानेवाली थी। अहान को लम्बी छुट्टी पर विदेश भेज दिया गया जहाँ अमेरिका और इंग्लैंड में उसके दोस्त पढ़ते थे जिनसे जाकर वह मिल सकता था। वहाँ से लौटने के बाद उसको एमबीए की पढ़ाई के लिए आस्ट्रेलिया निकल जाना था। पूरा घर उसकी तैयारी में लगा हुआ था। वहाँ उसको ऐसी जगह पर रहना था जहाँ उसको अपना खाना ख़ुद बनाना था इसलिए घर के ख़ानसामे से कहा गया कि वह उसको खाना बनाने के बारे में कुछ बुनियादी बातें सिखा दे। उसने अंडे उबालना और चीज़ टोस्ट बनाना सीख लिया था। जब वह सेब काटना सीख रहा था तो रसोई में काम करनेवाले सभी कर्मचारी खड़े

होकर देख रहे थे, कुछ तो मुस्कुरा भी रहे थे। उसने इससे पहले कभी कोई फल साबुत नहीं खाया था, और वह अब भी नहीं खाना चाहता था। लेकिन जब उसकी उँगली कट गई तो बबीता ने यह कहते हुए उससे चाकू ले लिया कि वह अपने बाबा को इस तरह नहीं देख सकती। रसोई में गर्मी बहुत थी इसलिए इस काम को फ़िलहाल टाल दिया गया। माइक्रोवेव में गर्म करके खानेवाली चीज़ों को पैक कर दिया गया और इसके लिए सैमसोनाइट के नये सूटकेस ख़रीदे गए।

जिस सुबह अहान को जाना था उस सुबह कोठी में बहुत चहल-पहल थी। घर के सबसे ऊपरी हिस्से में बने उसके कमरे से सामान नीचे उतारा जा रहा था और लक्ष्मण उसको गाड़ी में रखवा रहा था। सारा सामान पीछे नहीं अँटा तो कुछ सामान आगे की सीट पर भी रख दिया गया। जल्दी-जल्दी में पुदीन हरा पैक होने से रह गया था तो एक नौकर को भेजकर पुदीन हरा के कई पत्ते मँगवा लिये गए। विदेश में पुदीन हरा नहीं मिलता था। जाने से पहले घर में उसके लिए उसका पसन्दीदा नाश्ता तैयार किया गया था—इडली, डोसा, वड़ा, चटनी और फ़िल्टर कॉफ़ी। दिव्या को एक कप चाय चाहिए थी लेकिन उसको टी बैग से ख़ुद चाय बनानी पड़ी, क्योंकि एक भी नौकर उसकी मदद के लिए ख़ाली नहीं था। अहान की माँ रो रही थीं। उन्होंने कहा कि वह उसको छोड़ने के लिए एयरपोर्ट जाएँगी। वह अपने लिए पास का इन्तज़ाम कर रही थीं ताकि अहान के फ़्लाइट में जाने तक वह एयरपोर्ट पर रह सकें, लेकिन अहान ने इस बात के लिए साफ़ मना कर दिया।

उसके जाने के दिन उसके सौतेले भाई, नूरिया के बेटे का जन्मदिन भी था इसलिए उसके जाते समय उसके पिता वहाँ नहीं थे।

पाँच

अहान के पापा का एक राज़ था, जिसको उन्होंने बहुत छुपाकर रखा था। कई साल पहले जब उनको अपनी पत्नी की सुन्दरता ढलती हुई लगने लगी, उम्र, बार-बार के प्रसव और गर्भपात ने उनके शरीर को बिगाड़ दिया तो वह किसी प्रेमिका की तलाश में लग गए। अहान के दादा-दादी गुज़र चुके थे और अहान की मम्मी के मम्मी-पापा कई साल पहले सब कुछ गँवा बैठे थे। इस वजह से उनके पापा का हार्ट अटैक से अचानक देहान्त हो गया था। उसके बाद उन्होंने जो कुछ भी करना चाहा कुछ काम नहीं आया। उनके भाई ने उनको उसका हिस्सा नहीं दिया और जो कुछ भी बचा हुआ था सब रख लिया, और बूढ़ी माँ को देखभाल के लिए उनके हिस्से में छोड़ दिया।

अहान के पापा ने उसकी माँ को छोड़ा नहीं, और न ही वह ऐसा चाहते थे, सब कुछ इसी तरह से चलता रहा। लेकिन उनको प्यार चाहिए था, सेक्स चाहिए था, जो उनको अपनी पत्नी से नहीं मिल पा रहा था। वह लगातार अपने आप में डूबती जा रही थी, उसको अरुचि होती जा रही थी। शुरू में तो वह वेश्याओं के पास जाता था—सूनी आँखों वाली कम उम्र की लड़कियाँ, जिनको वह होटल में ले जाता था और सेक्स करता था। लेकिन वह इस तरह का नहीं था। उसको किसी का संग-साथ चाहिए था और सेक्स भी चाहिए था। वह किसी को अपने लिए रखना चाहता था जिससे कि बाद में किसी तरह की परेशानी नहीं हो। वह ऐसे कई लोगों को जानता था जो इस रास्ते गए थे,

जिस पर शुरू में तो सब कुछ अच्छा लगता था लेकिन बाद में कुल मिलाकर परेशानी दोगुनी होने लगती थी और सन्तोष आधा।

उन दिनों मिस्टर और मिसेज़ सिकन्द लगभग हर रात कॉकटेल पार्टियों में जाते थे। 1980 के दशक में इनका बहुत चलन था। महिलाएँ पारदर्शी साड़ियों में जाती थीं जबकि पुरुष थ्री पीस सूट पहनकर। जब किसी नेता के बेटे की पार्टी में जाते तो सफ़ेद कुर्ता-पायजामा पहनकर। शुरू-शुरू में तो वे हर पार्टी में अपनी पत्नी को लेकर जाते, उसके लिए कार का दरवाज़ा खोलते, अगर कोई पुरुष उससे बातें करता तो उसकी पीठ को घेरे खड़े रहते। अहान की मम्मी को दिन में जिन और टॉनिक तथा रात में व्हिस्की पीना अच्छा लगने लगा। जल्दी ही उनको इन पार्टियों में बहुत मज़ा आने लगा और वह उनको मज़े लेने देता और ख़ुद सुन्दर-सुन्दर लड़कियों से बातचीत करता। उनकी पत्नी हमेशा किसी-न-किसी तरह के उपवास पर रहती थीं या डायटिंग पर रहती थीं, लेकिन इससे कोई फ़र्क़ नहीं पड़ता था। ख़ाली पेट शराब उनको पचती नहीं थी। वह बहुत जल्दी नशे में आ जाती थीं और पार्टी में सब असहज महसूस करने लगते थे। जल्दी ही दोनों अलग-अलग पार्टियों में जाने लगे और धीरे-धीरे एक-दूसरे से कम-से-कम सवाल करने लगे।

पड़ोस में ऐसी ही एक पार्टी में उनको वह औरत मिल गई जैसी औरत की वे तलाश में थे। उसके बारे में सुना गया था कि वह एक तलाक़शुदा महिला है। उनके लिए जो बात सबसे ज़्यादा मायने रखती थी वह यह कि उसकी पढ़ाई अच्छे स्कूल से हुई हो, उसके तौर-तरीक़े अच्छे हों और उसके बोलने का लहजा प्रभावशाली हो, उस औरत में यह सब था। वह किसी ऐसी औरत के साथ दोस्ती नहीं कर सकते थे जो गाँव की गाय हो, चाहे वह कितनी ही सुन्दर क्यों न हो। जैसा कि होता है पहले उसने अपने पति को छोड़ा और बाद में उसके माँ-पिता ने भी उसको घर से निकाल दिया, क्योंकि उनको इस बात की चिन्ता थी कि वह अपने भाइयों की सम्पत्ति में हिस्सा माँग सकती है। उसने अपने पति को क्यों छोड़ा था इसको लेकर तरह-तरह की अफ़वाहें थीं और ऐसी अफ़वाह भी थी कि उसका पति समलैंगिक था या नपुंसक था या दोनों था। आजकल वह डिफ़ेंस कॉलोनी में एक छोटी सी बरसाती में रहती थी।

जहाँ उसके साथ उसका एलसेशियन कुत्ता रहता था, जिसको वहाँ बहुत परेशानी होती थी। वह दिल्ली के लिए नहीं बना था और बरसाती के लिए तो बिलकुल नहीं। वह अकेली ही रहती थी, उसका कोई बच्चा नहीं था, किसी ने उसके बच्चे के बारे में न तो सुना था न देखा था। उसका फ़िगर भी ऐसा था जिससे लगता नहीं था कि उसको बच्चा हुआ होगा। वह इंटीरियर डिज़ाइनर का काम करती थी। रोज़ाना ऑटो से दफ़्तर आती-जाती थी, जिससे उसकी आँखों को धूल से परेशानी होती थी और सड़क पर ऑटो जिस तरह से हिचकोले लेते हुए चलती थी उससे उसके जोड़ों में दर्द होने लगता था। पहले उसके पास ज़रूर कार रही होगी और ड्राइवर भी रहा होगा, जो उसको लाता-ले जाता रहा होगा। इसलिए अहान के पापा को ऐसा लगता था कि उसके पूर्व पति ने ऐसा ज़रूर कुछ किया होगा जो इसके लिए बर्दाश्त से बाहर हो गया होगा और वह परेशान होकर घर से निकल गई होगी। इससे यह भी लग रहा था कि उसको किसी से ज़्यादा अपेक्षा भी नहीं रही होगी।

जब दोनों बाथरूम के बाहर खड़े होकर इन्तज़ार कर रहे थे तो वह अहान के पापा के साथ बात करने लगी, दोनों गेस्ट रूम में थे, जहाँ मेज़बान के परिवार की आदमकद तसवीरें उनके ऊपर मुस्कुरा रही थीं। वे मौसम के बारे में बात करते रहे, इस बारे में बातें करते रहे कि कार मिलने में कितनी दिक़्क़त होती है—लम्बी-लम्बी वेटिंग लिस्ट होती थी। उसने हल्के हरे रंग की फ़िएट कार बुक कर रखी थी और छह महीने से उसका इन्तज़ार कर रही थी।

"मैं तो ऑटोमोबाइल का ही बिज़नेस करता हूँ इसलिए हो सकता है मैं कोई मदद कर पाऊँ?" उसने कहा लेकिन उस महिला ने उसके इस उदारता भरे प्रस्ताव को स्वीकार नहीं किया। पहले अहान के पापा की बारी आई। फिर जब वह बाथरूम गई तो वह बाहर खड़े होकर उसका इन्तज़ार करते रहे। मेहमानख़ाने में चल रही उस पार्टी में वे साथ-साथ लौटे।

"सिगरेट पीने की आदत मुझे रोम में लगी थी, वहाँ मैं पढ़ाई कर रही थी," उसने सिगरेट का कश लेते हुए कहा। "आदत बुरी है लेकिन तब मेरा कोई पति नहीं था जिसके सामने मुझे जवाबदेह होना पड़ता।"

उसके बाल कन्धे तक थे जिनको वह बार-बार झटकती रहती थी। वह जब छोटी थी तो दुनिया-भर में घूमती रही थी। उसने बताया कि उसके पिता विदेश सेवा के अधिकारी थे, अब रिटायर हो गए थे। बचपन में उसको दुनिया के ऐसे-ऐसे शहरों में रहने का मौक़ा भी मिला था जिन शहरों में आमतौर पर लोग कम ही जाते हैं, जैसे जैमालेक, क्लिफ्टॉन और ट्रास्टेवर। वह उन शहरों की कहानियाँ उसको सुना रही थी। उनको उसके साथ अच्छा महसूस हो रहा था, लेकिन वह इस बात को भी समझ रहे थे कि उनकी पत्नी कमरे के दूसरे ओर से उन्हें कनखियों से देख रही है।

उसने बताया कि इतने सारे देशों में रहने के कारण डिज़ाइन की उसकी समझ काफ़ी बेहतर हो गई, और वह एक आर्किटेक्ट के साथ इंटीरियर डिज़ाइनर के रूप में काम कर रही थी। अहान के पापा उसके बारे में थोड़ा-बहुत जानते भी थे।

"आपका दफ़्तर मेरी फ़ैक्टरी के रास्ते में नहीं है?" उन्होंने पूछा और उससे कहा कि वह तब तक उसको रोज़ाना गाड़ी से छोड़ देगा और वापसी में ले आएगा जब तक कि उसकी कार नहीं आ जाती। "मैं किसी महिला को परेशान होते नहीं देख सकता," कहते हुए उन्होंने उस महिला को अपना विज़िटिंग कार्ड दे दिया।

अहान की माँ भी उनकी बातचीत में शामिल हो गई। वह थोड़ी लड़खड़ा रही थीं। अपना वज़न कम करने की कोशिश में उन्होंने एक बार फिर डिनर नहीं लिया था, और ख़ाली पेट व्हिस्की पीने के कारण उनके सर में उससे कहीं अधिक चक्कर आ रहा था जितना कि उन्होंने सोचा था। वह अब जाना चाह रही थीं। जब दोनों में परिचय हो रहा था तो सहारे के लिए वह अपने पति की बाँह पकड़कर खड़ी थीं। "चलें," उन्होंने अपने पति की बाँह कसकर पकड़ते हुए कहा।

जिस दिन उनको पहली बार उस महिला के घर उसको लाने जाना था तो उन्होंने अपने आपको अपनी पत्नी के ड्रेसिंग टेबल के आईने पर देखा था। उन्होंने उस दिन आम दिनों से बेहतर क़मीज़ पहनी और अपने मिशन पर निकल गए। इसके बाद से उनकी गाड़ी केवल लक्ष्मण ही चलाता था।

इस गुप्त काम में वह किसी का भरोसा नहीं कर सकता था। नूरिया ने जो पता उनको दिया था वह पास में ही था। वह अपने कार की पिछली सीट पर बैठ गए और सिगरेट पीने लगे। सिगरेट पीते हुए वह इन्तज़ार करते रहे जबकि लक्ष्मण ने ऊपर जाकर घंटी बजाई। वह नीचे आई, उसने शिफ़ोन की साड़ी और स्लीवलेस ब्लाउज़ पहन रखी थी। वह आई और उनके बग़ल में बैठ गई। उन्होंने एक और सिगरेट निकाली और उसे अपनी सिगरेट से जलाकर नूरिया को थमा दी। उसने सिगरेट ले ली और अपने होंठों से लगा ली।

वह एक राजनयिक के घर में पली-बढ़ी थी और यह बात उसमें दिखाई देती थी। वह ख़ूब बातें करती थी लेकिन उसका सफ़र बहुत जल्दी पूरा हो जाता था। जब वह गाड़ी से उतरकर अपने दफ़्तर जाती तो वे आँख फाड़े उसको जाते हुए देखते रहते। वह सब्र बनाए हुए थे, यह भी उस रोमांच का ही हिस्सा था।

मौसम बदला, और वह साड़ी के ऊपर इकत का चमकीला कोट पहनने लगी। शुक्रवार की एक दोपहर जब वह पहुँचे तो वह पहले से ही गेट के बाहर खड़ी थी। उनके पास नूरिया के लिए सिगरेट जलाने का समय ही नहीं बचा। उनके बग़ल में बैठने के बाद नूरिया ने उनके हाथ से सिगरेट लेकर एक गहरा कश मारकर सिगरेट उनको वापस कर दी। सिगरेट पर लिपस्टिक का निशान रह गया था और जब अहान के पिता ने सिगरेट को होंठों से लगाया तो वह कुछ चिपचिपा भी लग रहा था।

उस शाम जब वह उसको छोड़ने के लिए गए तो उन्होंने नूरिया से कहा कि क्या वे ऊपर उसके कमरे में आकर एक ज़रूरी फ़ोन कर सकते हैं। वे दफ़्तर में एक ज़रूरी फ़ाइल भूल गये थे और फ़ोन करके उसको मँगवाना चाहते थे। जब तक लक्ष्मण जाकर फ़ाइल लाए तब तक क्या वह उसके कमरे में बैठकर इन्तज़ार कर सकते हैं—मसला बहुत ज़रूरी था। बिलकुल कर सकते थे। उसने पूछा कि क्या वे कॉफ़ी पिएँगे या कुछ और ज़्यादा हार्ड? उसके पास व्हिस्की की एक बोतल थी जो उसको जन्मदिन पर तोहफ़े में मिली थी। हाँ, हाँ, क्यों नहीं, वह बोले। वैसे भी उस दिन वे बहुत थक गये थे। वीकेंड भी आनेवाला था इसलिए पीने में कोई बुराई नहीं थी।

नूरिया ने व्हिस्की और दो गिलास निकाल लिये। लक्ष्मण को आराम से आने के लिए कह दिया गया था। अहान के पापा ने उसको अपनी शादी के बारे में बताया कि किस तरह कम उम्र में ही उनकी शादी हो गई थी और किस तरह दोनों अलग-अलग ज़िन्दगी जीते हुए साथ रह रहे थे, बस बच्चों के लिए। नूरिया उसका हाथ सहलाने लगी। उन्होंने नूरिया को चूम लिया, व्हिस्की का स्वाद अभी भी उनके मुँह में था। उसके बाद से वे काम के बाद रोज़ाना उसके साथ वहाँ आने लगे।

कार में दोनों की बातचीत में जो बदलाव आया था उसे लक्ष्मण भाँप गया था। जब पीछे की सीट पर उसके मालिक ने किशोरों की तरह उसकी टाँगों के बीच हाथ डाला तो वह खिलखिलाई लेकिन कहा कुछ नहीं। सिकन्द साहब उसके लिए अच्छे थे और वे क्या कर रहे थे इससे उसको कुछ लेना-देना नहीं था। जब साहब उस औरत के घर जाते थे तो वह बाहर गाड़ी लेकर उनका इन्तज़ार करता था, लेकिन उसने यह बात किसी को नहीं बताई, अपनी पत्नी को भी नहीं। उसके बाद हुआ यह कि दोनों गाड़ी से उस औरत के घर आते, उसके बाद साहब लक्ष्मण से गाड़ी छोड़कर जाने के लिए कह देते, वह बस लेकर वापस आ जाता। सब देखते कि साहब सुबह 6:30 बजे अपने घर वापस लौटते थे, अपने परिवारजनों के जागने के पहले, सब देखते लेकिन कोई कुछ नहीं कहता था।

अहान के पापा नूरिया के जीवन-स्तर को बेहतर बनाने लगे। उन्होंने उसकी बरसाती में एसी लगवा दिया, नया टीवी ख़रीद दिया। कमरे से सिगरेट की गन्ध आती थी, घर के सामानों पर कुत्ते के बाल चिपके रहते थे लेकिन उनको इन बातों की परवाह नहीं थी। उन्होंने नूरिया से कहा कि वह उसकी फ़ैक्टरी के पास एक और घर में रहने के लिए चले लेकिन उसने मना कर दिया। उसने कहा कि वह उनको प्यार करती थी उनके पैसों को नहीं। धीरे-धीरे उनका घर आना कम हो गया, उस औरत ने अपने कमरे में उसके सामानों के लिए एक अलमारी लगा दी। "खा गई उसे," जब इस मामले के बारे में लोग बात करते तो यही कहते।

अहान की माँ ऊपर से ऐसे जताती मानो कुछ हुआ ही न हो। पुरुष ऐसा करते ही थे। उनके पिता और ससुर दोनों ने घर के बाहर औरत रखी हुई थी,

लेकिन दोनों ने अपनी पत्नियों के पास ही अन्तिम साँस ली। यहाँ तक कि केलेग्री में उसके बेहूदे भाई का भी किसी पड़ौसी औरत से चक्कर था। उन्हें बस इन्तज़ार करना था। चाहे सप्ताह में टूटे, महीनों में या सालों में लेकिन इस रिश्ते का अन्त होना ही था।

अहान की माँ के बाल गिरने लगे—शुरू में कम, बाद में जब वह सोकर उठतीं तो उनको तकिए पर बहुत से बाल गिरे हुए मिलते। कुछ महीने बाद जब वे अपने बालों को धोतीं तो उनके बालों से नाली जाम होने लगी। वे पागलों की तरह उन बालों को जमा करने लगीं। जब वह नई बहू थीं तो राय बहादुर विएना से उनके लिए एक म्यूज़िकल ज्वेलरी बॉक्स लाए थे, वे उसी बॉक्स में बालों को इकट्ठा करने लगीं। वे अपने बालों का गुच्छा बनातीं, उनको अख़बार के साथ आए रंगीन रबर से बाँधतीं और डब्बे में रख देती। इस दौरान ज्वेलरी बॉक्स कोई जर्मन धुन बजाती रहती। बस यही एक समय ऐसा होता था जब वह सुबक-सुबक कर रोती थीं, धीरे-धीरे, सुबक-सुबक कर। वह नहाने के बाद यह काम करती थीं, आँखों में काजल लगाने के पहले, नहीं तो सारा काजल बह जाता।

"आप उनसे कुछ कहती क्यों नहीं हैं मम्मा?" एक दिन दिव्या ने ग़ुस्से में अपनी माँ से कहा।

"तुम इतनी बड़ी तो हो गई हो बेटा कि इस बात को देख सको कि क्या कुछ चल रहा है, लेकिन इसके मतलब समझने लायक समझदार नहीं हो पाई हो," उन्होंने जवाब में कहा और इस मसले पर आगे और बात करने से इनकार कर दिया।

जब उसके पापा नूरिया के घर में होते थे तो दिव्या बार-बार नूरिया के नम्बर पर फ़ोन मिलाती और जब उधर से फ़ोन उठता तो काट देती। वह ऐसा तब तक करती रहती जब तक कि वे दोनों फ़ोन का रिसीवर उठाकर नहीं रख देते थे।

अहान की माँ ने अपने बाल कन्धे तक कटवा लिये। सिर में बाल कम होने के कारण वे घुँघराले लगने लगे और उससे भी छोटे दिखाई देते जितने वास्तव में थे। किसी-किसी दिन शाम को उसके पति घर आ जाते तो वे मेहमानों वाले कमरे में सोते थे। शुरू-शुरू में वे बच्चों के सामने आपस में

बात करते, या नौकरों के माध्यम से सन्देश देते-लेते, वह उनके आमने-सामने कुछ नहीं कहती थीं और इस बात से अहान के पापा राहत महसूस करते। अगर उनका ध्यान इस बात पर गया भी था कि उनकी पत्नी के बाल गिर रहे हैं तो भी उन्होंने कुछ कहा नहीं।

पड़ोस के सम्भ्रान्त इलाक़े में एक वृद्ध महिला अपना ख़र्चा चलाने के लिए आयुर्वेदिक हेयर केयर सेंटर चलाती थी, वे उसके पास गईं। वह सेंटर वह वृद्धा अपने ड्राइंगरूम से चलाती थी, जिसमें उनका सहयोग देती थीं उनके घर की ख़ुश-मिज़ाज वृद्धाएँ, जो काम में भी बेहद चुस्त थीं और बड़ी कुशलतापूर्वक साड़ी बाँधती थीं। वहाँ केवल महिलाएँ आती थीं जिनके बालों में वह कोई प्राचीन लेप लगा देती थीं और बाथरूम में ले जाकर धो देतीं। दिन-भर सुन्दर बालों की उम्मीद लिये औरतें वहाँ आती रहती थीं।

महा-महाराजजी के भक्त भी वहाँ आते थे और घर की मालकिन ने स्वामी जी की एक फ़ोटो भी फ्रेम करवाकर लगा रखी थी, जिसमें वे हाथ जोड़े हुए थे, जो वहाँ आनेवालों को और भी सहज बना देता था। अहान की माँ इस तरह के लटकों-झटकों से दूर ही रहती आई थीं। इस वजह से उन्होंने वहाँ जाना छोड़ दिया।

दुनिया की तमाम रखैलों की तरह, नूरिया के पास भी अपने प्रेमी के लिए शाम का ही समय होता था। उसके लिए इस बात को सहन कर पाना मुश्किल था कि उसके पुरुष का अपना एक और परिवार था। एक जायज़ परिवार। उसके लिए इस बात को सहन कर पाना मुश्किल था कि वह अपने इस रिश्ते के बारे में खुलकर बात नहीं कर सकती; कि उसके लिए अपने पुरुष के साथ रेस्तराँ में जाना भी सम्भव नहीं। वह रिश्ता जो उसके लिए सब कुछ था, बरसाती की चार दीवारों के बाहर उसका कोई अस्तित्व नहीं था।

नूरिया के मामा की लड़की हाल में ही विधवा हो गई थी। उसके बच्चे बड़े-बड़े थे, शामें खाली और लम्बी। एक शाम जब उसका पुरुष अपनी पत्नी और बच्चों के पास गया हुआ था तो वह अपनी बहन को लेकर महा-महाराजजी के आश्रम गई। उसको महा-महाराजजी तेजवान लगे। उन्होंने उसकी तरफ़ देखा और उसकी माँग में अपने अँगूठे से अदृश्य सिन्दूर लगा दिया और बिना कुछ कहे उसको वापस भेज दिया।

उसके लिए शाम बिताना बहुत मुश्किल हो जाता था। दूसरी महिलाएँ उस समय घर के काम में लगी रहती थीं, अपने बच्चों, पतियों और सासों के साथ व्यस्त रहती थीं। शाम का समय अपने बारे में सोचने का समय होता था, जिससे दोनों बचते रहते थे। उसकी बहन उसको गहरे नीले रंग की प्रीमियर पद्मिनी कार में बैठाकर शहर से होते हुए आश्रम ले जाती, जो शहर के बाहर एक विशाल परिसर में क्रीम रंग की एक बिल्डिंग में था।

किसी को यह पता नहीं था कि महा-महाराजजी ने किस तरह ज़मीन का इतना बड़ा टुकड़ा हासिल किया था; यह भी उनके बहुत से चमत्कारों में एक था। वे सेवादार बन जातीं, लंगर में मदद करतीं, जूतों के काउंटर पर बैठ जातीं, लोगों के चप्पल-जूते रखकर उनको टोकन देने लगतीं, और महा-महाराजजी के प्रवचन सुनतीं।

"मैं सभी धर्मों के अनुयायियों का स्वागत करता हूँ। हिन्दू, मुस्लिम, सिख, ईसाई, मुझे किसी के धर्म से कोई फ़र्क़ नहीं पड़ता। अपने रोज़मर्रा के जीवन में परेशान रहनेवाले लोग मुझे खोज लेते हैं, चाहे वे किसी भी धर्म के हों, किसी जाति के हों," नूरिया ने महाराजजी का जो पहला प्रवचन सुना था उसमें उन्होंने यह बात कही थी "मैं सभी से यही कहता हूँ कि आप अपने देवता की ही पूजा कीजिए, वह चाहे जो भी हों, जहाँ भी हों," वह बोले। "क्या आप उसको देख सकते हैं?" उन्होंने पूछा और अपना माइक भीड़ की तरफ़ कर दिया।

"हाँ," सब एक साथ चिल्लाए।

वह अभी महा-महाराजजी के अन्दरूनी दायरे का हिस्सा नहीं हुई थी लेकिन फिर भी इतने नियमित रूप से वहाँ आने-जाने लगी थी कि महा-महाराजजी उसको पहचान लेते थे और उसको उसी तरह से हाथ खोलकर नमस्ते करते जिस तरह से वे अपने पक्के भक्तों को करते थे। आश्रम में आनेवाली कुछ महिलाओं से नूरिया की दोस्ती हो गई, और वह जल्दी ही आश्रम के गुटों के बारे में जान गई, जो एक न एक शिविर में बँटे हुए थे। वे अलग-अलग शिफ़्ट में आते थे। जिन औरतों के बच्चे स्कूल जाते थे वे दोपहर के पहले आती थीं, उनका अपना गुट था। उसी समय बूढ़े और रिटायर लोग भी आते थे।

दोपहर के समय चहल-पहल कम रहती थी लेकिन शाम के समय कुछ बूढ़ी औरतें आती थीं, जिनके बच्चों को उनकी ज़रूरत नहीं रह गई होती थी। उसी तरह कुछ एकल महिलाएँ भी आती थीं, कुछ पुरुष भी उसी समय आते थे जो या तो महा-महाराजजी के पक्के भक्त होते थे या जिनको उनकी पत्नियाँ किसी-न-किसी बहाने ले आती थीं।

वह आश्रम में सप्ताह में कई बार आती थी। सेवा करने के बाद वहाँ इधर-उधर घूमती, वहाँ आनेवाले भक्तों से बात करती रहती, और इस उम्मीद में रहती कि दर्शन हो जाए। महा-महाराजजी अपना समुदाय बनाने को लेकर बहुत उत्साहित थे और वह इन चीज़ों को हतोत्साहित नहीं करते थे। उसने पाया कि सिकन्द परिवार के सामाजिक दायरे की बहुत-सी महिलाएँ भी वहाँ आती थीं। उसको सुनना अच्छा लगता था, और वह उन महिलाओं की बातों को बड़े ध्यान से सुनती थी, जितने ध्यान से उनके पति-बच्चे उनको नहीं सुनते थे। जल्दी ही वे उसको अपने घर कॉकटेल पार्टियों में बुलाने लगीं।

कुछ ही समय बाद उसका सामना अहान की माँ से हुआ।

उनकी मुलाक़ात एक आम-सी कॉकटेल पार्टी में हुई। किसी के जन्मदिन की पार्टी थी, रम, व्हिस्की के साथ तन्दूरी खान-पान परोसा जा रहा था, डिनर का आयोजन नहीं था। अहान की माँ ने जैसे ही नूरिया को आते देखा वे जम-सी गईं। वे अपने पिता के घर से सीधे अपने पति के घर आई थीं इसलिए इस तरह से आमना-सामना करने की उनकी आदत नहीं थी। उनकी सास का निधन बहुत जल्दी हो गया था और उनको बहुत कम उम्र से ही इतना बड़ा घर चलाना पड़ गया था। उनकी ग़लतियों को बतानेवाला कोई नहीं था। उनके माँ-पापा का देहान्त हो गया था। उनके पति कहीं और ही व्यस्त थे और उनको इसकी ज़रा भी परवाह नहीं थी। सिवाय इसके कि वह उनको अपना जीवन जीने के लिए छोड़ दे। उनके बच्चे बहुत छोटे थे और वे कभी दफ़्तर नहीं गई थीं। चूँकि कोई उनके ऊपर उँगली उठानेवाला नहीं था इसलिए उन्होंने भी जैसे चल रहा था चलने दिया। उनके गाल लटक गए थे और उनका ब्लाउज़ कुछ टाइट हो गया था—उनको ब्लाउज़ खोलना पड़ जाता था। उनका पेट उनके शरीर के मुक़ाबले बहुत निकल आया था।

बच्चों को दूध पिलाने के कारण उनके स्तन लटक आए थे। गर्भावस्थाओं के चलते पेट के पास निशान पड़ गए थे और इस वजह से वे साड़ी ऊपर बाँधती थीं। लेकिन उनकी दूधिया गोराई अभी भी बाक़ी थी और वह पूरी कोशिश करती थीं कि अपने चेहरे को धूप से बचाकर रखें।

उसके विपरीत, नूरिया की रंगत शहद जैसी भूरी थी। वह साड़ी नाभि से नीचे पहनती थी। उसके व्यक्तित्व में ऐसी औरत का आत्मविश्वास झलकता था जिसने अपनी राह ख़ुद बनाई हो, जिसको किसी को जवाब नहीं देना हो, उसके पास ऐसा पुरुष था जो उसके लिए हर समय मौजूद रहता था।

अहान के पापा वहाँ नहीं थे, वे बिज़नेस के सिलसिले में यात्रा पर थे। उसके प्यार के कारण नूरिया का सिर चढ़ा हुआ था। अहान की माँ को इस तरह से ठुकराया जाना अपमानजनक लग रहा था, एक तो उनके पति ने उनको ठुकरा दिया, दूसरे उनकी दोस्त ने भी उनको और नूरिया को एक साथ बुलाकर एक तरह से उनको अपमानित ही किया था। उन्होंने यह सब सोचते हुए एक गहरी साँस ली और शराब का एक बड़ा घूँट ले लिया। ड्राइंगरूम में बहुत भीड़ थी, बल्कि कहना चाहिए कि वहाँ का माहौल दमघोंटू होता जा रहा था। आख़िरकार नूरिया और अहान की माँ का आमना-सामना हो ही गया। इस मुलाक़ात के पहले अहान की माँ ने अकेली रातों में कई बार उसके साथ मन-ही-मन बातचीत की थी।

नूरिया ने उनको ऊपर से नीचे तक देखा और बोली, "हैलो, हम लोग पहले मिल चुके हैं। हमारे पति एक ही हैं।" कहकर उसने सिगरेट का धुआँ बड़ी बेपरवाही से उड़ा दिया।

अहान की माँ को समझ में नहीं आ रहा था कि क्या बोले इसलिए वे कमरे से चली गईं। वह अँधेरे में तब तक सड़क पर चलती रहीं जब तक कि उनको लक्ष्मण दिखाई नहीं दे गया, वह एक पेड़ के नीचे खड़े होकर बीड़ी पी रहा था। वह घर वापस चली आई।

उस शाम की मेज़बान कनखियों से सब देख रही थी। यह देखकर उसने राहत की साँस ली, साथ ही उसको कुछ निराशा भी हुई। राहत इस बात से कि कोई तमाशा नहीं हुआ, और दुख भी इसी कारण से कि कोई तमाशा नहीं हुआ।

बिना कुछ किये ही नूरिया विजेता नज़र आ रही थी—ज़रूर यह महा-महाराजजी की कृपा थी। उसने आगे बढ़कर नूरिया की पीठ पर हाथ रखा और पूछा कि क्या वह एक पैग और लेना चाहती है।

पहली नज़र के बारे में जो कहा जाता है वह सही ही है। वह रिश्ते का समीकरण तय कर देती है, जिसमें तभी बदलाव आ सकता है जब हालात में बदलाव हो। पहली हार के बाद अहान की माँ उस ज़मीन को फिर हासिल नहीं कर पाईं जो उन्होंने खो दी थी। उसने अपना रंग दिखा दिया था, सबने देख लिया था कि एक जवान, अधिक आत्मविश्वास से भरपूर महिला ने उनके डर को ज़ाहिर कर दिया था। ख़बर जंगल के आग की तरह फैल गई, जिसके कारण अहान की माँ घर में ही अधिक समय बिताने लगीं। जब वह बाहर जातीं तो जल्दी-जल्दी पी लेती थीं या उस तरह से ख़ुश होकर नहीं पीती थीं। उनको अब न्योते भी कम आते थे। उनसे मिलने आनेवाली औरतों ने उनको बताया कि नूरिया महा-महाराजजी के आश्रम का अन्दरूनी हिस्सा बन चुकी है।

आमना-सामना होने की इस ख़बर के बारे में अहान के पापा को नूरिया से ही पता चला। उसी ने उनको बताया था कि क्या हुआ था। अहान के पापा ने इस बात को नहीं छेड़ा, उन्होंने किसी से कुछ नहीं कहा, जैसे कुछ हुआ ही नहीं था। उनकी पत्नी ने किसी तरह की व्याकुलता दिखाई भी तो उन्होंने इस बात को जाने ही दिया। वह नूरिया के यहाँ पहले से अधिक समय बिताने लगे। या तो उसके साथ बिस्तर में या महा-महाराजजी के भक्तों की मंडली में। समाज में उनको पति-पत्नी के रूप में देखा जाने लगा था। अहान की माँ सिकन्द हाउस में सिमट गई थीं, उनकी कुछ पुरानी सहेलियाँ कभी-कभार कॉकटेल पार्टी में जाते समय उनसे मिलने के लिए आ जाया करती थीं।

ऐसी ही एक शाम वे किसी पार्टी से लौटे। लौटकर जब नूरिया साड़ी बदल रही थी तो उसने पाया कि अहान के पापा उसके पेट पर पड़े धुँधले निशान को घूर रहे हैं। जब उन्होंने देखा कि नूरिया ने उनको देखते हुए देख लिया तो उन्होंने निगाहें दूसरी तरफ़ घुमा लीं।

"जानू, क्या तुम यह नहीं जानना चाहते हो कि ये निशान मेरे पेट पर कैसे पड़े?" वह बोली। "तुमने पहले कभी मेरे बारे में नहीं पूछा था, जब तुम मुझे जानते नहीं थे। क्या तुम यह नहीं जानना चाहते हो कि मैं पहले क्या थी?

"आज जितने लोग भी मुझे जानते हैं वे मुझे अकेली औरत के रूप में जानते हैं, इंटीरियर डिज़ाइनर के रूप में जानते हैं, तुम्हारी प्रेमिका के रूप में जानते हैं, महा-महाराजजी की भक्त के रूप में जानते हैं। वे मेरे पहले के जीवन के बारे में नहीं जानते हैं, आयुष्मान कपूर की पत्नी के रूप में नहीं जानते हैं। यह बात तब की है जब मैं दिल्ली नहीं आई थी। मेरे मम्मी-पापा ने मेरी शादी तय की थी, वह उनके दोस्त का बेटा था।" वह बोले जा रही थी। "उसको तलाक़ देने के पहले मैं यही थी। मेरे पासपोर्ट में अभी भी मेरे पूर्व ससुर की फ़ैक्टरी का पता है, जो करनाल का है।"

"इससे कोई फ़र्क़ नहीं पड़ता है कि तुम कौन थी, मैं कौन था, मैं कौन हूँ। इस घर में, प्यार के इस घर में, हम एक-दूसरे के हैं, बाहर कुछ भी होता रहे उससे कोई फ़र्क़ नहीं पड़ता," उन्होंने जवाब दिया। उन्होंने नूरिया के पेट पर पड़े निशान को सहलाते हुए उससे कहा कि आगे कोई सवाल नहीं। उसके बाद नूरिया ने भी कुछ नहीं कहा।

वह दस नवम्बर की रात थी। शादियों के लिए वह सबसे शुभ दिन था। उसी रात नूरिया को किसी ने फ़ोन करके बताया कि उसके मम्मी-पापा का देहान्त हो गया है। चंडीगढ़ से किसी शादी में भाग लेकर वे करनाल वापस लौट रहे थे। उनकी गाड़ी ट्रक से टकरा गई थी। उनकी छोटी-सी मारुति 800 कार उस विशालकाय ट्रक के सामने नहीं टिक पाई। ट्रक ने टिन के डिब्बे की तरह उनकी कार को कुचल दिया था। उसके एक भाई का अनुमान था कि उनका देहान्त तत्काल ही हो गया होगा। वे अपने आपको यह दिलासा दे रहे थे कि मरते समय उन लोगों को तकलीफ नहीं हुई होगी। उसकी भाभी ने बताया कि उसकी माँ ने जो गहने पहने हुए थे किसी ने उनको चुरा लिया। उनके शरीर के पास गहने नहीं मिले थे। अहान के पापा शहर के बाहर गए थे, उनकी पत्नी के परिवार में किसी की शादी थी। वह जानती थी कि वह शादी को छोड़कर नहीं आनेवाले थे, इस तरह की मौजूदगी उनके लिए बहुत

मायने रखती थी, नहीं तो बहुत सारे सवालों का सामना करना पड़ता, बहुत से बहाने बनाने होते।

नूरिया ने करनाल जाने के लिए अगली सुबह वोल्वो पकड़ ली। बस स्टैंड पर कोई उसका इन्तज़ार नहीं कर रहा था। उसने अपने भाई से लेने आने के लिए कहा था लेकिन वह नहीं आया था। उसका घर अधिक दूर नहीं था। वह अहान के पापा के ब्रीफ़केस में सामान लेकर आई थी। उसी ब्रीफ़केस में वे सिकन्द हाउस से सामान लाते-ले जाते थे। वह उसी ब्रीफ़केस को उठाए-उठाए घर पहुँच गई। उसके पापा के घर के बाहर छोटा-सा लकड़ी का गेट था जो कई बरसातें झेल चुका था।

गेट के बाहर नेम प्लेट लगी हुई थी—डीपी खुराना, आईएफ़एस (सेवानिवृत्त)। अब वह नेम प्लेट हट जाएगी और उसके भाइयों की नेम प्लेट लग जाएगी। उसका पूर्व पति आयुष्मान भी आया हुआ था। अब उसकी उम्र दिखाई देने लगी थी, उसका पेट निकल आया था, जो हैरानी की बात थी क्योंकि जब वह उसके साथ थी तो वह पड़ोस के मर्दाना जिम में बहुत समय बिताता था।

उसको उम्मीद ही थी कि वह वहाँ ज़रूर आया होगा। आख़िरकार वह उसके बचपन का दोस्त था, जब वे छुट्टियों में विदेश से करनाल आते थे तो वह उसके साथ खेलती थी। अपनी बेटी सिमरन को उसने बड़ी होने के बाद पहली बार देखा। जब उसने उन लोगों को छोड़ा था तो वह बच्ची ही थी। वह देखने में ख़ास सुन्दर नहीं थी। उसकी रंगत तो अपनी माँ जैसी ही साँवली थी, लेकिन उसके नैन-नक़्श अपनी माँ जैसे नहीं थे। उसके नैन-नक़्श अपने पिता जैसे थे लेकिन उसकी गोराई उसके चेहरे में नहीं आई थी। वह मोटा चश्मा लगाए हुए थी, पीछे चोटी बाँध रखी थी। चौड़े हैडबैंड से भी बाल निकले जा रहे थे। वह दूर से उसको देख रही थी यह जानने के लिए कि उसे कैसा महसूस होता है; कि एक पड़ोसी ने उसको टोका।

"अभी भी अकेली हो बेटा? कितने शर्म की बात है। अब तो मम्मी-पापा भी नहीं रहे, अब किस पेड़ की छाया में सुस्ताओगी?" उसने कहा।

नूरिया अपनी बेटी के पास नहीं गई। आयुष्मान ने उसको देखा लेकिन उसकी तरफ़ ध्यान नहीं दिया, न ही बेटी से उसका परिचय करवाने की कोई कोशिश ही की। दोनों ने उसके मम्मी-पापा को अन्तिम प्रणाम किया और जल्दी से वहाँ से निकल गए। चौथा और रसम-पगड़ी हो जाने के बाद उसकी भाभियों ने कहा कि उसको अपनी माँ की गोदरेज की अलमारी खुलने तक इन्तज़ार करने की ज़रूरत नहीं है, कि उसे चले जाना चाहिए। वह परेशान और अकेली दिल्ली लौट आई।

उन्हीं दिनों उसने तय किया कि अब उसको उस आदमी से रिश्ता तोड़ लेना चाहिए।

जब वह उसके प्यार में पूरी तरह से पागल था उन्हीं दिनों उसने उससे कहा कि उनको अब यह सब रोक देना चाहिए। उसको पति चाहिए, अपना घर-परिवार चाहिए। उसके मम्मी-पापा दुनिया से जा चुके हैं और अब उसका कोई नहीं था। अगर वे इसी तरह से रहे तो उसको कोई ऐसा नहीं मिल पाएगा जिसको वह गर्व के साथ अपना पति कह सके। उसने कहा कि लोग उनके बारे में बातें कर रहे हैं। जब भी वह मकान मालकिन के सामने पड़ती थी तो वह उसको देखकर बड़बड़ाने लगती थी। उसने कहा कि या तो वह उससे शादी कर ले या इस रिश्ते को ख़त्म कर ले।

उसकी हरे रंग की फ़िएट आ चुकी थी। वह उसी से काम पर जाने लगी। हर सुबह अहान के पापा जब तक उसके घर पहुँचते तब तक वह अपने दफ़्तर जा चुकी होती थी। वह शाम गें गेट के बाहर उसका इन्तज़ार करता रहता था। उसको किसी-न-किसी समय घर तो आना ही होता था। वह उसको ऊपर आने के लिए नहीं कहती थी। उसको फ़िएट की अगली सीट पर बैठकर ही उससे बात करनी होती थी। वह उसको समझाने की कोशिश करता कि वह उससे किस तरह शादी कर सकता है। वह अपने बच्चों का घर नहीं उजाड़ सकता। इसी तरह से चलाना होगा। लेकिन वह टस से मस नहीं हुई।

कई महीने गुज़र गए। अहान की माँ ने ग़ौर किया कि उसके पति अब घर में अधिक आने लगे, हालाँकि वे सोते अभी भी गेस्ट रूम में ही थे।

उसके जन्मदिन पर वे एक साथ डिनर के लिए गए। ताज होटल में नया चाइनीज़ रेस्तराँ खुला था। परिवार के साथ बाहर जाकर अच्छा लगा। उस रात वह उसी के बेडरूम में सोया।

अहान के पापा नूरिया को फूल भेजते रहे। डिफ़ेंस कॉलोनी में एक फूलवाले को यह ऑर्डर स्थायी रूप से दिया गया था कि वह हर दूसरे दिन उसके घर रजनीगन्धा के बारह फूल भिजवा दिया करे, जिसका भुगतान कम्पनी की ओर से महीने के आख़िर में कर दिया जाता था। लेकिन वह उन फूलों को नहीं लेती थी।

उसको नूरिया की याद आती। उसको याद आता कि किस तरह वह जब सुबह की चाय ले रहा होता था तो वह टैरेस पर सूर्य नमस्कार करती थी। उसको उसके साथ बातचीत की याद आती, अपनी छोटी-सी रसोई में वह जो स्वादिष्ट खाना पकाती उसको उसकी याद आती। किस तरह से वे कॉफ़ी टेबल पर बैठकर साथ खाना खाते थे—क्योंकि उस घर में डाइनिंग टेबल लगाने की जगह ही नहीं थी। रात में खाने के बाद वे जिस तरह से हाथ में हाथ डाले नीचे गलियों में टहलते थे उसको उसकी याद आती।

एक दिन अचानक उसने उसके दफ़्तर में फ़ोन किया, उसकी आवाज़ रुआँसी लग रही थी। नूरिया का कुत्ता लूका बहुत बीमार था। उसको ऐसा लग रहा था कि किसी ने उसको ज़हर दे दिया था, शायद उसकी मकान मालकिन ने, जो उससे हमेशा इस बात की शिकायत करती थी कि उसके भौंकने की वजह से वह दोपहर में सो नहीं पाती थी। अहान के पापा ने सेक्रेटरी से कहा कि वह उस दिन की सारी मुलाक़ातों को रद्द कर दे और उसके घर की तरफ़ भागे। वह तेज़ी से सीढ़ियाँ चढ़ते हुए उसकी बरसाती में आए। दरवाज़ा आधा खुला हुआ था और जब कमरे के अन्दर गए तो उन्होंने देखा कि वह बुरी तरह रो रही थी, उसका विशाल कुत्ता उसकी गोद में मृत पड़ा हुआ था। उसके कुर्ते पर ख़ून के दाग़ थे और एक तीखी गन्ध कमरे में फैली थी। अहान के पापा ने नूरिया के माथे पर चूम लिया और कुत्ते को हटाया।

"यह ठीक था—दिन-भर भागता फिर रहा था, अचानक एक मिनट में क्या हुआ कि यह गिर गया," वह सुबकते हुए बोल रही थी। वह बरसाती के टैरेस में गए और लक्ष्मण को ऊपर आने के लिए इशारा किया।

जब लक्ष्मण ऊपर आया तो अहान के पापा ने उसको सब साफ़ करने के लिए कहा। नूरिया ने लूका का शरीर लपेटने के लिए हरे रंग की एक चादर निकाली। लूका को लक्ष्मण के पास छोड़कर वह उसे बेडरूम में लेकर गए, कुर्ता खोलने और नहाने में उसकी मदद करने लगे। उसके ख़ून सने कपड़े उन्होंने प्लास्टिक के एक बैग में अच्छे से पैक कर दिये। कपड़ों से बहुत दुर्गन्ध आ रही थी।

वह लूका को कहाँ दफ़नाएगी? "फ़ैक्टरी के बग़ीचे में," अहान के पापा ने सुझाव दिया। वे बेडरूम से बाहर निकले तो लक्ष्मण बाहर खड़ा उनका इन्तज़ार कर रहा था। वह पसीने-पसीने था, लूका को उसने कपड़े में अच्छे से लपेट लिया था, और गमले से रजनीगन्धा के फूल तोड़कर उसकी लाश के ऊपर रख दिये थे।

लक्ष्मण अपने मालिक की मदद से लूका की लाश को लेकर सँकरी सीढ़ियों से बड़ी मुश्किल से नीचे उतरा। नूरिया ने अगरबत्ती, माचिस और कुत्ते के प्रिय खिलौने ले लिए। रास्ते में वे नमक ख़रीदने के लिए रुके, और फिर नूरिया के कुत्ते को दफ़्तर के बग़ीचे के एक कोने में आम के एक पेड़ के नीचे ससम्मान दफ़ना दिया गया।

अहान के पापा नूरिया को वापस छोड़ने के लिए ख़ुद गाड़ी चलाकर गए। घर में खाने को कुछ नहीं था तो नूरिया ने कहा कि वह मैगी बना देती है। दोनों ने साथ-साथ व्हिस्की पी। वे बुरी तरह थक गए थे।

"मुझे अब वापस आने दो," उन्होंने नूरिया की उँगली की अँगूठी से खेलते हुए कहा। वह अँगूठी महा-महराज जी की अभयदान मुद्रा में बनी हुई थी।

"मैं भी यही चाहती हूँ," वह बोली। "लेकिन मैं कुछ चाहती हूँ। इस तरह से नहीं।"

"मैं उसको छोड़ दूँगा। मुझे अपने मामले सलटाने के लिए कुछ समय चाहिए," उन्होंने जवाब दिया।

"और तब तक? तुम मुझसे यह उम्मीद करते हो कि मैं इसी तरह से रहती रहूँ, अनंत काल तक रास्ता देखती रहूँ। किस चीज़ के लिए, यह भी पक्का नहीं। मैंने अपने पति को इसलिए नहीं छोड़ा था कि वह क्रूर था,

इसलिए भी नहीं कि वह शराबी था, न ही इसलिए कि वह मेरी देखभाल में कमी करता था, इसलिए कि उसने कुछ बहुत ग़लत किया था। वह बुरा आदमी नहीं था। मैंने उसको इसलिए छोड़ा क्योंकि मैं सारा जीवन करनाल में रहते हुए नहीं बिता सकती थी। मैं दुनिया देखते हुए बड़ी हुई हूँ, इसलिए मैं इस तरह से नहीं रह सकती थी। मैंने अपनी बेटी को वहाँ इसलिए छोड़ा क्योंकि मैं इस बात को जानती थी कि वह उसके साथ अच्छे से रहेगी, वह उसकी जिस तरह से देखभाल करेगा उस तरह से मैं नहीं कर सकती थी। मैंने सब कुछ छोड़ा, इतना बड़ा जोखिम मोल लिया, इतनी परेशानी उठाई। क्या सिर्फ़ इसलिए कि मैं किसी की रखैल बनकर रहूँ," उसने पूछा। "मुझे कुछ ज़्यादा चाहिए, महज़ वादा नहीं।"

दोनों अग़ल-बग़ल असहाय भाव से बैठे रहे। अचानक नूरिया ने कहा, "हम लोग मुस्लिम धर्म अपना लेते हैं, और अभी उसी तरह से शादी कर लेते हैं, और जब तुम्हारे मामले सुलझ जाएँगे तो हम सही तरह से शादी कर लेंगे, और वापस हिन्दू बन जाएँगे।" हालाँकि यह सब कहने के बाद उसको अपने कहे पर ख़ुद भी भरोसा नहीं हो रहा था। ऐसा लग रहा था मानो महा-महाराजजी स्वयं उसके मुँह से बोल रहे हों। "मैं अकेले जोखिम उठाना नहीं चाहती," उसने जैसे अन्तिम बात सुनाई। उसके हाथ से अपना हाथ छुड़ाते हुए उठी और साफ़ करने के लिए ख़ाली कटोरे उठाने लगी। "आज तुमने मेरी जो मदद की इसके लिए बहुत शुक्रगुज़ार हूँ, और मैं अभी भी तुमको बहुत प्यार करती हूँ। मैं तुमसे बहुत प्यार करती हूँ और तुम्हारी होकर रहना चाहती हूँ। और अगर तुम भी मुझसे प्यार करते हो तो मेरी मदद करो और चले जाओ और वापस तभी आना जब तुम्हारे पास कोई ठोस योजना हो," वह बोली। वह थकी हुई थी।

"मैं वादा करता हूँ कि कुछ न कुछ ज़रूर करूँगा," उसने कहा। "बस मुझे आज की रात यहीं रहने दो। मैं ऐसे में तुमको अकेले नहीं छोड़ना चाहता।"

"तुम यहाँ सोफ़े पर सो सकते हो," वह भी उस रात घर में अकेले नहीं रहना चाहती थी। उसने उसको तकिया दिया और बक्से से निकालकर एक राजस्थानी रजाई थमाई और सोने के लिए अन्दर कमरे में चली गई।

अहान के पापा उस सँकरे से सोफ़े पर रात-भर करवटें बदलते रहे। जब वह उसके ऊपर लेटे तो उससे कुत्ते की बड़ी तेज़ गन्ध आ रही थी। तकिया सोफ़े की चौड़ाई से बड़ा था और वह बार-बार नीचे गिर जा रहा था। गद्दा समय के साथ ढीला पड़ गया था और उनके वज़न के नीचे वह पूरी तरह से दब गया था। सुबह के समय कमरे में जो रोशनी आने लगी उसको पर्दे रोक नहीं पा रहे थे, कमरे का एसी भी रात-भर ठीक से नहीं काम कर रहा था।

उसको अपने गालों पर कुछ रेंगता हुआ-सा महसूस हुआ और वह अचानक जाग गया। कीड़ा था, जूँ, जो कुत्ते के शरीर से निकलकर आई होगी। वे उठे और नूरिया के ठंडे कमरे में चले गये और उसके बिस्तर पर उसकी बग़ल में घुस गये। इस बिस्तर को वे अच्छी तरह से जानते थे। उसके पास जाकर उन्होंने उसको जगाने के लिए उसकी पपनियों को चूम लिया।

"मैं सब करूँगा," वह बोला। "बस मैं यह कह रहा हूँ कि फ़िलहाल इस बात को हम छिपाकर रखेंगे।"

उसने अपनी आँखें खोलीं और उससे चिपकते हुए पूछने लगी, "कब? आज या कल?"

"सब इन्तज़ाम करना होगा जान, यह कोई किराने की दुकान से ब्रेड ख़रीदने जैसी बात नहीं है। वैसे भी कल सुबह-सुबह मुझे बाहर जाना है। बहुत लम्बी यात्रा है, लगभग दो महीने के लिए। मैं अपने बच्चों को लेकर पहले सेन फ्रांसिस्को जाऊँगा, फिर योसेमाइट, और उसके बाद मैं बिज़नेस के सिलसिले में डेट्रायट चला जाऊँगा, इस बीच बच्चे न्यूयॉर्क घूमेंगे। मुझे लग रहा था कि मैं तुम्हें खो चुका हूँ, कि तुमने मुझसे दूर जाने का फ़ैसला कर लिया है।" उन्होंने जवाब में कहा और उसको किस करते हुए बोले, "और वापस आने के ठीक बाद, मैं वादा करता हूँ।"

अहान के पापा के वापस आने के ऐन बाद दोनों ने इस्लाम धर्म क़बूल कर लिया और महा-महाराजजी के एक गुप्त मुस्लिम अनुयायी के सामने शादी कर ली। उन्होंने आसिफ़ अमीन और नूरिया अमीन के नये नाम से शादी की। उसी दिन 1,11,111 रुपये की मेहर की रक़म पर उनके बीच निकाह हुआ,

जिसमें अहान के पापा की ओर से लक्ष्मण गवाह था और नूरिया की रिश्ते की एक बहन उसकी तरफ़ से। गवाह बनते समय उनसे वचन लिया गया था कि वे इस बात को पूरी तरह से गुप्त रखेंगे।

नूरिया ने उनको नहीं बताया था कि लूका के निधन के बाद जब वे अचानक मिले थे उस समय उसको गर्भ ठहर गया था जो अब छह सप्ताह का हो रहा था। वह चाहती थी कि बच्चे के दबाव में आकर नहीं बल्कि वह उससे उसके अपने लिए शादी करे। निकाहनामा पर दस्तखत करते समय नूरिया ने अपने आपको याद दिलाया कि यह सब बस कुछ दिनों के लिए है, जब तक कि वह आदमी अपने मामले सलटा नहीं लेता, उसके बाद दोनों वापस हिन्दू बन जाएँगे।

ऐसे विवाह को शास्त्रों में अनुलोम विवाह कहा गया है, आसिफ़ ने जब दस्तख़त करने के लिए कलम उठाया तो मन-ही-मन अपने आप से कहा। उन्होंने उसे अपने दो कमरे के अपार्टमेंट में पहुँचा दिया, जो उनके दफ़्तर के पास औद्योगिक इलाक़े से ठीक पहले एक सम्भ्रान्त इलाक़े में था।

छह

आसिफ़ के लिए ज़िन्दगी दुश्वार हो गई थी, क्योंकि उसको दोनों परिवारों को पूरा भरोसा दिलवाते रहना पड़ता था कि दूसरा परिवार उसके लिए मायने ही नहीं रखता। अहान की माँ को इस शादी के बारे में कई महीने बाद पता चला जब आश्रम के पास उसके जाननेवालों ने गर्भवती नूरिया को देखा। ढीले-ढाले कुर्ते और दुपट्टे के पीछे उसका राज अब नहीं छिप पा रहा था; सबको पता चल गया था। जिस दिन उनको इस बारे में पक्का पता चला वह जैसे हिल गईं, वह अपने ऊपर काबू नहीं रख पा रही थीं। वह बिना खटखटाए गेस्ट रूम में घुस गईं, जहाँ आसिफ़ किसी से धीमी आवाज़ में बात कर रहे थे।

"क्या अब मुझे तुमको आसिफ़ बुलाना चाहिए?" उन्होंने साफ़-साफ़ पूछ लिया।

"मैं तुमसे बाद में बात करता हूँ" फ़ोन के रिसीवर में उन्होंने फुसफुसाते हुए कहा और फ़ोन रख दिया।

"मुझे सुनाई पड़ा है कि एक औरत शहर-भर में घूमती फिर रही है, उसका नाम नूरिया है और जिस आदमी के कारण उसका पेट फूला हुआ है वह आदमी आसिफ़ है—जो तुम हो। सब कुछ बहुत उलझाऊ लग रहा है, मुझे समझाओगे?" उन्होंने अपनी उँगलियाँ चटखाते हुए पूछा। उनकी यह आदत उसके पति को बेहद नापसन्द थी। उसको बिलकुल पसन्द नहीं था कि उसके सामने वह अपनी उँगलियाँ चटखाए।

"क्या तुम ये बन्द कर सकती हो, प्लीज़?" उन्होंने टोका।

"बन्द कर दूँ? ठीक है, लेकिन तुम कब शहर-भर में मेरा मज़ाक़ उड़वाना बन्द करोगे," कहते हुए वे उसके कान के पास अपनी उँगलियों को ले जाकर चटखाने लगीं। वह कुछ घबरा गया। "मैंने कुछ भी नहीं कहा, मुझे लगा कि तुम अपने आप छोड़ दोगे, तुमको मेरी, हमारी, हमारे परिवार की, अपने बच्चों की, सिकन्द परिवार की इज़्ज़त का कुछ तो ख़याल आएगा। क्यों? क्यों? क्यों? तुम हम लोगों को इस तरह से बेइज़्ज़त करने पर तुले हो?" वह संयमित आवाज़ में बोल रही थीं ताकि बच्चों को सुनाई न दे।

"उसने मुझे अपने जाल में फँसा लिया डार्लिंग, मैं क्या कर सकता था?" उन्होंने जवाब दिया। "मैं इस सबसे निकलना चाहता था, अमेरिका जाने के पहले मैंने उसको साफ़-साफ़ यह कह दिया था कि यह सब अब और नहीं चल सकता। जब मैं वापस लौटकर आया तो उसने कहा कि वह गर्भवती है। उसने कहा कि जब तक मैं उसको अपना नहीं लूँगा वह हमारे घर के गेट पर आकर बैठी रहेगी। तुम जानती हो कि वह मुझसे बहुत प्यार करती है और वह ऐसा कर भी सकती थी। मैंने गलती की है। बड़ी भारी गलती की है, मैंने तुमको तकलीफ़ पहुँचाई है। जानता हूँ। मैं बदलना चाहता था, मैं बदल भी गया था लेकिन उसने मुझे फिर फँसा लिया।" कहते-कहते वे रुके और घुटनों के बल बैठ गए। "मेरे पापों की सज़ा तुमको भोगनी पड़ रही है, लेकिन वह जो चाहती थी अगर मैंने वह नहीं किया होता तो वह यहाँ आ गई होती, हमारे बच्चों को बेइज़्ज़त करती। दिव्या की अभी शादी भी नहीं हुई है," वे बड़ी बेचैनी में बोले जा रहे थे। वह बैठ गईं, और सोफ़े से कुछ गन्दगी उठाकर डस्टबिन में फेंक दी।

"आसिफ़ कौन है? कौन कहता है कि मैं आसिफ़ हूँ? मेरे सभी काग़ज़ात तुम्हारे पास हैं। उनमें कहीं मेरा नाम आसिफ़ लिखा है? कौन जानता है कि वह बच्चा मेरा है या नहीं। मैं तुमसे वादा कर रहा हूँ कि उससे छुटकारा पाने की कोशिश मैं कर रहा हूँ। बस इतना कहना चाहता हूँ कि जब तक वह गर्भवती है तब तक उसको मत छेड़ो, नहीं तो वह पागल हो जाएगी और सब ख़ाक कर देगी। एक बार बच्चा हो जाएगा तो मैं उससे मामला सलटा लूँगा।

उसको सफदरगंज अपार्टमेंट वाला फ़्लैट दे दूँगा, कुछ पैसे दे दूँगा और उससे पीछा छुड़ा लूँगा। तुम कितनी अच्छी पत्नी हो, कितने अच्छे से सब सँभालती हो, हर हाल में मेरे साथ बनी रही" वह बोले जा रहे थे। उन्होंने अपना रूमाल निकाला और अपनी आँखें पोंछते हुए बोले, "मैं हाथ जोड़कर विनती करता हूँ कि इसका असर हमारे बच्चों के ऊपर मत पड़ने देना।"

नूरिया को एक बेटा पैदा हुआ। उसके नैन-नक़्श अपनी माँ जैसे ही थे, और नूरिया ने उसका नाम रखा अमन। आसिफ़ ने उससे कहा कि उसका नाम वही रखे। वह जो भी नाम रखेगी उनको उसमें कोई परेशानी नहीं होगी। बच्चे के जन्म से पहले जब वह आख़िरी बार महा-महाराजजी के पास गई थी उसने उनसे पूछा था कि बच्चे का नाम क्या रखना चाहिए तो महाराजजी ने उसके हाथ पर अमन लिख दिया था और उसके अँगूठे पर शान्ति का चिन्ह बनाया था।

"महाराजजी, लेकिन अगर लड़की हुई तो?" नूरिया ने पूछा।

वह मुस्कुराने लगे, "अव्वल तो ऐसा होगा नहीं, लेकिन फिर भी तुमको अगर लड़की का नाम चाहिए तो उसको अमानी बुलाना।" कहने के बाद बाबा ने उसको मुस्कुराते हुए चाँदी की वर्क वाली इलायची प्रसाद में दी और जाने का इशारा किया।

बच्चे के जन्म में बड़ी परेशानी हुई थी। तीन सप्ताह पहले ही उसके गर्भ का पानी बह गया था। आसिफ़ उस रात सिकन्द हाउस में थे। वह पूरी तरह अकेली थी। बिस्तर के गीले होने के अहसास के साथ वह जागी। पहले तो उसको लगा कि सोने में उसके पेट पर दबाव पड़ गया होगा जिसके कारण पानी बाहर आ गया। उसने डॉ. स्पॉक की किताब में इसके बारे में पढ़ा था, उसको यह बात समझ में आ गई कि यह उसके गर्भ का पानी था, कि उसको प्रसव पीड़ा हो रही थी। उसने आसिफ़ के घर के नम्बर पर फ़ोन करने के बारे में सोचा। उन्होंने उसे घर पर फ़ोन करने से सख़्त मना किया था, लेकिन इस बार इमरजेंसी थी इसलिए उसने फ़ोन करने का फ़ैसला किया। आख़िर उसके पेट में बच्चा तो उसी का था। फ़ोन की घंटी लगातार बजती रही लेकिन किसी ने फ़ोन नहीं उठाया। वह पसीने-पसीने हो रही थी और डरी हुई भी थी।

उसी हाल में उसने पड़ोस के टैक्सी स्टैंड में फ़ोन किया। जैसा किताब में कहा गया था उसने सूटकेस में सामान पहले ही पैक कर रखा था। सूटकेस लेकर वह उस ठंडी रात में नीचे सड़क पर टैक्सी का इन्तज़ार करने लगी। कुछ देर बार पटका बाँधे एक सिख ड्राइवर आया जो उनींदा लग रहा था। उसने उसको टैक्सी में बिठाकर अस्पताल छोड़ दिया। जब उसको प्रसव के लिए लेबर रूम में ले जाया जा रहा था तो उसने मलयाली नर्स से कहा कि वह सुबह 9 बजे के बाद उसके पति को फ़ोन कर दे। उसने उसको अपने पति का नम्बर दिया। वह उसके दफ़्तर का नम्बर था। जब उसको उस कमरे से बाहर लाया गया तो उसने देखा कि उसका पति बाहर मुस्कुराता हुआ उसका इन्तज़ार कर रहा था, उसने बच्चे को एक बोतल थमाया।

वे चौथी बार पिता बने थे और उसी आत्मविश्वास से उन्होंने बच्चे को उठाकर उसके हाथों में दे दिया। आसिफ़ ने बच्चे का बर्थ सर्टिफिकेट अमन अमीन के नाम से बनवाया, जिसके माता-पिता का नाम था नूरिया अमीन और आसिफ़ अमीन। यही उनका परिवार था। उन्होंने बर्थ सर्टिफिकेट बनवाकर अपने दफ़्तर में लॉकर में रख दिया।

जब तक उनके आधिकारिक पत्नी होने की पहचान बनी रही—बड़ा घर, दीवाली में, ऐनिवर्सरी में, जन्मदिन पर उसके पति का घर में मौजूद रहना, साल में एक बार परिवार के साथ छुट्टी मनाने जाना तब तक अहान की माँ भी निभाती रहीं, लेकिन यह हमेशा के लिए नहीं रहनेवाला था। एक सुबह न जाने क्या हुआ कि अहान की माँ ने अपने बाक़ी बाल भी कटवा लिये, जिससे उनके गंजे सिर पर धब्बे साफ़ दिखाई देने लगे। डॉक्टर ने बताया कि यह बीमारी, एलोपेसिया एरिएटा तनाव के चलते हुई है। उनके लिए बाल गिरने का तनाव और भी असहनीय था। एक अच्छा विग ख़रीदा गया, जिसको वे उसी तरह से धोती-सुखाती थीं मानो वे उनके सिर के ही बाल हों। वे शराब पीने लगीं। खूब खाने लगीं और डायटिंग करना एकदम छोड़ दिया। वह दिन में बियर और रात में व्हिस्की पीने लगीं, जब जो मन में आता खाने लगीं, और वीसीआर पर पुरानी फ़िल्में देखने लगीं। उनको न अपनी परवाह रह गई थी न अपने उस रिश्ते की। आसिफ़ के दूसरे परिवार के बारे में उन्होंने कभी अपने बच्चों से बात नहीं की।

वह बच्चों को बताती थी कि पापा देर रात तक फ़ैक्टरी में काम करने लगे हैं इसलिए वहीं पास के अपार्टमेंट में रह जाते हैं। उनके शरीर और मिज़ाज दोनों पर असर पड़ने लगा, और उनका पति उनसे और दूर होता चला गया। जब बच्चों या घर के कामकाज के बारे में बात करनी होती थी वे तभी बात करते थे। आसिफ़ ने अपनी एक दिनचर्या बना ली थी। वह रात में ज़्यादातर नूरिया के साथ रहने लगे, बीच-बीच में सिकन्द हाउस में भी रहने आ जाते। वह सिकन्द हाउस में ख़ाली कमरे में आकर रहते। उन्होंने उसी कमरे को अपना कमरा बना लिया था, जिससे कि उनके बच्चों को यह लगे कि उनके पापा घर में ही रहते हैं, या समाज से सच्चाई छुपी रहे। वह इन बातों को अच्छी तरह से समझते थे।

अहान की माँ साल में एक बार फ़ैक्टरी जाती थी—दीवाली की सुबह। अहान अपने पापा के साथ आरती में शामिल होता था, उसकी बहनें और माँ पीछे और उनसे कुछ दूरी बनाकर लक्ष्मण खड़ा रहता था और उसके पीछे तमाम मज़दूर। उस दिन सभी कर्मचारियों को अपने घर से फ़ैक्टरी में आना ही होता था, सिकन्द परिवार की समृद्धि के लिए प्रार्थना करने के लिए। जिसका सम्बन्ध ज़ाहिर है उनकी अपनी बेहतरी से भी रहता था, बशर्ते कि उनको नौकरी से निकाल न दिया जाए।

अहान की बहनों को पूजा वाले दिन को छोड़कर कभी फ़ैक्टरी जाने के लिए बढ़ावा नहीं दिया जाता था। अहान की माँ का मानना था कि फ़ैक्टरी पुरुषों की दुनिया है, और अगर औरत उस दुनिया से दूर रहती है तो बदले में पुरुष भी उसको घर में उतनी ही आज़ादी देता है। वैसे ये सीमाएँ मानसिक ही थीं, जिसका वह और उसके पति पूरा सम्मान भी करते थे। यह फ़ॉर्मूला तभी से बना हुआ था जब अहान के परदादा ने डेरा इस्माइल ख़ाँ में दुकान खोली थी, और उसके कारण कुल मिलाकर घर और बाहर दोनों जगहों पर शान्ति क़ायम रही।

नूरिया इस तरह की सीमाओं को नहीं मानती थी। उसको ऑफ़िस वाला माहौल अच्छा लगता था। ज़िन्दगी भर उसने उसी माहौल में काम किया था। वह इतने सालों में आसिफ़ के ऑफ़िस ही जाती रही थी, जहाँ उसके प्यारे

लूका को दफ़नाया गया था, उसी ऑफ़िस के रास्ते में उनका प्यार परवान चढ़ा था। जब तक नूरिया की ज़िन्दगी में आसिफ़ नहीं आया था तब तक वह मँझोले स्तर के एक आर्किटेक्ट के साथ इंटीरियर डिज़ाइनिंग का काम करती थी। उसको काम बहुत करना पड़ता था और वेतन बहुत कम मिलता था। उसका बॉस जब चाहे अपने ग्राहकों या सहकर्मियों के सामने उसको फटकार लगा देता था। उसको अपने बॉस की पत्नी के साथ बनाकर रखना पड़ता था और एक तरह से यह भी उसके लिए काम ही था। जब उसके बच्चों का जन्मदिन होता था तो बॉस की पत्नी उससे घर की सजावट के लिए कहती, उसके अकेले होने को लेकर तरह-तरह के सवाल पूछती रहती, शादी के लिए लड़के सुझाती रहती। उसको अच्छा नहीं लगता था लेकिन उसके पास और कोई विकल्प भी तो नहीं था। जब उसने तलाक़ लिया था तो उसके भाइयों ने उससे साफ़-साफ़ कह दिया था कि उसके लिए उस घर में कोई जगह नहीं है। उसकी माँ ने उससे कुछ नहीं कहा। वह कुछ महीने तक उसको पैसे भेजती रहीं, जो अचानक आने बन्द हो गए। अब वे इस दुनिया में नहीं थे। जब वह आसिफ़ के साथ आई तो घर का किराया उसने चुकाना शुरू किया। निकाह के बाद आसिफ़ ने उसे अपने एक फ्लैट में शिफ़्ट करा दिया, जिससे उसके ऊपर दबाव कम हो गया और वह स्वतंत्र रूप से इंटीरियर डिज़ाइनिंग का काम करने लगी। इससे उसको अपने बच्चे की देखभाल और आसिफ़ दोनों के लिए पर्याप्त समय मिल जाता था। महा-महाराजजी के भक्तों में उसकी पैठ हो गई और वह उनके घरों में इंटीरियर का काम करने लगी, समाज में भी उसकी स्थिति इसके कारण पुख्ता होने लगी।

एक दिन नूरिया ने आसिफ़ को दफ़्तर में जाकर चौंका देने के बारे में सोचा। एक साल के बच्चे के साथ एक छोटे अपार्टमेंट में रहने का दबाव उनके रिश्ते पर दिखाई देने लगा था, और नूरिया को ऐसा महसूस होने लगा था कि सिकन्द उसके पास पहले से कम आने लगा है। ऑफ़िस में सभी को नूरिया के बारे में पता था। एक सशंक चौकीदार और एक मुस्कुराती हुई सेक्रेटरी ने उसे हाथ हिलाया। आसिफ़ उसको देखकर सही में आश्चर्य में पड़ गए। उनको और भी आश्चर्य तब हुआ जब नूरिया ने आसिफ़ से केबिन

के खिड़की-दरवाज़ों को बन्द किया और उसकी पैंट खोलकर उसे ब्लॉजॉब देने लगी। अगर आसिफ़ का इरादा बदलने लगा था तो वह एक बार फिर से उसके जादू में आ गए। उसके अन्दर जो यह जुनून था वह उसी से तो प्रभावित था। वह जितनी भी औरतों से आज तक मिला था वह उनमें सबसे अलग थी। एक बार फिर से उनका रोमांस जाग गया, और वह अपने बेटे अमन को घर में आया के पास छोड़कर लंच के लिए रोज़ाना दफ़्तर आने लगी।

ऐसे ही एक दिन घर का खाना खाने और उसके साथ सम्भोग करने के बाद जब आसिफ़ नूरिया की गोद में सिर रखकर लेटे हुए थे तो नूरिया ने उनके ऑफ़िस में ठीक से नज़र घुमाई। पुराना सोफ़ा, पुराने ढंग की मेज़, जिसके ऊपर शीशे के अन्दर बच्चों की तसवीर थी, रायबहादुर की एक फ़ोटो थी जिसमें उन्होंने माला पहन रखी थी, और दीवार पर उसकी शादी की तसवीरें लगी हुई थीं।

"ऑफ़िस की हालत ख़राब है जानू, जब विदेशों के ग्राहक आते होंगे तो उनके ऊपर इसका अच्छा असर नहीं पड़ता होगा।" क्या वह ऑफ़िस की सजावट का काम कर सकती है?

वह असहाय था।

उसके बाद से नूरिया रोज़ाना सुबह दफ़्तर आने लगी। उसने आसिफ़ के केबिन के पास अपने लिए एक छोटा सा क्यूबिकल बनवा लिया। उसने दो सप्ताह में फ़ैक्टरी के बाहर के दफ़्तर का कायापलट कर दिया। फ़र्श को दुबारा लगवाया, बोर्ड बदलवाए। इसके चलते दो सप्ताह काम बन्द भी रहा। उसने आसिफ़ के दफ़्तर को भी नया रूप दे दिया। उसने उस मेज़ को हटवा दिया जो पुराने ढंग की थी और जिसके ऊपर शीशे के नीचे उसके बच्चों की तसवीर थी, उसकी शादी की तसवीर थी। उसकी जगह उसने सागौन की बड़ी-सी मेज़ बनवाई जिसके ऊपर हरे रंग की चमड़े की चादर लगी हुई थी। उसने उसके पापा की तसवीर को नये सिरे से फ़्रेम करवाया और साथ में अपने बेटे अमन की तसवीर भी लगा दी और उसको मेज़ पर सामने की तरफ़ लगवा दिया। लेकिन उसने उसकी और अपनी तसवीर वहाँ नहीं लगवाई। उसने जो काम करवाया था उसका बिल बढ़ा-चढ़ा कर दिया,

जिसके ऊपर आसिफ़ ने बिना देखे ही साइन कर दिये। उससे होनेवाले मुनाफ़े को नूरिया ने अपने बुरे दिनों के लिए सँभालकर रख लिया। जब दफ़्तर को नये सिरे से सजाने का काम पूरा हो गया तो नूरिया ने अपना क्यूबिकल छोड़ा नहीं। उसने आसिफ़ से कहा कि दफ़्तर के माहौल में उसको काम करने में अच्छा लग रहा है, इसलिए अगर उसको बुरा न लगे तो क्या वह अपने ग्राहकों से घर के बजाय दफ़्तर में ही मिल सकती है?—इससे सब कुछ बहुत पेशेवर लगेगा, वह आनेवाले किसी ग्राहक को दफ़्तर में अपना काम भी दिखा सकती थी।

अहान की बड़ी बहन दिव्या को उसकी पुरानी दोस्त आकांक्षा सब कुछ बताती रहती थी। वह उसको मज़े लेने के लिए सारी कहानी बताती थी, जो सच भी होती थी। आकांक्षा की माँ महा-महाराजजी की भी पक्की भक्त थी और नूरिया के अपने गोल में शामिल थी इसलिए उसकी बताई बात ग़लत हो ही नहीं सकती थी। दिव्या जो भी सुनती थी अपनी माँ को बताती थी जिससे कि वे जागें और आगे बढ़कर कुछ करें। लेकिन इससे हुआ यह कि साल में एक बार लक्ष्मी पूजा के दिन भी उन्होंने दफ़्तर जाना छोड़ दिया और अपनी बेटियों को भी भेजना बन्द कर दिया, लेकिन अहान को भेजती रही।

नूरिया चालाक थी, उसने माँ और बेटी के ऊपर तो जीत हासिल कर ली लेकिन उसने अपने बेटे के हक़ के लिए कोई लड़ाई नहीं छेड़ी क्योंकि वह उसमें हार सकती थी। हालाँकि दीवाली की रात में आसिफ़ पटाखों के धुएँ के बीच ख़ुद गाड़ी चलाते हुए नूरिया के घर आया। वे दीवाली के दिन लक्ष्मण को परेशान नहीं करना चाहते थे। आसिफ़ ने पूजा वाले दिन के पहले अमन की तसवीरें चुपचाप हटा दी थीं। इस आपसी समझ-बूझ के कारण आसिफ़ का नूरिया के ऊपर भरोसा बढ़ने लगा, उनको लगने लगा कि वह उनकी समस्या को अच्छे से समझती है और उसकी ज़िन्दगी को आसान बनाने के लिए वह कुछ भी कर सकती है। चाहे कुछ भी हो जाए इस रिश्ते को आगे बनाए रखने के लिए नूरिया को उसके सामने अच्छा बने रहना था। उसको अमन की ज़िन्दगी के बारे में सोचना था। उसको यह नहीं पता था कि अगर इस समय आसिफ़ ने उसको छोड़ दिया तो वह कहाँ जाएगी।

वह जिस फ़्लैट में रहती थी वह उसके नाम से नहीं था। नूरिया को तो यह भी नहीं पता था कि वह आसिफ़ का था या कम्पनी के नाम पर था। अगर आसिफ़ को कुछ हो गया तो उसको निश्चित रूप से चौथा होने के पहले ही उस घर से निकाल बाहर कर दिया जाएगा। अख़बारों में उसके निधन के बाद जो श्रद्धांजलि छपेगी उसमें उसका और अमन का नाम नहीं रहेगा, उनके होने को आसानी से मिटा दिया जाएगा।

अहान की माँ अब काफ़्तान पहनकर रहने लगी थीं, दिन में एक बार ही कपड़े बदलती थीं या कभी-कभी एक बार भी नहीं। वह तो घर में विग लगाकर भी नहीं रहती थीं। एक सुबह दिव्या अपनी माँ से उसका जड़ाऊ हार लेने के लिए उसके कमरे में गई, जो उसे अपनी सहेली के संगीत पर पहनना था। उसने दरवाज़ा खटखटाया तो कोई जवाब नहीं आया। उसने दरवाज़ा खोला और अँधेरे कमरे में दाख़िल हो गई, जो एयरकंडीशनर की हवा से बहुत अधिक ठंडा हो गया था। कमरे से बहुत गन्ध आ रही थी। टीवी की धुँधली स्क्रीन से एक तेज़ आवाज़ आ रही थी और कमरे में रोशनी का वही एक स्त्रोत था। उसने बिस्तर के पास का लैम्प जलाया तो देखा कि उसकी माँ ज़ोर-ज़ोर से खर्राटे ले रही है। उसके चारों ओर कै फैली हुई थी, एक गिलास में व्हिस्की रखी हुई थी जो ख़त्म नहीं हुई थी। कमरे में चारों तरफ़ उसकी शादी की तसवीरें बिखरी हुई थीं। बीच-बीच में कुछ फ़ोटो दिव्या और उसके भाई-बहनों के भी झाँक रहे थे, और उसकी माँ के हनीमून की तसवीरें, जब वे कश्मीर गए थे।

दिव्या को ग़ुस्सा आ गया। अपने पापा की कारस्तानी से अधिक अपनी माँ के ऊपर कि वह नूरिया की इस ढिठाई के बारे में कुछ नहीं कर रही थी। इसलिए दिव्या ने सोचा कि वही उस औरत से आमना-सामना करेगी जिसने उसकी माँ की ज़िन्दगी तबाह की है। वह ट्रैक पैंट और रबर की चप्पल में ही बाहर निकलकर गाड़ी के पास चली गई और उसने ड्राइवर से कहा कि वह उसको फ़ैक्टरी ले चले। रास्ते-भर अपने ग़ुस्से को सहेजे हुए फ़ैक्टरी पहुँचने के बाद वह धड़धड़ाते हुए ऑफ़िस में घुस गई। वह नूरिया की तलाश में थी। उसको यह पता था कि उसके पापा बाहर गए हुए हैं।

किसी ने भी उसको रोकने की कोशिश नहीं की, किसी को समझ में नहीं आ रहा था कि ऐसे हालात में क्या किया जाए। अचकचाई सेक्रेटरी ने उसको बताया कि नूरिया का दफ़्तर कहाँ है। वह उसके दफ़्तर में घुसी कि उसको उसकी औक़ात बता सके, और कहे कि वह उसके पापा को छोड़ दे। उसने रास्ते में सब कुछ सोच रखा था, लेकिन नूरिया अपने दफ़्तर में नहीं थी। उसके बाद वह अपने पापा के केबिन में गई कि वहाँ ख़ुद को थोड़ा सँभालेगी लेकिन उसने पाया कि वहाँ नूरिया की मीटिंग चल रही है। सफ़ेद कुर्ते में वह दमक रही थी, उसके सामने रंगों का ढेर था और कृत्रिम झरने।

सागौन की मेज़ पर कपड़ों के सैम्पल थे और आर्टिटेक्चर से जुड़ी पत्रिकाओं का ढेर पड़ा हुआ था। वह उसके पापा की कुर्सी पर बैठी हुई थी और उसके सामने उसकी तसवीरें रखी हुई थीं। यह सब देखकर दिव्या को इतना ग़ुस्सा आया कि एक पल के लिए तो उसको कुछ दिखाई ही नहीं दिया। बिना कुछ कहे वह कुछ क़दम आगे बढ़ी और अपने पापा की मेज़ से उसने अमन की तसवीर उठाकर फेंक दी। गिरने के बाद भी तसवीर टूटी नहीं। नूरिया आसिफ़ की कुर्सी से उठी और उसने तसवीर को उठाकर वापस रख दिया, उसके शीशे में दरार आ गई थी। वह कभी उस लड़की को घूर रही थी तो कभी अपने ग्राहकों की ओर देख रही थी, उसको कुछ समझ में नहीं आ रहा था।

"मेरे पापा को बख़्श दो!" दिव्या ने चिल्लाते हुए कहा। "हमारी ज़िन्दगी से दूर चली जाओ! तुमको पैसे चाहिए न? मेरी माँ तुमको दे देंगी!" वह बोले जा रही थी। उसके बाद उसने टेबल से कैंपाकोला का गिलास उठाकर उसके मुँह पर फेंक दिया जिसमें ऊपर बर्फ़ के टुकड़ों की एक परत आ गई थी।

ठंडा कोल्ड ड्रिंक नूरिया के चेहरे पर फैल गया, और उसकी बूँदें उसके पीले दुपट्टे पर गिर गईं। नूरिया ने अपने गीले चेहरे को छुआ और ग़ुस्से में आकर दिव्या को एक थप्पड़ जड़ दिया। दिव्या के दाएँ गाल पर ज़ोरदार थप्पड़ पड़ा। दिव्या ज़ोर-ज़ोर से चीखने लगी। नूरिया को कुछ समझ नहीं आ रहा था। अपने दुबले-पतले शरीर के बावजूद जितनी ऊँची आवाज़ में दिव्या चिल्ला रही थी उससे नूरिया अवाक् थी।

उसने दरवाज़े की तरफ़ देखा। ग्राहक जा चुके थे, और केबिन की खिड़की के बाहर लक्ष्मण खड़ा था। वह अन्दर ही देख रहा था। वह अन्दर आया और दिव्या की पीठ पर हाथ रखा, जिसको उसने बचपन में अपनी गोद में खिलाया था, कार में बिठाकर आसपास घुमाता था।

"बस मेरे बच्चे, बस मेरे शेर, चलो-चलो बेबी, घर चलो," उसने उसको समझाने के अन्दाज़ में कहा। दिव्या को बहुत थकान हो रही थी, वह वहीं फ़र्श पर बैठ गई। लक्ष्मण ने उसको एक गिलास पानी लाकर दिया। पानी पीते समय दिव्या की आँखों में आँसू थे। फिर लक्ष्मण दिव्या को लेकर बाहर कार की तरफ़ बढ़ गया, रास्ते में सभी सहमे हुए से देख रहे थे। लक्ष्मण उसको कार में बिठाकर घर ले गया।

"पता है दिव्या मैं कुछ क्यों नहीं कहती हूँ," उस रात उसकी माँ ने उसके सिर को सहलाते हुए कहा, "क्योंकि मुझे लगता है कि मैं हार जाऊँगी।"

नूरिया रात-भर बिस्तर पर करवटें बदलती रही। सुबह उठी, हमेशा की तरह तैयार हुई, और फ़ैक्टरी में अपने केबिन में चली गई। अपने केबिन में जाने के पहले वह आसिफ़ के ऑफ़िस में गई और अमन की टूटी हुई तसवीर की जगह उसने उसकी दो नई तसवीरें लगा दीं। कुछ दिन के बाद जब आसिफ़ लौटकर आए तो वह सीधे नूरिया के घर पहुँचे। अपार्टमेंट में घुसते ही उन्होंने अमन को गोद में उठा लिया। वह रोने लगा, और अपनी माँ के पास जाने की ज़िद करने लगा।

"तुम्हारी पागल बेटी दफ़्तर में आई थी और भारी तमाशा खड़ा कर दिया उसने। बता नहीं सकती कि कितनी बेइज़्ज़ती हुई मेरी। मुझे कब तक इसी तरह से रहना पड़ेगा? तुम उनसे अलग होगे कि नहीं? तुम्हारे वादों का क्या हुआ? तुम केवल उन लोगों के बारे में ही सोचते हो, मैं अकेली रह जाती हूँ। तुमने तो मुझे अपना नाम तक नहीं दिया। मैंने बच्चे का बर्थ सर्टिफिकेट देख लिया है। मुझे सब पता चल चुका है।"

"डार्लिंग इस बार मेरा पक्का वादा है। बस दिव्या की शादी हो जाने दो। मैं उससे बात करूँगा," वह चिरौरी करने लगा। उसने हार मान ली और रोते बच्चे को गोद से उतार दिया, जो भागकर अपनी माँ के पास चला गया।

उस घटना के बाद नूरिया बुरी तरह से हिल गई थी। इस घटना से उसको समझ में आ गया था कि अगर वह हार गई तो क्या हो सकता था। इस घटना के बाद उसने अख़बार में विज्ञापन निकालकर अपने बेटे का नाम अमन अमीन से बदलकर अमन सिकन्द कर दिया। अख़बार हर दिन की तरह उस दिन भी सिकन्द हाउस पहुँचा लेकिन वह ख़बर अख़बार के हज़ारों छोटे-छोटे अक्षरों में खो गई।

पहले वह इतने से ही ख़ुश रहती थी कि आसिफ़ को जब समय मिले वह उसके पास आ जाए, लेकिन अब वह उससे नियमित माँग करने लगी, वह स्कूल में पैरेंट टीचर मीटिंग में भी उसके होने को पक्का करने लगी। अहान अगर अमन के जन्मदिन के रोज़ पढ़ने के लिए बाहर जा रहा था तो यह उसकी समस्या नहीं थी। बाक़ी सभी लोगों को उसी हिसाब से अपने आपको ढालना था।

सात

1990 का दशक

आस्ट्रेलिया की यूनिवर्सिटी में अपनी पहली रात को अहान कभी नहीं भूल सकता। वह देर शाम अपने स्टूडेंट फ़्लैट में पहुँचा जहाँ सब अपना खाना ख़ुद बनाते थे। वह लन्दन में पढ़ रहे अपने दोस्तों के साथ पार्टी कर रहा था। वहाँ से फ़्लाइट में आया था और उस सफ़र में बहुत थक गया था। लन्दन उसका देखा-भाला था, वह वहाँ अपने मम्मी-पापा के साथ कई बार छुट्टी मनाने आ चुका था। वहाँ उसको अच्छा लगा था और वह सोचता था कि काश वह भी वहाँ रह पाता। वह यूनिवर्सिटी में अपने कमरे में गया तो कमरे की हीटिंग बन्द पड़ी थी और बहुत अँधेरा था। उसने अपना लैपटॉप बैग नीचे रखा और यह समझने की कोशिश करने लगा कि स्विच को किस तरह से ऑन करना है। उसके साथ फ़्लैट में रहनेवाले बाक़ी लोग तो नहीं थे सिवाय एक नॉर्वेजियन महिला के जो डिनर के लिए मछली और सब्ज़ियाँ पका रही थी। उसको देखकर उसने जल्दी से हैलो कहा, लेकिन उसने यह नहीं पूछा कि उसको कुछ चाहिए तो नहीं। जब वह टैक्सी से आ रहा था तो उसने देखा था कि उसके कमरे के पास ही एक स्टोर था। वह उस थकान में भी उतरकर वहाँ गया, और तैयार खाना ख़रीदकर ले आया। वह समझ नहीं पा रहा था कि खाने को उस कॉमन रसोई में कैसे गर्म करे जिसमें वह लड़की

किसी से फ़ोन पर किसी और ही भाषा में बात कर रही थी और उसकी कोई मदद नहीं कर रही थी। खाना गर्म करने के बारे में जो निर्देश लिखे हुए थे उनको उसने ठीक से समझा नहीं इसलिए चावल कुछ ज़्यादा ही गर्म हो गए, लेकिन उसने किसी तरह से उन्हें खाया। जो मिठाई उसके लिए पैक की गई थी, उसे खोलने का उसका मन नहीं हुआ। फिर बिस्तर पर गया और गहरी नींद में सो गया।

उसको यह बात जल्दी ही समझ आ गई कि उसको इस बात की बिलकुल ही समझ नहीं थी कि अपना कामकाज कैसे किया जाता है। ड्रायर में उसके कपड़े सिकुड़ गए, खाना पकाने की कोशिश की तो वह खाने लायक बना ही नहीं। वह रोज़ाना रेडीमेड खाना खाता और चीज़ टोस्ट बनाता, दिन में वह लंच कैफ़े में ही कर लेता था। एक ज़माना था जब वह बॉडीबिल्डर था, अब उसका शरीर कमज़ोर पड़ने लगा था। घर में तो उसकी माँ उसके खाने का, प्रोटीन की उसकी खुराक का पूरा ध्यान रखती थी, लेकिन यहाँ मुश्किल थी। उसको यह बात समझ में नहीं आई थी कि आख़िर यूनिवर्सिटी के हाउसिंग विभाग ने किस वजह से उसको जो फ़्लैट दिया था उसमें तीनों विद्यार्थी स्कैंडनेवियाई देशों के थे हालाँकि एक पाकिस्तानी मूल का भी था। शीघ्र ही वह उनकी बोली, उनके व्यवहार और उनके व्यक्तिवादी तरीक़ों का आदी हो गया।

वह अक्सर पीने-पिलाने के लिए यूनिवर्सिटी के बार में जाता था, जहाँ उसको अपने जैसे देशी लोग मिल जाते थे। उनकी संगत में ही उसको सहज महसूस हुआ। वह बहुत पीने लगा, इसके कारण वह सुबह की क्लास में पहुँच नहीं पाता था, हैंगओवर के कारण सोया रह जाता था। उसको ख़र्चे के लिए जो पैसे दिये गए थे वे जल्दी ही ख़त्म हो गए और उसको घर से और पैसे मँगवाने पड़े। ऐसी ही एक नशीली रात में उसको एक लड़की मिली, जो उसकी तरह ही स्टूडेंट थी। आस्ट्रेलियाई मूल की वह लड़की पढ़ाई के बाद बार में काम करती थी। उसको याद था कि उसने उसके साथ डान्स किया था, क्लब के पीछे कचरे के एक डिब्बे के पास उसने उसको किस भी किया था। लेकिन उसको यह याद नहीं था कि उस लड़की ने न कहा था, या उसने उसके न को गम्भीरता से नहीं लिया था। वह नशे में था और उसको यह बिलकुल याद

नहीं था कि किस क्रम में क्या-क्या हुआ था। दो-तीन दिन तक तो सब ठीक रहा लेकिन एक दिन उसके अपार्टमेंट में कैम्पस पुलिस आ पहुँची। लड़की ने उसके ऊपर इतना रहम दिखाया कि सीधे पुलिस से शिकायत नहीं करके अनुशासन समिति के पास उसकी शिकायत की थी कि उसने उसके साथ दुर्व्यवहार किया है। उसके बाद जाँच शुरू हो गई थी; सीसीटीवी की धुँधली-सी फ़ुटेज मिली थी जिसमें कोई आवाज़ सुनाई नहीं दे रही थी। उसमें दिखाई दे रहा था कि अहान उस लड़की का हाथ पकड़कर उसको खींच रहा है, जिससे उस लड़की का सिर कचरे के डिब्बे के पास दीवार से टकरा गया और वह गिर पड़ी। लड़की ने उसके ऊपर किसी तरह का आरोप नहीं लगाया था, लेकिन यूनिवर्सिटी ने फ़ैसला लिया कि वह अब वहाँ पढ़ाई नहीं कर सकता, उसको घर वापस जाना पड़ेगा। उसको वापस जाने के लिए यूनिवर्सिटी ने एक सप्ताह का समय दिया। उसके ट्रांसफ़र सर्टिफिकेट पर भी उसके ख़िलाफ़ टिप्पणी लिख दी गई। यह सब कुछ सिर्फ़ दो सप्ताह में सम्पन्न हो गया।

जब वह घर वापस लौटा तो उसको उसके पापा की तरफ़ से फटकार मिली। उसके आने के दो दिन बाद जब वह खूब आराम कर चुका था, उसके पापा ने व्हिस्की पीते हुए उससे बात की। उसकी माँ ने घोषणा कर दी कि जिस लड़की ने उसके बेटे के ऊपर आरोप लगाया था वह नस्लवादी थी, और लोगों का ध्यान आकर्षित करना चाहती थी। उसके बाद फिर इस बारे में किसी तरह की चर्चा नहीं की गई। दिल्ली के एक शानदार मैनेजमेंट कॉलेज में उसने दाख़िला ले लिया, जो पूर्वी इंग्लैंड के किसी गुमनाम से कॉलेज के सहयोग से भारत में चलाया जा रहा था। उस कॉलेज में उसके साथ स्कूल में पढ़े उसके कई दोस्त पढ़ते थे।

उस कॉलेज में पढ़नेवाले ज़्यादातर लड़के वे थे जो विदेश में जाकर पढ़ाई करने का ख़र्चा नहीं उठा सकते थे, या जिनका दाख़िला दिल्ली यूनिवर्सिटी के नामी कॉलेजों में नहीं हो पाया था क्योंकि वहाँ प्रतियोगिता कड़ी थी। लड़कियों में ज़रूर कुछ अच्छे घरों की लड़कियाँ भी वहाँ पढ़ने के लिए आती थीं। इसका एक कारण यह था कि उनके मम्मी-पापा उनको पढ़ने के लिए देश के बाहर भेजना ही नहीं चाहते थे या दूसरा कारण यह था

कि वे अपनी बेटी को दिल्ली के किसी कॉलेज में पढ़ाई के कारण होनेवाली परेशानियों से बचाना चाहते थे : ख़राब खाना, गन्दे क्लासरूम और बदबूदार बाथरूम से बचाना चाहते थे। अहान को तो बस इस बात से राहत महसूस हो रही थी कि वह अपनी पुरानी जीवन-शैली में वापस लौट आया था : देर रात तक बाहर रहना, सुबह देर से उठना, कार, ड्राइवर, नौकर-चाकर और सबसे बढ़कर घर का बना खाना।

अहान वयस्क हो चुका था और सिकन्द परिवार ने उसके ऊपर किसी तरह की बन्दिश नहीं लगाई। बेटियों के मामले में उनका नज़रिया ज़रूर अलग तरह का था। उसके मम्मी-पापा के बीच चाहे कितने भी मतभेद रहे हों वे जितना सम्भव हो सके अपनी इज़्ज़त को बेदाग़ रखने को प्रतिबद्ध थे।

"बेटों और बेटियों के लिए मेरे क़ायदे अलग-अलग हैं और इस बारे में मैं किसी से कुछ नहीं छिपाती, उनसे भी नहीं," अहान की माँ का कहना था। "मैं यह नहीं चाहती कि मेरी बेटियों की छवि ख़राब हो जाए, फिर इनसे शादी कौन करेगा। छोटी बेटी तो अभी भी कुँवारी है, शुक्र की बात है कि बड़ी बेटी ने सही समय पर सही काम किया।"

बीस साल से कुछ ऊपर की उम्र की लड़कियों में इस बात की सम्भावना अधिक रहती है कि वे क़ायदे तोड़ दें, और अहान की माँ इस बात को समझती थीं। उनकी बेटी को अपने जीवन का सफ़र शुरू कर देना चाहिए था : शादी करके माँ बन जाना चाहिए, जिस तरह से वह स्वयं बन गई थीं। उनका ऐसा मानना था कि जो लड़की लम्बे समय तक कुँवारी रह जाती है उसके भटक जाने की सम्भावना अधिक होती है। सही उम्र के जितने भी योग्य लड़के होते हैं उनकी शादियाँ हो जाती हैं और देर होने से बचे-खुचे टाइप लड़के ही रह जाते हैं। इसके अलावा यह बात भी थी कि अगर लड़की अधिक उम्र तक अपने माँ-बाप के घर के प्यार भरे माहौल में रह जाती है तो इस बात की सम्भावना भी रहती है कि उसके अन्दर सहनशक्ति कम हो जाए और इस कारण वह अपने जीवन को नरक बना ले। दिव्या के लिए यह कोई आसान नहीं था। वह बहुत चंचल थी, बेचैन स्वभाव की थी, वह रास्ते से भटक सकती थी इसलिए उसके ऊपर वह बहुत ध्यान देती थीं। मिसेज सिकन्द ने अपनी बेटी से ऐसे

बर्ताव किया जैसे कोई किसी शराबी से करता है कि कुछ देर के लिए उसे छूट दे, ज़िम्मेदारियों से मुक्त कर दे ताकि बाद में उसे नियंत्रित किया जा सके।

वह शायद ही कभी अपनी बेटी को छोड़कर कहीं जाती थीं, उनको कहीं जाना भी नहीं होता था, और कोई था भी नहीं जिसके साथ वे कहीं जाएँ। उनको एक डेस्टिनेशन वेडिंग में उदयपुर बुलाया गया था। वे जिस बुक क्लब की सदस्य थीं उस क्लब की एक सहेली के बेटे की शादी थी। उसकी शादी किसी अच्छे घर में हो रही थी। उस शादी का सारा ख़र्चा लड़की वाले कर रहे थे। चार्टर्ड फ़्लाइट से जाना, कई तरह के नाच-गान के कार्यक्रम। दो रातों की बात थी और वह आमंत्रण इतना लुभावना था कि उसको न कह पाना आसान नहीं था।

दो दिनों के लिए दिव्या को रहने के लिए उसकी माँ ने उसकी सबसे अच्छी सहेली टीना के घर छोड़ दिया। वे घर में पुरुष नौकरों के भरोसे उसको छोड़कर नहीं जा सकती थीं। अपने पापा की तरह ही अहान घर में जब चाहे आता था जब चाहे जाता था। उसके आने-जाने का कोई हिसाब-किताब नहीं था। टीना और दिव्या साथ-साथ बड़ी हुई थीं। दोनों ने एक ही दिन नर्सरी की पढ़ाई शुरू की थी और स्कूल से बारहवीं पास करके एक दिन ही निकली थीं। टीना के पापा उज़बेकिस्तान में किसी रहस्यमय चीज़ के आयात-निर्यात का काम करते थे। सब कहते थे कि वहाँ उनकी दूसरी पत्नी थी, एक और परिवार था। टीना और दिव्या इस बारे में कभी बात नहीं करती थीं। दोनों अपने-अपने परिवार की हालत के बारे में बात तो नहीं करती थीं लेकिन एक जैसे पारिवारिक हालात ने ही उनको इतने बरसों से जोड़े रखा था। टीना की माँ रात में दस बजे नींद की गोली ले लेती थीं, और सुबह के 8 बजे के पहले नहीं उठती थीं। इस कारण वह घर लड़कियों के लिए स्वर्ग जैसा हो जाता था।

दोनों लड़कियाँ बोर हो गई थीं। वे जितने लोगों को जानती थीं वे सब वही बच्चे थे जिन्हें वे शुरू से जानती आई थीं। उन्होंने उन लड़कों और लड़कियों को बड़े होते देखा था। उन्होंने वाइन कूल-से एक वाइन की बोतल निकालकर ख़त्म की। यह बोतल हाल ही में एक पार्टी में उपहारस्वरूप मिली

थी और उसकी माँ ने अभी तक इसे अपनी गिनती में शामिल नहीं किया था। बोतल खत्म करने के बाद उन्होंने तय किया कि पान खाने के लिए क्लैरिजेज होटल जाया जाए, बस वे दोनों।

गेट पर जाने के बाद वे टीना की माँ की मर्सिडीज़ कार में सवार हो गईं, जो उसके नाना ने माँ को दी थी। उस विदेशी कार का रजिस्ट्रेशन कम्पनी के नाम पर था। दिव्या को उन्हीं दिनों लर्निंग लाइसेंस मिला था और वह ज़ोर देने लगी कि गाड़ी वह चलाएगी। "मैं चलाने की प्रैक्टिस कर लूँगी। तुम्हारे पास तो लाइसेंस है टीना," उसने कहा। उस समय यह आइडिया अच्छा लगा।

दिव्या ने कार स्टार्ट की तो वह उछलकर आगे बढ़ी और रुक गई। सिक्योरिटी गार्ड घबराई हुई हालत में उनको देख रहा था, लेकिन वह डबल शिफ़्ट कर रहा था और इस वजह से वह इतना थका हुआ था कि उसने उनको रोकने की कोशिश नहीं की। वह गेट खोलकर उनकी तरफ देख रहा था। दिव्या बड़े आश्चर्यजनक रूप से गाड़ी को सहजता से चला कर बाहर ले आई। उसने राहत की साँस ली; उसने टीना को यह नहीं बताया था कि उसने कभी ऑटोमेटिक कार नहीं चलाई थी। वह गाड़ी चलाना सीख रही थी इसलिए उसको पुरानी मारुति स्टीम कार ही दी जाती थी।

वे मेन रोड पर निकल आईं, म्यूज़िक चलाकर चुपचाप मस्ती के मूड में अपने वयस्क और स्वतंत्र होने को महसूस करती हुई। वे लुटियन दिल्ली में आईं। दिव्या ने एक गोलचक्कर पर कार घुमाई। वहाँ भारत और इज़रायल के झंडे लगे हुए थे, इज़रायल के नेता देश के दौरे पर आए हुए थे। दिव्या को अब कार चलाने में मज़ा आ रहा था, उसने कार का सनरूफ खोल दिया।

"देखो टीना, हमारा प्ले स्कूल! हम लोग द लर्निंग ट्री में ही तो पढ़ते थे?" जब वह कह रही थी तो एक पल के लिए उसका ध्यान सड़क पर से हट गया और पलक झपकते ही उसने एक ऑटोरिक्शा को टक्कर मार दी। घबराहट के मारे उसने ब्रेक की जगह एक्सिलेटर दबा दिया। घिसटने की आवाज़ बहुत तेज़ आई।

"बाप रे बाप! मेरी माँ मेरी जान ले लेगी," टीना बोली।

कार का एयरबैग निकल गया, जिससे दोनों और घबरा गईं। दोनों कार से बाहर निकल आईं। उनका बाल भी बाँका नहीं हुआ था; यह जर्मन इंजीनियरिंग का कमाल था, मर्सिडीज़ का वह शुरुआती मॉडल ही था लेकिन फिर भी कार बहुत मज़बूत थी। देर रात का समय होने के कारण सड़क बहुत हद तक ख़ाली थी, फिर भी कुछ लोग जुट आए। ऑटो वाले को तो कुछ नहीं हुआ था लेकिन उसकी गाड़ी पलट गई थी। ऑटो में एक अधेड़ आदमी बैठा था जिसके नये बैग और नये जूतों से ही लग रहा था कि वह रेलवे स्टेशन की तरफ़ जा रहा था। ऑटो पलटने के कारण उसके सिर से ख़ून बह रहा था और उसके हाथ में भी लग रहा था कि चोट लग गई थी। ऑटो वाला गालियाँ बके जा रहा था। उसको जो नुक़सान हुआ था वह उसका मुआवज़ा चाहता था। एक नौजवान ग़ुस्से में उनके इतने क़रीब आ गया कि उसका शरीर टीना के स्तनों से छू गया, हो सकता है उसने ऐसा जानबूझकर नहीं किया हो। घायल आदमी बैठा हुआ दर्द से कराह रहा था, लेकिन उसके ऊपर कोई ध्यान नहीं दे रहा था।

छोटे-छोटे कपड़ों में दो लड़कियाँ मर्सिडीज़ चला रही थीं। भीड़ उनको देखने में लगी हुई थी। उस घायल आदमी के ऊपर ध्यान देने का समय किसके पास था।

"कार में वापस चलो और अन्दर से कार को बन्द करके सोचते हैं कि क्या किया जाए," दिव्या ने कहा।

टीना को यह चिन्ता सता रही थी कि जब उसकी माँ कार को इस हालत में देखेंगी तो क्या कहेंगी। उसको बस इसी बात की फ़िक्र थी। वह इकलौती बच्ची थी और वह ऐसी हालत में अपनी माँ के अलावा किसी और को फ़ोन नहीं कर सकती थी, जो बहुत देर पहले ही नींद की गोली खाकर सो चुकी थीं। दिव्या ने अपने भाई को फ़ोन मिलाया लेकिन उसने फ़ोन नहीं उठाया। उसकी मम्मी उतनी दूर से उसकी कोई मदद नहीं कर सकती थीं। यह सुनकर घबड़ा और जातीं। उसके पापा शायद नूरिया के पास होंगे और वे रात में रिसीवर उठाए रहते थे, ताकि कोई उन्हें परेशान न करे और उसको उनका पता भी मालूम नहीं था।

उसने लक्ष्मण चाचा का नम्बर मिलाने की कोशिश की। वह जानती थी कि उनके ऊपर उसके पापा बहुत भरोसा करते थे। वह भी उनको बहुत पसन्द करती थी, वह बड़े प्यारे इनसान थे। उनके फ़ोन की घंटी बजी। दिव्या अब रो रही थी। वह ऑटो वाला कार का शीशा पीट रहा था, पुलिस बुलाने की धमकी दे रहा था।

लक्ष्मण चाचा ने फ़ोन उठाया। उनको अपना चश्मा खोजने में कुछ समय लगा।

पन्द्रह मिनट में लक्ष्मण चाचा स्कूटर से उस जगह पर पहुँच चुके थे। उनके पीछे राजेश बैठा हुआ था। मैडम जी नहीं थीं और इस बात का फ़ायदा उठाकर उसने राजेश को कुछ दिन अपने साथ रहने के लिए बुला लिया था। आमतौर पर इसकी इजाज़त नहीं होती थी। इस बीच ऑटो वाले ने अपनी गाड़ी को फिर से स्टार्ट कर लिया था। लक्ष्मण ने अपने बुरे दिनों के लिए जो पैसे बचाकर रखे थे वह उनको लेकर आया था। दिव्या ने उससे वादा किया था कि वह उसके पैसे बाद में लौटा देगी। लक्ष्मण ने राजेश से सब कुछ सँभाल लेने के लिए कहा और उन लड़कियों को गाड़ी में बिठाकर घर की ओर ले चला। वह यह सब करने से हिचक रहा था—वह यह नहीं चाहता था कि राजेश इन सब पचड़ों में पड़े। वह साहब की परेशानियाँ तो मोल ले लेता था लेकिन साहब उसकी परेशानियाँ मोल नहीं लेते थे। लेकिन उसके पास कोई विकल्प नहीं था। उसको उन लड़कियों को बचाना था। ऐसे मामलों से निपटने में राजेश बहुत माहिर था। लड़कियाँ कार में पीछे की सीट पर सिकुड़कर बैठी हुई थीं, बाहर भीड़ बढ़ती जा रही थी और उनको बाहर निकलने में डर लग रहा था।

जब तक समझौता नहीं हो गया तब तक भीड़ वहीं जमी रही, और वैसी भीड़ में कार को आगे बढ़ाने में ख़तरा यह था कि कोई और भी उसकी चपेट में आ सकता था।

"लक्ष्मण गाड़ी को और नहीं लगना चाहिए," टीना ने लक्ष्मण को हिदायत दी। उसको बचानेवाले आ गए, उसका खोया हुआ आत्मविश्वास वापस आ गया था।

"पब्लिक आ गई है बेटा, ध्यान से चलना पड़ेगा," लक्ष्मण ने जवाब दिया।

राजेश उन लोगों के साथ मोलभाव में लगा हुआ था और लड़कियाँ कार की पिछली सीट से उसको देख रही थीं। उनको यह तो समझ में नहीं आ रहा था कि उनके बीच क्या बातचीत हो रही है लेकिन उसके हावभाव से साफ़ लग रहा था कि वह मामले को शान्त करवाने की कोशिश कर रहा था। राजेश ने ऑटो वाले को पैसे दे दिये और वह सन्तुष्ट होकर जाने लगा, उसने राजेश से यह वादा भी किया कि वह घायल पैसेंजर को अस्पताल ले जाएगा। उसके जाने के बाद राजेश हाथ के इशारे से वहाँ जुटी भीड़ को हटाने लगा। लक्ष्मण कार चलाकर उन लड़कियों को उनके घर छोड़ने के लिए चला गया। स्कूटर ले जाने के लिए राजेश पीछे रह गया।

सब कुछ निपट चुका था लेकिन वापसी के सफ़र में दिव्या और टीना में कोई बात नहीं हुई। दिव्या को अब टीना के घर रुकने में अजीब लग रहा था। वह यह नहीं चाहती थी कि अगले दिन सुबह वह उस समय घर में मौजूद रहे जब उसकी दोस्त की माँ को कार दुर्घटना के बारे में पता चलेगा। टीना को उसके घर छोड़ने के बाद दिव्या लक्ष्मण चाचा के साथ सिकन्द हाउस आ गई। घर पहुँचकर उसने लक्ष्मण चाचा को शुक्रिया अदा किया। वह इस बात को समझ रही थी कि चाहे वह लक्ष्मण चाचा से जितनी भी मिन्नतें कर ले लेकिन लक्ष्मण चाचा उसके पापा को यह सब बताएँगे ज़रूर। आख़िर उन्होंने दिव्या को बचाने में जो पैसे ख़र्च किये थे वह भी तो लेने थे। इसलिए लक्ष्मण चाचा से चिकनी-चुपड़ी बातें करने का कोई मतलब नहीं था। लेकिन यह सब बाद की बात थी। फ़िलहाल वह सकुशल अपने घर वापस आ चुकी थी। अपनी चाबी से घर का दरवाज़ा खोलकर जब वह घर के अन्दर पहुँची तो उसने देखा कि अहान फ़र्श पर लेटा हुआ है और उसकी पतलून पर पेशाब का काला धब्बा बना है। यह देखकर उसने राहत की साँस ली कि उसने चाहे जो भी किया हो लेकिन वह सिकन्द परिवार के सबसे बिगड़ैल लोगों में नहीं थी, उसका भाई भी कम ग़ैर-ज़िम्मदार नहीं है। वह उसे लाँघकर चुपचाप अपने कमरे में गई अलका-सेल्टज़र की एक गोली गटकी और अपना मेकअप उतारकर 'फ्रेंड्स' सीरियल का नया एपिसोड देखने लगी।

दूसरा हिस्सा

आठ

दिल्ली, 2013

राजेश अपने आपको भाग्य का धनी मानता था। ज़ाहिर है जन्म और धन से तो भाग्यशाली था ही जिसके कारण छोटे-बड़े कई तरह के लाभ उसको सहज ही मिल गए थे, जैसे कि वह सुन्दर था, होशियार था। लेकिन उसको अब लगने लगा था कि उसको कुछ बड़ा मिलनेवाला है। उसको कुछ ऐसा मिलनेवाला था जो उसको अपने दम पर मिलनेवाला था।

शहर में जो लोग तरक़्क़ी करते थे उनकी एक अलग ही तरह की जाति व्यवस्था उसको महसूस होती थी। उसका रंग दूसरा था जिसका सम्बन्ध आपकी जाति से नहीं होता है, उसका सम्बन्ध इससे होता है कि आपके पासपोर्ट का रंग क्या है। जैसे आपका जन्म भारत में हुआ हो तो आप चाहेंगे कि आप हिसार या आसनसोल की बजाय दिल्ली या मुम्बई में कहीं से हों। लेकिन वह चाहता था कि आगे चलकर उसके बच्चों का विदेशी पासपोर्ट हो। वह राजनीति में बहुत आगे निकल चुका था, अब शिखर की तरफ़ की उसकी यात्रा शुरू होनेवाली थी। वह जानता था कि राजनीति में उसका सफ़र लम्बा रहनेवाला है। लेकिन समाज में उसको हमेशा नौकर का बेटा ही समझा जाएगा, साहब लोग उसको अपने बराबर कभी नहीं समझेंगे। वह इस बात से परेशान रहता था और जानता था कि इससे वह निपट भी लेगा,

लेकिन वह यह नहीं चाहता था कि उसके बच्चों के साथ भी ऐसा ही हो। वह चाहता था कि उसके बच्चे देश से बाहर रहें, एक ताकतवर नेता के बच्चों के रूप में जाने जाएँ। वह शिद्दत से चाहता था कि उसके बच्चे सिकन्द हाउस की छाया से पूरी तरह उबर जाएँ। पार्टी में रहते हुए वह या पार्टी में कोई और इस बात से इनकार नहीं कर सकता था कि भारत बुनियादी रूप से ऐसा देश था जिसके ऊपर शासन कर पाना बहुत मुश्किल था, असम्भव। किसी के लिए भी कुछ भी कर पाना इस देश में बेहद मुश्किल था। इसका एक बड़ा कारण था यहाँ की बेशुमार आबादी। कोई चाहे भी तो किसी तरह की मदद नहीं कर सकता था। लेकिन यह और कहानी थी जो कभी और कही जा सकती थी, जिसका न कोई आरम्भ था, न मध्य, न अन्त।

यह सच में लॉटरी निकलने जैसी बात ही थी, जिसे कोई भी जीत सकता था। यह कोई, ज़रूरी नहीं था कि अमीर आदमी ही हो, हालाँकि इसमें कोई शक नहीं कि उनको बाक़ी चीज़ों की तरह इस मामले में भी बढ़त हासिल थी। एक ज़बरदस्त कहानी है हरि कुमार की, जो काचरू कैम्प में रहता था और पेशे से ड्राइवर था। उसी कैम्प में जिसमें उसके भाई-बहन रहते थे। उसकी शादी डेनमार्क से आई एक सामाजिक कार्यकर्ता से हुई थी। वह वहाँ से सरकार के ख़र्चे पर पीएचडी करने आई हुई थी और उसी सिलसिले में काचरू कैम्प में आती रहती थी। दोनों ने पहले मन्दिर में शादी की, फिर दूतावास में जाकर की। शादी के बाद वह कुछ दिन तक परिवार के साथ कैम्प में ही रही, वहीं सामूहिक बाथरूम का इस्तेमाल करती, वहाँ की औरतों के साथ उसने करवा चौथ भी मनाया, लेकिन उसके बाद वह गर्भवती हो गई तब उसको कुछ समझदारी आई और उसने दूतावास में वीज़ा ऑफ़िसर की नौकरी कर ली। यूरोपीय संघ के न जाने किस ग्रांट के तहत हरि को मदद मिली और उसने टैक्सी ख़रीद ली और उबर के लिए टैक्सी चलाने लगा। वह कामयाब हो गया और अब उसके पास तीन टैक्सियाँ थीं। उसकी पत्नी को एम्बेसी की ओर से वसन्त विहार में दो कमरे का फ़्लैट मिल गया था, जिसमें वह अपने बच्चों के साथ रहता था। उसको एक बेटा और एक बेटी थी, दोनों की त्वचा की रंगत वैसी थी जैसी कोल्ड कॉफ़ी की होती है, और आँखों का रंग हरा था।

ज़ाहिर है उनके पास डेनमार्क का पासपोर्ट था और उसकी पत्नी को अपनी एम्बेसी की ओर से बच्चों को अमेरिकन स्कूल में पढ़ाने की सुविधा मिली हुई थी। उसने काचरू कैम्प से अपने बचपन के दो भरोसेमन्द दोस्तों का चुनाव किया, ऐसे दो दोस्तों का जो सिगरेट-शराब नहीं पीते थे, जो महिलाओं का सम्मान करना जानते थे और उसके पास जो दो अतिरिक्त टैक्सियाँ थीं उसने उनको चलाने के लिए दे दीं। जब उनके नियमित ड्राइवर उपलब्ध नहीं होते थे तो अमेरिकन स्कूल में पढ़नेवाले बच्चों की माँएँ अपने बच्चों को सुबह के समय सौकर की प्रैक्टिस या देर रात की पार्टी में आने-जाने के लिए उसकी टैक्सी किराए पर लेती थीं। वे उसके ऊपर भरोसा करती थीं। दिल्ली बहुत अधिक असुरक्षित थी और अब हरि कुमार उनका अपना ही हो चुका था। उनके बच्चे उसके बच्चों के साथ खेलते थे और कभी-कभार जब स्कूल के अभिभावकों की मेल-मुलाक़ात का आयोजन किया जाता था तो वह वहाँ भी मौजूद होता था। उसकी पत्नी का नाम फ्रेजा था, जिसको हरि के घर वाले फ़रीदा बुलाते थे। वह अपने सास-ससुर का बहुत ख़याल रखती थी, इतना जितना कि उनके आस-पड़ोस की कोई लड़की भी न रख पाती थी। फ्रेजा के पास पैसे नहीं थे, उसके पिता भी इस दुनिया में नहीं थे लेकिन उसके विदेशी पासपोर्ट के कारण हरि को एक ऐसी ज़िन्दगी मिली जिस तरह की ज़िन्दगी की वह कल्पना भी नहीं कर सकता था। डेनमार्क की एक मैगज़ीन में तो उनकी प्रेम कहानी भी छपी थी। उसमें उसके घर और कैम्प वाले घर की रंगीन फ़ोटो भी छपी थी। एक फ़ोटो में वे दोनों कैम्प के लोकल बाज़ार में गोलगप्पे खा रहे थे और जिसका शीर्षक दिया गया था 'सुकून के पल'। वैसे अब दोनों वसन्त विहार में रहते थे।

सना एरिज़ोना स्टेट यूनिवर्सिटी में पढ़ाई कर रही थी। वह एक एक्सचेंज प्रोग्राम के तहत एक सेमेस्टर की पढ़ाई के लिए उसी कान्ति कॉलेज में आई थी जिसमें कभी राजेश ने पढ़ाई की थी। वह पॉलिटिकल साइंस पढ़ती थी।

राजनीति शास्त्र की विद्यार्थी होने के नाते वह अपने कॉलेज के ऐसे पूर्व छात्रों के बारे में शोध कर रही थी जो कॉलेज के ज़माने में राजनीति करते थे। यह जानने के लिए था कि उन लोगों ने बाद में भी राजनीति को अपनाया या नहीं (बिलकुल कोशिश तो की ही) और अगर अपनाया तो वे उसमें कितने सफल (बहुत ज़्यादा नहीं) रहे।

सना की पैदाइश एरिज़ोना के स्कॉटसडेल शहर में हुई थी। उसके पापा हिन्दू थे और माँ मुसलमान। दोनों जब मेरठ में पढ़ते थे तो उनके बीच प्यार हुआ और अपने मम्मी-पापा की इच्छा के ख़िलाफ़ जाकर उन्होंने शादी भी कर ली। दोनों का सपना अमेरिका जाने का था और दोनों जाने में सफल भी हुए। वास्तव में अगर कम उम्र की दीवानगी को रहने दिया जाए तो दोनों के बीच साझा यही था कि दोनों अमेरिका जाना चाहते थे। उनकी शादी ज़्यादा नहीं चली। जब सना एक साल की थी तभी उनकी शादी टूट गई। इसका ख़मियाज़ा भुगतना पड़ा सना को। उसको मेरठ में अपने नाना-नानी के पास रहने के लिए छोड़ दिया गया। कारण यह था कि उसके मम्मी-पापा दोनों के पास न तो इतना समय था न ही इतना पैसा कि वे उसकी देखभाल कर पाते, न ही दोनों का ऐसा कोई इरादा ही था। वे अभी ख़ुद ही जवान थे, नई दुनिया में वे अभी अपने मुक़ाम की तलाश में ही थे। सना के मम्मी-पापा दोनों ने जल्दी ही शादी कर ली, लेकिन सना की कस्टडी उसके पापा को मिली। उसकी माँ ने तो तलाक़ के काग़ज़ात को ठीक से पढ़े बिना ही उसके ऊपर दस्तख़त कर दिये। सना की दादी ने अपने बेटे को सुझाव दिया कि वह अपनी बेटी की कस्टडी ले ले। आख़िरकार वह उनकी पोती थी और इस मामले में वह मुसलमानों के ऊपर भरोसा नहीं कर सकती थीं। सना ने छह साल तक अपने मम्मी-पापा में से किसी को नहीं देखा था, न ही वह उनके नये परिवार से मिली थी। एक दिन जब वह सात साल की थी और अपनी नानी के घर के बाहर खेल रही थी कि उसकी अपने पापा से भेंट हो गई। उसके पापा के हाथ में सना का पासपोर्ट था जो नीले रंग का था। वह आए और उसको नानी के घर से लेकर चले गए, उसको कुछ समझ नहीं आया कि वे उसको क्यों ले गए। सना को अभी तक यह बात याद थी कि वह ज़ोर-ज़ोर से चीख़ रही थी

और अपने पापा के हाथ से अपना हाथ छुड़ाने की पूरी कोशिश कर रही थी। उसकी नानी भी रो रही थी लेकिन उस आदमी के हाथ से उसे छुड़ाने की कोई कोशिश नहीं कर रही थी। उसको याद था कि वह ट्रेन में रोते-रोते सो गई थी, और उसके पापा ने अच्छे-अच्छे चॉकलेट देकर आख़िरकार उसका दिल जीत लिया था।

जब वह अमेरिका पहुँची तब तक न तो उसको अंग्रेज़ी बोलनी आती थी न ही उसने कभी वेस्टर्न स्टाइल का बाथरूम इस्तेमाल किया था। वहाँ का खाना-पीना और बर्तन उसके लिए अनजान थे। उस समय तक उसको नानी अपने हाथ से दाल-चावल खिलाती थी, उसमें थोड़ी दही मिलाकर, और साथ में थोड़ा-सा मीठा अचार भी रखती थीं। उसके पापा ने आइरिश अमेरिकन महिला से शादी की थी और उनके बच्चों को जो कुछ भी खाने के लिए दिया जाता था वे चुपचाप खा लिया करते थे। उसके पापा उसका ध्यान नहीं रख पाते थे इसलिए उन्होंने उसको अपने दोस्त की बूढ़ी माँ के हवाले कर दिया। वह विधवा गुजराती थीं और किसी और राज्य में रहती थीं। बदले में वह उनको कुछ डॉलर दे दिया करता था। बाद में उसका दाख़िला सरकारी स्कूल में हो गया (जहाँ फ़ीस नहीं लगती थी)। वह अपना ख़र्चा चलाने के लिए कैम्पस में कुछ काम कर लिया करती थीं, जबकि उसके पापा उसके रहने-खाने का ख़र्चा दिया करते थे। उसको यह याद भी नहीं कि उसके मम्मी या पापा ने उससे आख़िरी बार बात कब की थी। इसलिए जब उसको ग्रांट मिला तो उसने सोचा कि भारत जाकर वह मेरठ में अपनी नानी के पास जाएगी जो अभी भी उसी पते पर रहती थीं। उसके नाना का देहान्त हो चुका था।

वह सर्दियों की एक धूपीली सुबह राजेश से मिलने के लिए आई। अब वह एमएलए बन चुका था और राष्ट्रपति भवन के पास एक छोटे से फ़्लैट में रहता था। ज़ाहिर है घर मिलते ही उसने अपने माँ-पापा को अपने साथ रहने आने के लिए कहा। उसके पापा अभी भी सिकन्द के साथ ही काम कर रहे थे, लेकिन अब वे उनके सर्वेंट क्वार्टर में नहीं रहते थे। वह अब भी फ़ैक्टरी जाते थे और राजेश इसके लिए उनसे कुछ नहीं कहता था। वह इस बात को अच्छे से जानता था कि उसके पापा सिकन्द के बिना अपनी ज़िन्दगी के बारे

में सोच भी नहीं सकते, चाहे वह रिश्ता एक ज़रूरी नौकर के रूप में ही क्यों न हो। वह अपने स्कूटर से ही फ़ैक्टरी जाते थे। राजेश की सरकारी गाड़ी से जाने से उन्होंने साफ़ इनकार कर दिया था। अपने इस नये ओहदे से वे फूले नहीं समा रहे थे लेकिन पूरी विनम्रता से इसको स्वीकार भी कर रहे थे।

जिस सुबह सना आई उस दिन राजेश के माँ-पापा किसी की शादी में गाँव गए थे। राजेश ने सरकारी काम का बहाना बनाया और उनके साथ नहीं गया, जबकि असलियत यह थी कि वह घर में अकेले रहना चाहता था। सना ऑटो रिक्शा से आई। किराया चुकाने के बाद उसने घर की घंटी बजाई। दरवाज़ा गुनीता ने खोला, जो पार्टी की कार्यकर्ता भी थी और उसकी प्रेमिका भी। गुनीता ने उस लड़की को ऊपर से नीचे तक ध्यान से देखा, वह न तो बहुत सुन्दर थी न ही देखने में बुरी लगती थी, उसका रंग गेहुँआ था और बड़ा-सा चश्मा लगाए हुए थी। सबसे ज़्यादा उसका ध्यान उसके हाथों-पैरों के बालों पर गया जो उसकी कुर्ती के बाजू और कैप्री के नीच दिखाई दे रहे थे।

उसको समझ में आ गया कि इस लड़की से उसको किसी तरह का ख़तरा नहीं है। वह उसको लेकर मेहमानख़ाने की ओर बढ़ी जहाँ राजेश अपने फ़ोन में देखते हुए व्यस्त दिखने की कोशिश कर रहा था, जबकि असल में वह फ़ेसबुक देख रहा था। सफलता के कारण वह पहले से बेहतर दिखाई देने लगा था। एक डेंटिस्ट से जिसकी उसने दहेज के एक मामले में समझौता कराने में मदद की थी, अपने दाँतों को ठीक और साफ़ करवा लिया था। उसके कपड़े महँगे तो नहीं थे लेकिन वे साफ़-सुथरे और अच्छी तरह से इस्तरी किये हुए थे, जिनका ध्यान उसकी माँ रखती थी। पहले वह टाइटन की घड़ी पहनता था लेकिन अब वह आईवाच पहनने लगा था जो उसको उसके चुनाव क्षेत्र के किसी अमीर कार्यकर्ता ने भेंट की थी। उसने अपनी उँगलियों में अनेक तरह की अँगूठियाँ पहन रखी थीं जो बाबाओं ने उसको इस या उस बुरी आत्मा को दूर करने के लिए दी थी। उसकी माँ उसको उन अँगूठियों को उतारने नहीं देती थीं। वह गले में काले धागे में हनुमान जी की मूर्ति बाँधकर पहनता था। उसकी माँ उसे वह भी नहीं उतारने देती थी, बाक़ी चाहे जो वह पहने।

वह रोज़ाना पास के पार्क में जाकर दौड़ भी लगाता था। इससे उसके जीवन में सकारात्मक ऊर्जा आती थी, जिससे सब प्रभावित भी रहते थे और इसी वजह से किसी भी हाल में सुबह की दौड़ वह नहीं छोड़ता था। इसके कारण उसका बदन छरहरा ही दिखाई देता था, लेकिन बचपन में सिकन्द हाउस में रहते हुए ढेर-सा भात-दाल और अचार खाने की जो आदत उसकी थी वह आज तक नहीं गई थी। इसलिए उसका पेट निकलता जा रहा था। जब भी वह बैठता तो उसका पेट बाहर निकल जाता।

राजेश ने उठते हुए उस लड़की का स्वागत किया। दोनों बैठकर चाय पीने लगे, जो गुनीता ने बड़े बेमन से बनाई थी। वह जानती थी कि राजेश चाय बिलकुल नहीं पीता था, बस सामनेवाले को सहज बनाए रखने के लिए वह चाय पीने का नाटक करता था।

चाय के ऊपर मलाई आ गई थी जिसको सना ने चम्मच से परे किया और एक घूँट भरा। साथ में वह पार्ले जी का बिस्कुट भी खा रही थी जो सील गया था। उसने राजेश को अपनी परियोजना के बारे में बताया। साथ में यह भी बताया कि वह सप्ताह भर वेंडी'ज और यूनिवर्सिटी की लाइब्रेरी में रात में गार्ड के रूप में काम करके पैसे कमाती थी और वीकेंड में यात्राएँ करती थी। वह हड़प्पा के खँडहर देखने के लिए धौलावीरा भी गई थी। जयपुर लिटरेचर फ़ेस्टिवल भी गई थी, जहाँ उसने सत्रहवीं क़तार में बैठकर ओप्रा विन्फ्रे को आँखें फाड़कर देखते हुए सुना था (राजेश को ओप्रा के बारे में पता भी नहीं था), उसने यह भी बताया कि वह अपनी नानी से मिलने के लिए मेरठ जानेवाली थी। उसने अपने झोले से सवालों का पुलिंदा निकाला। झोला उसने दिल्ली हाट से ख़रीदा था लेकिन वह अभी से बदरंग दिखाई देने लगा था। वह जानती थी कि उसके सवाल घिसे-पिटे और अजीब क़िस्म के थे, लेकिन उसको ग्रांट की पूरी राशि पहले ही मिल चुकी थी जिसका इस्तेमाल उसने भारत आने के लिए किया था। बहरहाल, वह जवाब रेकार्ड करने लगी।

सना : आप राजनीति में कैसे आए?

राजेश : मैं अपनी पार्टी के अध्यक्ष मनोज भाई की चर्चा के बग़ैर अपनी राजनीतिक यात्रा के बारे में बात नहीं कर सकता।

मनोज भाई मेरे गुरु भी हैं और मार्गदर्शक भी। मनोज भाई असाधारण क़िस्म के इनसान हैं—जब वे बोलते हैं तो लोग उनको सुनते हैं। मैं तो एक नौकर था जो साहब लोगों के साथ बड़ा हुआ था, मनोज भाई ने मुझे मेरी इस विशेष स्थिति के महत्त्व को समझाया। उन्होंने मुझे समझाया कि इस विशेष जगह का सदुपयोग करते हुए मैं किस तरह कमज़ोरों, मजलूमों की मदद कर सकता हूँ। उनके नेतृत्व में ही मैं चुनाव जीतकर विधायक बना। पिछले साल से मैं दिल्ली विधानसभा का सदस्य हूँ। यही मेरे संघर्ष का सुफल है।

मैंने दो तरह की ज़िन्दगी जी है। मेरी एक ज़िन्दगी कोठी की रही, जिस कोठी में मेरा बचपन बीता, जहाँ मेरे पापा काम करते थे और आज भी करते हैं। सिकन्द सर के लिए ही। कॉलोनी बड़ी थी, वहाँ बड़े-बड़े पार्क थे, खेलने के लिए लगभग हर घर के सामने मैदान थे। वहीं पास के एक लोकल स्कूल में मैंने पढ़ाई शुरू की, फिर मेरे पापा के मालिक या साहब अंकल ने सेंट्रल स्कूल में मेरा दाख़िला करवा दिया। सेंट्रल स्कूल जो होता है मैडम वह सबसे अच्छे सरकारी स्कूलों में होता है, हो सकता है कि साहब लोगों के बच्चों के लिए वह स्कूल उतना अच्छा नहीं होता हो लेकिन मेरे जैसे लोगों के लिए बिना किसी जुगाड़ के उस स्कूल में दाख़िला असम्भव होता था। मेरी पढ़ाई-लिखाई अच्छी रही, खाना-पीना भी मुझे अच्छा ही मिलता रहा, मेरा ध्यान भी सही तरीक़े से रखा जाता था। लेकिन वह घर, वहाँ की ज़िन्दगी, मैं जानता था कि हमारी जगह नहीं है। वहाँ का नहीं था मैं। मेरे परिवार के और लोग, मेरे चाचा, बुआ, ताया सब पास के जगदम्बिका कैम्प में रहते थे, जो रेलवे कॉलोनी के पास है, या मेरे कुछ रिश्तेदार गाँव में रहते थे। अब तो जगदम्बिका कैम्प मेरे चुनाव क्षेत्र में ही आता है। ख़ैर, मेरी माँ मुझे हमेशा इस बात की याद दिलाती रहती थी कि अगर मेरे पापा की नौकरी चली गई तो हम लोगों को यहीं रहना पड़ेगा। इसलिए वह मुझे समझाती रहती थीं कि मुझे कोठी में हमेशा अच्छे से रहना चाहिए, वहाँ ग़लतियों के लिए कोई जगह नहीं थी। मेरी माँ तो कोठी के क्वार्टर में आराम से रहती थीं, बस कभी-कभार रसोई में जाकर कुछ काम कर लिया करती थीं। लेकिन मेरी चाचियों, बुआओं को बस्ती के पास की ही रेलवे कॉलोनी में जाकर घर-घर

साफ़-सफ़ाई का काम करना पड़ता था, उनके बच्चों का पिछवाड़ा साफ़ करना पड़ता था, जबकि उनके अपने बच्चों को देखनेवाला कोई नहीं होता था। वे बस्ती में भटकते रहते, गाली-गलौज सीखते। झुग्गी में रहनेवाले बच्चों के लिए उस तरह के फ़ैंसी प्रैम नहीं होते हैं मैडम जिस तरह के आपने अमेरिका में देखे होंगे। वे बस्ती की गलियों में ही जाकर घुटनों के बल चलना सीखते हैं, अपने पैरों पर खड़े होना सीखते है। बस्तियों में रहनेवाले अधिकतर बच्चे स्कूल की पढ़ाई भी नहीं कर पाते थे क्योंकि उनको स्कूल छोड़ने और लानेवाला कोई नहीं था। उन बच्चों को घर में रहकर अपने छोटे भाई-बहनों की देखभाल भी करनी पड़ती थी, घर के कामकाज में भी हाथ बँटाना पड़ता था, जबकि उनके माँ-बाप कमाने के लिए बाहर गए होते थे। अगर वे स्कूल जाते भी थे तो वे वहाँ कुछ सीख-समझ नहीं पाते थे।

मेरे ऊपर न तो ऐसी कोई ज़िम्मेदारी थी न ऐसी कोई समस्या ही थी। जिस तरह से मैं सिकन्द साहब के बेटे अहान भैया को देखता था उसी तरह से बस्ती में रहनेवाले लड़के मुझे देखते-समझते थे। हालाँकि कोठी के अन्दर मेरी कोई हैसियत नहीं थी, लेकिन बाहर अपने परिवार वालों के लिए, अपने रिश्तेदारों के लिए मैं एक ऐसा आदमी था जिसके पास सब कुछ था : अच्छी शिक्षा थी, साफ़-सुथरे घर में रहता था, साफ़-सुथरा खाना खाता था, हर समय पानी आता था, अपने माँ-पापा का प्यार मुझे मिलता था। मैं कुछ हद तक एक नौकर का बेटा था तो कुछ हद तक किसी आम बच्चे जैसा ही था।

मेरे पापा ने अच्छा किया था, और मैं इस बात को जानता था कि मेरे सामने जो मौक़ा था मैं उसको गँवा नहीं सकता था। अपने समुदाय के लोगों के बीच मैं क़िस्मत वाला था और मुझे अभी और बेहतर बनना था। ऐसे ही लाइन में रखा मुझे माँ-बाप ने। जब मैं कोठी से निकला, कॉलेज में पढ़ाई शुरू की, हॉस्टल में रहने लगा तो मनोज भाई के मार्गदर्शन में मुझे यह बात समझ में आ गई कि मुझे अपने जैसे लोगों की मदद करनी थी, ऐसे लोगों की मदद करनी थी जिनके सामने किसी तरह के मौक़े नहीं थे। इसीलिए मैं राजनीति में आ गया।

सना : मुझे अपनी शुरुआती राजनीतिक यात्रा के बारे में बताइए?

राजेश : जब मैं कान्ति कॉलेज में हिन्दी आनर्स की पढ़ाई कर रहा था तभी मैं स्टूडेंट पॉलिटिक्स में आ गया। इस कॉलेज के बारे में आपका क्या ख़याल है सना जी? आपने कभी गेट नम्बर 3 के बाहर चौरसिया का बनाया हुआ नीबू-पानी पिया है, समोसा खाया है? नहीं? कल जाइएगा तो उससे कहिएगा कि आपको मैंने भेजा है। वह आपके लिए बिसलेरी के पानी से नीबू-पानी बनाएगा। आजकल हॉस्टल के क्या हाल हैं? अच्छा, आप तो पेइंग गेस्ट के रूप में कहीं और रह रही हैं न।

सना जी, उन दिनों कैम्पस में बहुत तरह की समस्याएँ थीं। उन दिनों छात्र अपने राज्य या जाति के आधार पर अलग-अलग समूहों में रहते थे; जाट जाट के साथ रहते, बिहारी बिहारी के साथ। लेकिन मैं तो दिल्ली में पला-बढ़ा था, मैं कहीं और का नहीं था। और यहाँ इन चीज़ों का उतना महत्त्व नहीं था। महाराष्ट्र में रहनेवाले तो यह दावा कर सकते हैं कि मुम्बई उनका है। लेकिन दिल्ली में तो सब बाहर से ही आए हैं, यहाँ सब विस्थापित हैं, यहाँ कोई एक समूह यह दावा नहीं कर सकता है कि दिल्ली उसकी है। हम लोगों को स्कूल चाहिए, पानी चाहिए, साफ़-सफ़ाई चाहिए, यातायात के साधन चाहिए। बाक़ी चीज़ें यहाँ उतना मायने नहीं रखतीं। मैं इस बात में यक़ीन नहीं रखता था कि दिल्ली वालों के लिए इन चीज़ों का कोई मतलब है। उनके पास इस तरह के बेकार के कामों के लिए समय नहीं रहता है। अगर कोई बदमाशों को कुछ दे-दिलाकर ऐसा करने के लिए कहे तो और बात है।

सना : यानी आप यह कहना चाह रहे हैं कि यहाँ के मतदाताओं ने अपनी परम्परागत पहचानों को भूलकर विस्थापित की पहचान को अपना लिया है।

राजेश : मेरी तरह के जो युवा हैं उनके अनुभव अपने माता-पिता के अनुभवों से अलग रहे हैं और उनके अन्दर उस तरह के पूर्वग्रह नहीं हैं। वे एक ऐसे माहौल में पले-बढ़े हैं जिसमें सभी पृष्ठभूमियों

के लोग रहते हैं, जिनको दिल्ली एक करता है, वे एक-दूसरे की शादियों में जाते रहे हैं, एक-दूसरे के त्योहारों में शामिल होते रहे हैं, एक-दूसरे की मैयत में जाते रहे हैं।

ग़लत यह था कि इसका नाम ज़रूर दिल्ली यूनिवर्सिटी है लेकिन इसमें दिल्ली राज्य के विद्यार्थियों के लिए किसी तरह का आरक्षण नहीं है। मैडम देश के सभी यूनिवर्सिटी में अपने यहाँ के विद्यार्थियों के लिए आरक्षण होता है। मुझे हॉस्टल में कमरा चाहिए था, मैं अब अपने पापा के साथ कोठी के स्टाफ़ क्वार्टर में नहीं रहना चाहता था। वहाँ नौकरों को इस बात की इजाज़त नहीं थी कि उनके मिलने-जुलनेवाले कोठी में आएँ, इसलिए मेरे स्कूल का कोई दोस्त मुझसे मिलने के लिए मेरे घर नहीं आ पाया। लेकिन जब मैं स्कूल में पढ़ता था तो ऐसी कोई परेशानी नहीं थी, वहाँ पढ़नेवाले अधिकतर छात्र मेरे जैसे परिवारों के ही थे, और सब एक जैसे हालात में रहते थे। लेकिन कॉलेज में मामला जरा अलग था, यहाँ हर तरह के परिवार के लोग मेरे साथ पढ़ाई करते थे। सरकारी अफ़सरों के बच्चे, पेशेवरों के बच्चे मेरे साथ पढ़ते थे। फिर उस ज़माने में बहुत रैगिंग भी होती थी, प्राध्यापक, सहपाठी यूनिवर्सिटी के सारे पढ़े-लिखे लोग ऐसे विद्यार्थी को नीची निगाह से देखते जो सर्वेंट क्वार्टर में रहता हो।

मेरे पापा के मालिक, साहब अंकल भी यही चाहते थे कि मैं वहाँ नहीं रहूँ इसलिए उन्होंने वादा किया था कि वे मेरे हॉस्टल की फ़ीस दे देंगे। मेरे पीछे न तो किसी जाति के समूह की ताक़त थी न ही किसी राज्य के समूह की ताक़त थी इसलिए जब मैंने बॉयज हॉस्टल में रूम लेने की कोशिश की तो मुझे कह दिया गया कि मैं चूँकि दिल्ली का रहनेवाला था इसलिए मुझे रूम नहीं मिल सकता। हॉस्टल में रूम दिल्ली के बाहर के लड़कों को दिया जाता था। अरे? कमाल है। यह सब क्या है? मुझे सच में रहने की समस्या थी और अपने ही राज्य की यूनिवर्सिटी में मेरे साथ भेदभाव किया जा रहा था? मैंने इसी को मुद्दा बनाया। मैंने हॉस्टल में अपने राज्य के छात्रों के लिए आरक्षण की माँग की।

सना : तो इस तरह से आपने कॉलेज में राजनीतिक जीवन की शुरुआत की?

राजेश : मैडम जिस तरह की आज़ादी मैंने कॉलेज में महसूस की उससे मुझे ऐसा लगा मानो मेरा पुनर्जन्म हुआ हो। ज़िन्दगी में पहली बार मैं पूरी तरह से मुक्त महसूस कर रहा था। उस समय तक अपनी ज़िन्दगी मैंने दूसरे के घर में रहते हुए बिताई थी, जिस घर में किसी और का क़ायदा चलता था, आपको वही खाना पड़ता था जो वे चाहते थे, वह भी उनके खाने के बाद। मेरे पास अपनी कोई च्वाइस नहीं थी। जितना हो सके मुझे उस घर में गुम ही रहना पड़ता था, ओझल रहना पड़ता था। बता नहीं सकता कि दोपहर में कॉलेज के बाहर के ढाबे से खाना मँगवाने में मुझे कैसा सुख महसूस होता था! मेस में लंच भी सबके साथ ही करता था, वहाँ किसी के खा लेने का इन्तज़ार नहीं करना पड़ता था।

कॉलेज के अपने क़ायदे थे, लेकिन आप तो जानती ही हैं कि लड़कों के लिए क़ायदे-क़ानून वैसे सख़्त नहीं होते।

उसने उसको देखकर आँख झपका दी, सना बस मुस्कुरा दी, लेकिन उसने ग़ौर किया कि उसका छह फ़ीट का शरीर आगे की तरफ़ ऐसे झुका हुआ था जैसे कोई जिर्राफ हिप्पो के बाड़े में कुछ न समझ में आनेवाले भाव से झाँककर देखने की कोशिश कर रहा हो।

राजेश : लेकिन मेरे राजनीतिक जीवन की शुरुआत बहुत छोटी-सी जगह से हुई और वह भी संयोग से। कैम्पस में फ़ोटोस्टेट चलानेवाले भैया की दुकान से। फ़ोटोस्टेट की उसकी दुकान अभी भी उसी जगह पर है। उस दुकान में कॉलेज में राजनीति करनेवाले सभी लड़के जुटते थे। लेकिन जब मेरी उससे दोस्ती हुई तब मैं इस बात से पूरी तरह अनजान था। जैसे सब उसकी दुकान पर फ़ोटोस्टेट करवाने जाते थे उसी तरह मैं भी जाता था। वह फ़ोटोस्टेट के साथ-साथ पुराने टॉपर्स के नोट्स की फ़ोटोकॉपी बेचने का काम भी करता था। उनके ऊपर लिखा होता था, 'कबीर केमिस्ट्री ऑनर्स नोट्स' या 'शोभिनी इंगलिश ऑनर्स नोट्स।' आदि-आदि।

वह उन नोट्स की स्पाइरल बाइंडिंग रखता था और लड़के इग्ज़ाम के पहले ख़रीदकर उनको रट लेते थे। कोर्स तो सालों तक बदलता नहीं था। सब इसी तरह से चलता रहता था।

मैं उसकी दुकान में अक्सर जाता था। उसकी मेज़ पर मनी प्लांट था जो सूख रहा था। मैंने उसको सुझाव दिया कि किस तरह से उस मनी प्लांट को फिर से जीवित किया जा सकता था। उसने मेरी सलाह मान ली, और जब उसका मनी प्लांट फिर से हरा-भरा हो गया और बड़ा होने लगा तो उसकी ख़ुशी की कोई सीमा ही नहीं रही। हम दोनों को समान रूप से बाग़बानी का शौक़ था, और हमारे बीच बनने लगी। उसको पता था कि मुझे पैसों की दिक़्क़त रहती थी। मैं अपने ख़र्चे पूरे करने के लिए मैकडोनाल्ड में काम करता था, लेकिन पैसों की कमी बनी ही रहती थी। उसने मुझे एक और काम दिया। जो स्टूडेंट्स नोट्स ख़रीदते थे उनके कमरे तक नोट्स पहुँचाने का। इससे कैम्पस के बहुत सारे स्टूडेंट्स से मेरा परिचय हो गया।

सना : अच्छा! पिछले साल मैंने भी कैम्पस में दो जॉब किये थे।

राजेश मुस्कुराने लगा।

राजेश : तब आपको मालूम होगा कि सब कुछ सँभालना कितना मुश्किल होता है। फ़ोटोस्टेट वाले भैया सच में मुझे चाहते थे, वह मेरी बिरादरी के भी थे। आज भी हमारे पारिवारिक रिश्ते हैं। उन्होंने अपनी दुकान में मेरी फ़ोटो फ्रेम करके लगवाई हुई है, आप जाकर देख सकती हैं। उन्होंने मुझे कुछ और भी काम दिये जिनकी बदौलत आज मैं जो हूँ वह बन पाया। मनोज भाई उसके रिश्ते में भाई थे, जो मेरे राजनीतिक गुरु हैं। मनोज भाई ने फ़ोटोस्टेट वाले भैया को कहा था कि इस लड़के को देखना एक दिन कुछ करेगा। मनोज भाई भी उन दिनों संघर्ष ही कर रहे थे तो उन्होंने मुझे एक काम सौंपा : आनेवाले चुनावों के दौरान उनकी नई पार्टी के प्रचार के पर्चे बाँटने का काम। इस काम के लिए मुझे पैसा नहीं मिलनेवाला था लेकिन मैंने यह काम किया। मैं फ़ोटोस्टेट वाले भैया की दुकान

के पास खड़े होकर पर्चे बाँटने का काम करने लगा। जैसे ही मैं पर्चा बढ़ाता तो लोग मुझे घूरते हुए निकल जाते। बता नहीं सकता सना जी कि मुझे कितना बुरा लगता था। मैंने एक तरकीब निकाली। मैकडोनाल्ड्स से मुझे चीनी और कैचअप के सैशे मिलते थे, उन पर्चों के साथ मैंने वह देना शुरू कर दिया। हॉस्टल के लड़कों में इन चीज़ों की बड़ी माँग रहती थी, क्योंकि वे अपने कमरे में चाय और मैगी बनाते रहते थे और उसके लिए उनको इन चीज़ों की बहुत ज़रूरत रहती थी।

मनोज भाई ने जब इसके बारे में सुना तो वे बहुत ही अधिक प्रभावित हुए। उन्होंने मुझे मिलने के लिए बुलाया और अपनी छाया में ले लिया। उसी दिन से मैडम मैं उनका अनुयायी हूँ।

मैं पाँच साल से भी अधिक समय तक यूनिवर्सिटी में रहा और हिन्दी में एम.ए. कर लिया। तीन साल में कैम्पस लाइफ़ का पूरा मज़ा नहीं लिया जा सकता था, क्योंकि पहला साल तो नये माहौल के अनुरूप अपने आपको ढालने में ही चला गया था। शुरुआत में तो आपकी रैगिंग होती थी जिसके दौरान आपको अजीब-अजीब तरह के काम करने के लिए कहा जाता था, जैसे किसी गन्दे गाने पर आपको नाचने के लिए कहा जाता था, या किसी लड़की को गुलाब देने के लिए। जो इसमें सहयोग नहीं करते थे उनके साथ और भी बुरा बर्ताव किया जाता था। एक बार जब वे आपको अपना लेते हैं तो जैसे आपको अपने पैरों के नीचे ज़मीन मिल जाती है। अगर आप राजनीति में सक्रिय रूप से काम करना चाहते हैं तो आपको शुरू-शुरू में छोटे-मोटे काम दिये जाते हैं, जैसे पोस्टर चिपकाने का काम, पर्चे बाँटने का काम; जब तक आपको इससे बड़ा कोई काम दिया जाता है तब तक आपके डेढ़ साल बर्बाद हो चुके होते हैं। जब आपका कुछ सिक्का जमने लगता है तो पता चलता है कि आपके जाने का समय हो चुका होता है, ऐसे काम की तलाश का समय आ जाता है जो आपको मिलना आसान नहीं होता है। पढ़ाई के अलावा मुझे पास भी होना होता था, जिसके लिए मैं शुक्रगुज़ार हूँ फ़ोटोस्टेट वाले भैया की दुकान के 'प्रियंका हिन्दी ऑनर्स नोट्स' का। मैंने आपको पहले ही बताया कि मैं पार्ट टाईम

मैकडोनाल्ड में काम करता था जिससे मुझे अतिरिक्त कमाई होती थी, इसलिए मेरे पास पढ़ाई-लिखाई के लिए और भी कम समय रह जाता था। इसलिए उन नोट्स से मुझे बहुत मदद मिल जाती थी। मैकडोनाल्ड में मिला वह काम भी साहब अंकल का एहसान था। वहाँ मैकडोनाल्ड का जो फ्रेंचाइज था वह उनके कॉलेज के सहपाठी का था।

मनोज भाई मुझे जो भी काम कहते थे मैं करता था। कई बार वे मुझे कहते कि एक किनारे हो जाओ और फ़लाँ-फ़लाँ को सामने आने दो, तो मैं वैसा ही करता था। कड़ी मेहनत और संघर्ष के बाद मैं यूनिवर्सिटी में चुनाव जीतकर संयुक्त सचिव बन गया। उस साल मैं कॉलेज में थर्ड ईयर में ही पढ़ता था। देखिए मैडम उन दिनों मैं सिकन्द हाउस से नया-नया बाहर निकला था इसलिए नेतागीरी का उतना आत्मविश्वास नहीं था। मैं भाषण भी नहीं दे पाता था। एक बार भाषण देने में मैंने बड़ी गड़बड़ कर दी थी। उसके बाद से मनोज भाई ने मुझसे कहा कि मुझे संगठन के काम पर अधिक ध्यान देना चाहिए।

बोलने के बाद उसको समझ में आया कि वह कुछ ज़्यादा ही बोल गया।

राजेश : मेरे सुझाव के बाद मेरी पार्टी ने दिल्ली के छात्रों के लिए एक अभियान की शुरुआत की। मनोज भाई पार्टी युवा पार्टी सदस्यों के विचारों को अहमियत देते थे, यही उनकी ताक़त भी थी। हमारी माँग यह थी कि दिल्ली यूनिवर्सिटी के हॉस्टलों में दिल्ली के छात्रों के लिए 25 प्रतिशत सीटें आरक्षित हों। मैं इसी तरह से हमेशा काम करता था। मेरा यह मानना है कि काम चाहे कितना भी छोटा क्यों न हो लेकिन अगर आप उसमें सफल होना चाहते हैं तो आपका मक़सद बहुत साफ़ होना चाहिए और सन्देश भी स्पष्ट होना चाहिए। उस अभियान के ऊपर लोगों का ध्यान गया और उसके बाद से मेरे कॉलेज में सभी मेरा नाम जानने लगे, और वह भी इस वजह से नहीं कि मैं नोट्स पहुँचाने का काम करता था। मनोज भाई ने उस ज़माने में मुझे एक पेजर भी दिया, जिससे मैं हमेशा उनके सम्पर्क में बना रहूँ। कई और बड़ी पार्टियों के साथ भी मेरे सम्पर्क थे

लेकिन मैडम एक बात साफ़ थी कि मैं जात-पाँत में विश्वास नहीं करता। सब बाँटने की राजनीति करते हैं। एक बात और है मैडम कि अगर मनोज भाई का हाथ मेरे सिर पर नहीं रहता तो राजनीति में न तो मैं तब कुछ हासिल कर पाता, न अब।

पीछे मुड़कर देखता हूँ तो सब कुछ धुँधला-धुँधला दिखाई देता है, लेकिन वह मेरी ज़िन्दगी का सबसे व्यस्त और ख़ुशहाल समय था। ज़िन्दगी छोटी भी होती है सना जी और बड़ी भी, नहीं? तरह-तरह की बाधाएँ थीं; हॉस्टल के वार्डन सहयोग नहीं करते थे। सीनियर्स को ऐसा लगता था कि वे मुझे अपने ओछे खेलों से हरा देंगे। हताश, कम वेतन पानेवाले टीचर लोग थे, उनके पास जो सत्ता होती थी उसके सहारे वे किसी भी स्टूडेंट की ज़िन्दगी नर्क कर सकते थे। मैं अपनी बात नहीं कर रहा। लेकिन आज मैं जहाँ हूँ तो मुझे अपने अतीत में सब अच्छा ही दिखाई देता है। अगर मेरा जन्म सिकन्द हाउस में नहीं हुआ होता, नौकर का बेटा होता या नहीं होता, लेकिन आज मैं जो हूँ वह तो नहीं ही होता। इस बात के अलावा कि मेरी पढ़ाई-लिखाई अच्छे से हुई, मुझे अच्छा खाना मिलता था, पहनने-ओढ़ने को अच्छी चीज़ें मिलती थीं, मैंने उस जगह पर यह भी सीखा कि अलग-अलग तरह के लोगों के साथ किस तरह से बर्ताव किया जाता है। छोटे बच्चों को, बशर्ते कि उन्हें छुटपन में ही काम पर न लगा दिया जाए, बस अपने परिवार के लोग ही देखने को मिलते हैं और वे उन्हें ज़िन्दगी में अच्छा पहलू ही दिखाते हैं। मैं बचपन से ही मैं इतने अलग-अलग तरह के माहौल में इतने अलग-अलग तरह के लोगों के बीच रहा मैडम लोग और बेबी लोग से लेकर दूसरे स्टाफ़ तक, कि मुझे उसका फ़ायदा कैम्पस में अलग-अलग तरह की पृष्ठभूमि के लोगों के साथ मेलजोल बनाने में हुआ।

राजेश को महसूस हुआ कि वह अपनी बातों को दोहराने लगा है। उसने फ़ैसला किया कि उसको अब रुक जाना चाहिए।

सना : क्या आपको लगता है कि आपकी पढ़ाई-लिखाई का आपको कोई फ़ायदा हुआ? भारत की राजनीति में इतने सारे अशिक्षित और भ्रष्ट लोगों को देखकर आपको कैसा महसूस होता है?

> **राजेश :** यह क्या सवाल है मैडम। यह बात एकदम सही है कि मुझे अपनी शिक्षा का फ़ायदा मिला, और यह अच्छा नहीं माना जा सकता है कि भारत में राजनीति में इतने अशिक्षित लोग हैं, लेकिन जब तक सभी लोग शिक्षित नहीं हो जाते तब तक तो यह होता ही रहेगा। यह कैसा सवाल है?

राजेश हँसने लगा। वह बोर हो चुका था और थोड़ा मनोरंजन चाहता था। उसने अपने सामने बैठी लड़की को अच्छे से तौला, वह मासूम लग रही थी, बड़ा-सा चश्मा लगाए हुए वह कुरूप तो क़तई नहीं थी। "आप अपने बारे में कुछ बताइए सना जी। अपने मम्मी-पापा के बारे में कुछ बताइए। अमेरिका में अपने परिवार के बारे में कुछ बताइए?"

"मेरा जन्म ही वहाँ हुआ था," सना इतना ही बता पाई।

राजेश ने उसको सुझाव दिया कि वह आगे की बातचीत उसके साथ तब कर सकती थी जब वह अपने चुनाव क्षेत्र में जाए। "आपको असली भारत देखना चाहिए सना जी। इसको आप मेरे राजनीतिक सफ़र को समझने का ही हिस्सा समझें, अपने विषय को समझने के तौर पर ही देखें। मुझे थोड़ा समय दीजिए फिर हम लोग चलते हैं। हम लोग रास्ते में भी बातचीत जारी रख सकते हैं।"

राजेश ने अपने ड्राइवर को आवाज़ लगाई, और अन्दर जाकर गुनीता से कहा कि वह जगदम्बिका कैम्प में ज़रूरी काम कर दे। गुनीता चिल्लाने लगी। यह सब जो चल रहा था वह उसको अच्छा नहीं लग रहा था। "अरे परेशान क्यों हो रही हो," वह बोला। "तुमने इस लड़की को देखा है? ज़रा उसकी टाँगों के बालों को देखो। मेरे जैसी नहीं है यार, मैं तो बस अपनी प्रोफ़ाइल बढ़ाने की कोशिश में लगा हुआ हूँ। हो सकता है कि उसका यह इंटरव्यू विदेश के किसी अख़बार या मैगज़ीन में आए। तुम यहीं इन्तज़ार करना, मेरे कुछ काग़ज़ आनेवाले हैं, मम्मी-पापा हैं नहीं। कोई तो लेनेवाला होना चाहिए घर में?" उसने उसको गले से चिपकाते हुए उसके निचले होंठ को काट लिया। उसको पता था कि ऐसा करना गुनीता को अच्छा लगता है। इसके बाद वह सना के साथ निकल गया, जो बाहर खड़ी एक अजीब से कैमरे से आस-पड़ोस की फ़ोटो ले रही थी, जहाँ सर्दियों की धूप में कुछ आवारा कुत्ते आराम फ़रमा रहे थे।

नौ

सना और राजेश सरकारी इनोवा की पिछली सीट पर बैठ गए। उसने देखा कि गाड़ी के शीशों पर पार्टी के स्टिकर लगे हुए थे, कुछ पुराने थे कुछ नये। उनके ऊपर हिन्दी में कुछ लिखा हुआ था। वह हिन्दी बोल तो लेती थी लेकिन पढ़ नहीं पाती थी। राजेश ने सना से कहा कि वह कुछ पर्चे और कोक के ख़ाली कैन हटाकर अपने बैठने के लिए जगह बना ले, उसने वैसा ही किया। सना ने ध्यान दिया कि राजेश के हाथ बहुत अच्छे से साफ़ हैं। वह सोचने लगी कि यह बातें तो संघर्ष की करता है लेकिन चलता इतनी बड़ी गाड़ी में है। वे गौरीशंकर मन्दिर के सामने से गुज़रे (जिसे उसने राम-सीता का समझा था, राजेश ने उसे सही नाम बताया), नये खुले स्टारबक्स के सामने से और एक लोकल क्लब हाउस के सामने से, जहाँ शाम में शायद कोई शादी रही होगी। उसी की तैयारी चल रही थी। दोनों की बातचीत जारी रही।

"आपने यह पूछा था सना जी कि मेरी पढ़ाई-लिखाई ने किस तरह से मेरी मदद की। इसका जवाब अगर मैं एक शब्द में दूँ तो वह है—'अंग्रेज़ी'। अपनी पढ़ाई-लिखाई के कारण मैं अंग्रेज़ी सही से बोल सकता था। यह हालात की ओर से दिया गया तोहफ़ा है, जो इस देश में कुछ चुनिन्दा लोगों को ही मिल पाता है, और जिसके कारण बहुत से दरवाज़े खुल जाते हैं। शुरू में मैंने अंग्रेज़ी सिकन्द हाउस में सीखी, अपने मालिक के बेटे अहान भैया से बातें करते हुए,

उनके साथ कार्टून और फ़िल्में देखते हुए, उनकी पुरानी किताबें पढ़ते हुए, हार्डी बॉयज और ईनिड ब्लाइटन की किताबें पढ़ते हुए। हाल में ही मैं इंग्लैंड की सरकारी यात्रा पर गया था। एक प्रतिनिधि-मंडल का हिस्सा बनकर जो वहाँ शहरी घरों का अध्ययन करने के लिए गया था। यह मेरी पहली विदेश यात्रा थी सना जी। मेरे माँ-पिता बहुत ख़ुश थे। उन्होंने ज़िद की कि वे मुझे एयरपोर्ट तक छोड़कर आएँगे। वगैरह-वगैरह। वहाँ जाने पर अपने मेज़बानों से मैंने स्कोन और क्लोटेड क्रीम खाने की इच्छा जताई—मैं खाने-पीने की चीज़ों के बारे में पढ़ते हुए बड़ा हुआ था, और मुझे छह महीने पहले तक यह नहीं पता था कि उनका स्वाद कैसा होता है।

"स्कूल में और अहान भैया की किताबों से मैंने एक ही काम की चीज़ सीखी, वह अंग्रेज़ी ही थी। लेकिन कान्ति कॉलेज में आने के बाद भी मेरी अंग्रेज़ी उतनी अच्छी नहीं थी। वहाँ हिन्दी से काम चल जाता था। बाद में कॉलेज से निकलने के बाद मुझे जल्दी-से-जल्दी कोई नौकरी करनी थी। नेताओं के बेटा-बेटी तो 20-25 साल में ही राजनीति में आ जाते हैं क्योंकि उनको रोज़ी-रोटी का इन्तज़ाम नहीं करना होता है। लेकिन मुझे तो कोई काम ढूँढ़ना ही था, कॉलेज की पढ़ाई के बाद मुझे कोई ठौर तो ढूँढ़ना ही था। अपने पापा के पास लौटकर जाना सम्भव नहीं था, फिर मैं राजनीति में भी बने रहना चाहता था। इसमें भी मनोज भाई मेरे काम आए। उनकी मदद से गुड़गाँव के एक कॉल सेंटर में मुझे नौकरी मिल गई। उन लोगों ने मुझे पहले ट्रेनिंग दी। वहाँ रात की शिफ़्ट होती थी, जिसे वहाँ ग्रेवयार्ड शिफ़्ट कहते हैं और मैं आप अमेरिकनों की बनाई हुई शिफ़्ट में काम करने लगा। इससे मेरा काम चल गया। हाथ में पैसे आने लगे। मैं एक रूममेट के साथ कमरा लेकर रहने लगा। मेरे साथ जो लड़का रहता था वह दिन में काम करता था और मैं रात में और इस काम के साथ मुझे राजनीति करने का मौक़ा भी मिल जाता था। मेरे माँ-पापा जब वहाँ आते थे तो उनको बहुत गर्व महसूस होता था। हम लोग वहाँ जैसे चाहे वैसे कोई भी त्योहार मनाते थे। कॉलेज के ज़माने से ही मुझे जो आज़ादी हासिल थी उसका अनुभव मेरे माँ-पापा को पहली बार हुआ। बहुत व्यस्तता-भरे दिन थे सना जी। पता नहीं कैसे किया सब कुछ।

"कॉल सेंटर में काम करने से मेरी अंग्रेज़ी और भी बेहतर हो गई। मैं आपके जैसी रिपोर्टर के साथ बड़े आत्मविश्वास के साथ अंग्रेज़ी में बात कर सकता हूँ," उसने अमेरिकी लहज़े में अंग्रेज़ी बोलने की कोशिश की। सना ने उसको सुधारने की कोशिश नहीं की, वह एक शोधार्थी थी न कि रिपोर्टर, और उसने किसी अमेरिकी को उस लहज़े में बात करते सुना नहीं था। "पार्टी इस हुनर का इस्तेमाल कर सकती है, मैं जिस तरह से बड़े लोगों के तौर-तरीक़ों को जानता हूँ, उनका उठना-बैठना कैसा होता है, लेडीज से कैसे बात करते हैं। मेरी पार्टी में बहुत समर्पित लोग हैं, बड़े मेहनती लोग हैं, लेकिन उनकी परवरिश उस तरह की नहीं है जिस तरह की मेरी हुई, इसलिए पार्टी में मेरी जगह ख़ास है।"

एक भीख माँगनेवाली लड़की गाड़ी की खिड़की का शीशा ठकठकाने लगी। उसकी गोद में एक बेहद सुस्त नवजात बच्चा था। और वह अपने हाथ की अँगूठी से खिड़की ठोंक रही थी, ताकि अधिक आवाज़ हो और अगर कोई उसको न देखना चाहता हो उसको भी मजबूर होकर उसको देखना पड़ जाए।

सना ने अपना कैमरा निकाला और खिड़की का शीशा उतारकर उस लड़की की फ़ोटो लेने लगी। उसने रंगीन लहँगा पहन रखा था और उसके हाथों में शीशे की सुन्दर चूड़ियाँ थीं। उसकी हिम्मत बढ़ी और वह उस 'सुन्दर दीदी' के बाल छूकर उससे पैसों की माँग करने लगी। एक किन्नर भी इसको देख रही थी, उसको भी यह मौक़ा अच्छा लगा और वह पास के ऑटो को छोड़कर इनके पास आ गई।

सना की खिड़की के पास आकर उसने कहा कि एक फ़ोटो के सौ रुपये लगेंगे। साथ ही वह जोड़ी सलामत रहे की दुआ भी करने लगी।

राजेश का ड्राइवर कार से बाहर निकलकर उन लोगों को यह कहते हुए भगाने की कोशिश करने लगा कि "चलो, चलो यह सरकारी गाड़ी है।"

उस लड़की की गोद में बच्चा अभी भी सोया हुआ था मानो उसको नशा दे दिया गया हो। पता नहीं लड़की थी या लड़का। राजेश ने सना की तरफ़ झुकते हुए उसकी खिड़की का शीशा ऊपर कर दिया, "मैडम ये लोग इनसान हैं, किसी सफ़ारी पार्क के जानवर नहीं हैं कि आप इनके फ़ोटो लेने लगें।"

उसने कुछ रुखाई से सना से कहा। इसी बीच लालबत्ती हरी हो गई और गाड़ी आगे बढ़ गई। सना फटकार सुनकर रोने लगी। राजेश को कुछ समझ नहीं आया तो उसने अपनी जेब से रूमाल निकालकर उसकी तरफ़ बढ़ा दिया और उसके हाथ पर हाथ रखकर उसको दिलासा देने लगा। उसने ग़ौर किया कि उसने अपनी बाँह पर नीले पेन से कुछ लिख रखा था जो फ्लानेल की उसकी क़मीज़ की बाँह के नीचे छिपा हुआ था, जो पूरा दिखाई नहीं दे रहा था।

"यह क्या है?" उसने पूछा। सना ने अपनी क़मीज़ की बाँह उठाकर उसको दिखा दिया।

वह एक कोटेशन था, "हम सब टूटे हुए हैं और इसी कारण रोशनी अन्दर आती है," उसने पढ़ा।

"मैं रोज़ाना इंटरनेट पर इस तरह के कोटेशन पढ़ती हूँ और जो मुझे अच्छा लगता है उसको अपनी बाँह पर लिख लेती हूँ। इससे मेरे अन्दर सकारात्मकता बनी रहती है। जब मैं मोंटाना में काम कर रही थी तो वहाँ एक रेकी गुरु ने मुझे यह सलाह दी थी," उसने राजेश को बताया।

"तुम्हारी आँखों में ख़ालीपन दिखाई देता है, बहुत दर्द, बहुत उदासी दिखाई देती है, लेकिन बहुत ताक़त भी। तुम्हारे साथ कुछ बहुत बुरा हुआ है और तुम उससे उबरकर आई हो," राजेश ने कहा।

वह कार में उसके साथ ख़ुश लग रही थी। उससे बातें करते हुए वह राजेश को अपनी ज़िन्दगी की कहानी संक्षेप में बताने लगी : उसके मम्मी-पापा का प्रेम जो ज़्यादा चल नहीं पाया, उनकी उस ज़िद के बारे में कि उनको हर हाल में अमेरिका में ही रहना था, अपने पापा के नये परिवार के साथ रहते हुए उसको जो अकेलापन महसूस होता था, और अपने नाना की मृत्यु के बारे में जिसकी ख़बर उसको बहुत दिनों के बाद लगी। "मैं मेरठ जाना चाहती हूँ। मुझे अपनी नानी से पूछना है कि इतने साल पहले उन्होंने मुझे क्यों जाने दिया था। क्या यह सब पहले से तय था? या फिर बिना किसी चेतावनी के उसके पापा एक दिन अचानक आ धमके थे?" अपने पापा से उसको कभी सन्तोषजनक जवाब नहीं मिला था।

राजेश ध्यान से उसकी बात सुन रहा था। इस बीच उनकी गाड़ी एक गली में मुड़ गई, जो कैम्प की दिशा में जाती थी। सना ने ग़ौर किया कि इस बीच राजेश का हाथ कई बार उससे छू गया था, लेकिन उसने इसकी कोई परवाह नहीं की।

गुनीता ने छोटू को फ़ोन कर दिया था। छोटू रिश्ते में राजेश का भाई था। जब राजेश कैम्प में जाता था तो उस समय सारा इन्तज़ाम वही देखता था। उसको उम्मीद थी कि जल्दी ही उसको कोई बड़ी भूमिका मिलनेवाली थी। राजेश भाई के साथ कोई विदेशी मेम आ रही थी, उसे उसको झुग्गी का माहौल दिखाना था, उसकी अच्छी चीज़ों को दिखाना था। इसमें यह भी शामिल था कि घूँघट वाली चार-पाँच महिलाएँ तिलक-माला लेकर तैयार रहें और मार्केट के पीछे वाले शिव मन्दिर में घंटी बजाएँ। पहले विदेशी मेहमान का स्वागत करना था। इस यात्रा का अन्त चाय-बिस्कुट से होना था। चाय की दुकान के सामने इसके लिए चारपाई बिछा दी गई थी। वह गम्भीरता से सोच रहा था कि विदेशी टूर ऑपरेटरों से उसका कुछ सम्पर्क हो जाए तो वह स्लम टूर शुरू कर सकता था और उसके लिए टिकट भी लगा सकता था। वह कुछ आंटियों के घर में गया जो नाइटी पहने टीवी देख रही थीं और सब्ज़ी काट रही थीं। उसने उन महिलाओं से कहा कि वे नाइटी बदलकर साड़ी पहन लें और थाली लेकर मन्दिर के पास आ जाएँ। इसके लिए बात पाँच सौ रुपये में तय हुई थी, उसमें छोटू का हिस्सा भी था।

महिलाएँ और छोटू शिव मन्दिर के पास आकर खड़े हो गए। अभी गर्मी उतनी अधिक नहीं हुई थी लेकिन धूप से लग रहा था कि आनेवाले समय में गर्मी कितनी अधिक पड़नेवाली थी। बस्ती की गलियों में अँधेरा रहता और इस वजह से वहाँ लम्बे समय तक ठंडक बनी रहती थी, लेकिन बारिश के दिनों में इन गलियों में बेहद उमस हो जाती थी। उन्होंने कूड़े के ढेर के पास दूर से ही इनोवा को आते हुए देखा और काम में लग गए। उन महिलाओं ने अपना सिर आँचल से ढक लिया और स्वागत गीत गाने लगीं, बिना किसी धुन के। उस समूह में एक ही अच्छी गायिका थी जिसको पास की कॉलोनी में कुछ काम मिल गया था और इतने कम समय के नोटिस पर उसका आ पाना सम्भव नहीं था।

राजेश कार से उतरा तो फूलवंती ताई के पैर छूने के लिए झुकने लगा। वह वहाँ मौजूद महिलाओं में सबसे बड़ी थीं। पहले उन्होंने राजेश के माथे पर टीका लगाया, उसके बाद सना के माथे पर भी टीका लगा दिया। फूलवंती ताई ने सना को कलेजे से लगा लिया, उनके इस जोश के कारण सना का चश्मा भी उतर गया।

सना जितने साल से अमेरिका में थी इस तरह के सहज और निष्काम प्यार के लिए तरस गई थी। बचपन में जब वह मेरठ में रहती थी तो शायद ही कभी अकेली रहती। वह एक डबल बेड पर अपने नाना-नानी के साथ सोती थी, सामने लगे कूलर से जेट इंजन की तरह शोर होता रहता था और खस की गन्ध आती रहती थी। बिस्तर पर वह बीच-बीच में हाथ बढ़ाकर नानी के कान की बाली को छूकर यह पता लगाती रहती थी कि नानी कहीं गईं तो नहीं। सब कुछ उस दिन तक ऐसे ही चलता रहा जब तक उसके पापा आकर उसको ले नहीं गए। जब वह अमेरिका पहुँची तो आसपास सब कुछ इतना शान्त लगता था। उसके पापा और उसकी सौतेली माँ अपने जुड़वाँ बच्चों, अपने कामकाज और एक-दूसरे से इतना पके रहते थे कि उसकी बुनियादी ज़रूरतों को पूरा करने के अलावा वे उसके लिए और कुछ नहीं कर सकते थे। बाद में जिस बुज़ुर्ग महिला ने उसको पाला वह काफ़ी अच्छे से उसका सब काम करती थी, अच्छे से कपड़े पहनाती, खिलाती-पिलाती और अच्छे से रखती भी थी। लेकिन यह सब वह इतने मशीनी तरीक़े से करती थी कि लगता था मानो वह औरत यह चाहती ही नहीं थी कि सना को उससे किसी तरह का लगाव हो।

वह ठीक से बता नहीं सकती थी कि इन सालों में वह किस चीज़ की कमी महसूस करती रही थी। उस पल तक तो बिलकुल ही नहीं। बिना किसी तरह की उम्मीद के गले से लगा लेना। उसको मेरठ और अपनी नानी का घर याद आ गया। उसने भी उस बूढ़ी महिला को उतने ही जोश के साथ भींच लिया। राजेश ने इस बात पर ध्यान दिया, वह सना को देखकर ऐसे मुस्कुराया जैसे वह उससे अपनापा जता रहा हो।

"यही वह जगह है सना जी, जहाँ से मेरा परिवार निकला है। आइए, जरा एक निगाह डाल लीजिए," उसने कहा, और बड़े आहिस्ता से उसकी पीठ पर

हाथ रखकर उसको भीड़-भाड़ वाली गली में रास्ता दिखाने लगा। सना जिस बस्ती में गई थी, वह देश की बहुत सारी ऐसी बस्तियों में एक थी जो रेलवे की ज़मीन पर बनी हुई थीं। यह अतिक्रमण था जो नेताओं के संरक्षण में चल रहा था। आख़िर वहाँ रहनेवाला एक-एक आदमी मतदाता था या भविष्य में मतदाता होनेवाला था जिनके ऊपर नेताओं की नज़र रहती थी। इसी वजह से उनसे कोई उलझना नहीं चाहता था। इतने साल हो गए थे कि उनको ऐसा लगने लगा था कि यह अब उनका स्थायी ठिकाना था। पालतू कुत्ते, आवारा कुत्ते, घर की छत पर लगे टीवी के एंटीना, कूलर, मोटर साइकिल, चिप्स के ख़ाली पैकेट, चॉकलेट के रैपर चारों तरफ़ दिखाई दे रहे थे। बिजली की कोई समस्या नहीं थी—आसपास के ट्रांसफ़ार्मर से तार खींचकर धड़ल्ले से बिजली जलाई जाती। उस बस्ती में रहनेवालों के लिए सबसे बड़ी परेशानी पानी की थी—किस तरह से पानी लाया जाए, किस तरह से उसको जमा रखा जाए, किस तरह से उसको बाँटा जाए, सब इन्तज़ाम कैसे किया जाए। यही नहीं एक समस्या यह भी होती थी कि जमा पानी को किस तरह से हटाया जाए, क्योंकि वहाँ भयावह मच्छर हो जाते थे। वह बस्ती अपने आप में एक छोटे-मोटे शहर जैसी थी, कुछ हिस्से अच्छे भी थे और कुछ बुरे। लेकिन राजेश ने पहले ही यह हिदायत दे रखी थी कि सना को केवल वही हिस्से दिखाए जाएँ जो साफ़-सुथरे थे। वे हिस्से जिनमें कारख़ानों में काम करनेवाले रहते थे, उनकी पढ़ाई-लिखाई, रहन-सहन कुछ अलग तरह का था।

बहरहाल, सना की अमेरिकी आँखों ने ऐसा कुछ भी नहीं देखा था। उसको मेरठ की धुँधली-सी याद थी लेकिन बचपन की स्मृति पर उतना भरोसा नहीं किया जा सकता है और उसको जो कुछ याद था वह भी नानी के घर का ही था। वह जानती तो थी कि ग़रीबी क्या होती है, रहन-सहन के ख़राब स्तर क्या हो सकते हैं, झोंपड़ी क्या होती है, लेकिन तब तक उसने ऐसा कुछ देखा नहीं था। उस दोपहर अचानक उसका सामना ऐसी दुनिया से हो गया जिस दोपहर उसने सोच रखा था कि जल्दी से इंटरव्यू ख़त्म करके वह दिल्ली हाट जाएगी और वहाँ मोमो खाएगी। लेकिन उसने जो देखा वह देखकर हैरान रह गई। वहाँ लोग एक-दूसरे को खाना पकाते, नहाते, तैयार होते, लड़ते देख सकते थे।

वहाँ लोग इस सबके बीच बेफ़िक्र भाव से जी रहे थे। रहन-सहन का इतना ख़राब स्तर उसने अमेरिका में नहीं देखा था। इसको देखकर वहाँ का ख़राब से ख़राब रहन-सहन भी आलीशान लगता था।

दोपहर के बाद सना चाय की दुकान के बाहर उन औरतों के साथ चारपाई पर बैठकर छोटे से गिलास में मसाला चाय की चुस्कियाँ ले रही थी। स्टील की प्लेटों में बिस्कुट और नमकीन परोसे गए, सब चम्मच से उठा-उठाकर खाने लगे। सना को भूख लगी हुई थी इसलिए उसने एक चम्मच नमकीन उठाई और चम्मच अपने मुँह में डाल लिया। यह देखकर सभी औरतें हँसते हुए कहने लगीं, "क्या कर रही हो, जूठा हो जाएगा।"

राजेश एक और चाय की दुकान के बाहर कुछ लोगों के साथ बैठा हुआ था। वहाँ प्लास्टिक की एक मेज लगी थी। वह सना से कुछ दूरी पर बैठा था लेकिन सना को पल-पल उसकी मौजूदगी का अहसास हो रहा था। चाय और गपशप के बाद राजेश ने औरतों की तरफ़ जाते हुए सना से पूछा कि क्या वह चलने के लिए तैयार है। सना ने अपना सामान समेटा और इनोवा में बैठने के लिए बढ़ गई। उसको विदा करने के लिए छोटू और फूलवंती ताई आगे बढ़ीं जबकि बाक़ी लोग थोड़ा पीछे की तरफ़ ही रह गए।

कार में बैठने के बाद राजेश ने इस सफ़र को थोड़ा और बढ़ाने की गरज से सना को सुझाव दिया कि पास में ही एक नया रेडिसन होटल खुला है, वह चाहे तो उसमें चलकर बाथरूम का इस्तेमाल कर सकती है। उसने कहा, सना जैसी लड़की के लिए बस्ती में बाथरूम जा पाना असम्भव था। वे होटल की लॉबी में उतरे। उसकी सरकारी गाड़ी देखकर दरबान ने राजेश को ज़ोर से सेल्यूट मारा, हालाँकि उसने राजेश को पहचाना नहीं था।

जब सना बाथरूम गई तो राजेश टहलते हुए होटल के कॉफ़ी शॉप में गया और बैठ गया। जब वह वापस आई तो राजेश ने उससे पूछा कि क्या वह कुछ लेना चाहती है। सना ने बियर का ऑर्डर दिया, साथ में क्लब सैंडविच भी। कैम्प और होटल, फिर मीठी चाय और तीखी बियर के विरोधाभास और राजेश की मौजूदगी को लेकर सजग सना थकी थी, लेकिन अच्छा भी महसूस कर रही थी।

वह इतना तल्लीन किसी चीज़ में या किसी इनसान में नहीं हुई थी जितना वह उसमें हुई जो उसने आज देखा था। सना हमेशा लड़कियों के साथ रहना पसन्द करती थी, वे पुरुषों के मुक़ाबले अधिक शालीन और कृपालु होती थीं। उसको अपने अमेरिकी दोस्तों से यह कहने में शर्म आती थी कि वह अभी भी वर्जिन थी।

राजेश उसको ग़ौर से देखे जा रहा था। उसको उस लड़की में जो दिखाई दे रहा था वह अच्छा लग रहा था—वह एक प्यारी लड़की थी, दयालु। जिस तरह से राजेश उसका ध्यान रख रहा था, उसको समय दे रहा था इससे वह बहुत आभारी महसूस कर रही थी। उसकी पढ़ाई-लिखाई जैसी भी रही हो वह जिस तरह के माहौल में पला-बढ़ा हो लेकिन उसमें हालात और इनसानों को भाँपकर तत्काल फ़ैसला लेने की क्षमता थी और इसी कारण वह हमेशा आगे रहता था। वह ऐसा आदमी नहीं था कि किसी को समझने में समय ज़ाया करे। उसके लिए जिस तरह के रिश्ते आ रहे थे उससे उसके माँ-पापा बहुत गर्व महसूस करते थे। उसको आईएएस अधिकारियों की तरह दहेज के साथ रिश्ते आ रहे थे। फिर भी वह उन लड़कियों के साथ ज़्यादा दिन तक मेलजोल नहीं बढ़ा पाता था, लेकिन उसके ऊपर शादी का दबाव बढ़ता जा रहा था। उसकी माँ चाहती थी कि उसको बहू का साथ मिले, काम में मदद मिले और पोता-पोती हों। लेकिन यह प्यारी लड़की और इसका नीला पासपोर्ट उसको जो दे सकता था उसे पैसों से आसानी से हासिल नहीं किया जा सकता था।

राजेश ज़िद करने लगा कि वह सना को लाजपत नगर उसके फ़्लैट तक छोड़ने जाएगा। वह वहाँ पेइंग गेस्ट के रूप में रह रही थी। उसने राजेश को इससे मना किया क्योंकि उसको वहाँ रहनेवाली दूसरी लड़कियों ने बताया था कि वह कभी किसी लड़के के साथ घर न आए, क्योंकि मकान मालकिन बालकनी में बैठकर देखती रहती थी और अगर वह किसी लड़की को देख लेती कि उसको कोई लड़का छोड़ने आया है तो वह उसका हुलिया टाइट कर देती थी। उसने कहा कि पहले राजेश उतर जाए फिर गाड़ी उसे उसके घर छोड़ आए। राजेश मान गया और गुनीता को यह पता लगाने के लिए मैसेज किया कि वह कहाँ थी—वह जा चुकी थी, काग़ज़ात डाइनिंग टेबल पर रखे हुए थे और घर की चाभी दरवाज़े के बाहर गमले के नीचे थी।

रास्ते में सना ने राजेश को अपने परिवार के बारे में और बातें बताईं : किस तरह वह नानी से दूर हो गई, उसको बुरे सपने आते थे, किस तरह उसने बस से पूरे भारत का सफ़र किया था क्योंकि उसके पास पैसे कम थे, लेकिन वह अपनी नानी से मिलने से बचती रही। वह इसके लिए अभी तैयार नहीं थी। सना की कहानी के एक दुखद हिस्से को सुनते हुए उसने हाथ बढ़ाकर सना का हाथ दबा दिया, और तब तक उसके हाथ से अपना हाथ नहीं हटाया जब तक कि गाड़ी साउथ एवेन्यू में आकर रुक नहीं गई। वह अपनी उँगलियों से हौले-हौले सना की हथेली को सहला रहा था। सना ने राजेश से कहा कि वह अपना स्कार्फ़ अन्दर ही भूल आई थी, तो राजेश ने उसको अन्दर आने के लिए कहा।

जब वे अँधेरे गलियारे में घुसे तो वह चाभी खोजने लगा : उसकी तमाम सफलता के बावजूद उसकी माँ घर में नौकरानी रखने को तैयार नहीं थी। "कोई हेल्प नहीं चाहिए हमें, नो हेल्प जी, मुझे पैसे दे देना," उसने अपने बेटे से साफ़-साफ़ कह दिया था।

घर के अन्दर जाने के बाद सना ने एक गिलास पानी माँगा। राजेश जब पानी निकालने के लिए रसोई में गया तो वह भी पीछे-पीछे चली गई। जब वह फ्रिज से एक पुरानी, पीली पड़ती बोतल से पानी ले रहा था तभी सना ने पूछा, "मुझे आपसे एक अन्तिम सवाल और पूछना है," वह बोली। "आपकी राय में वह एक ख़ास बात क्या है, जिसको एक्स फ़ैक्टर कहते हैं, जिसके कारण आप वह बन पाए जो आज हैं, जबकि बहुत से दूसरे लोग इसमें असफल रहे?"

"भाग्य," उसने बड़ी सहजता से जवाब दिया।

उसने पानी पीने के बाद स्टील का गिलास रसोई के काउंटर पर रख दिया। उसका ध्यान इस बात पर गया कि रसोई में टाइल के पीछे एक तिलचट्टा तेज़ी से घुसा। राजेश ने सना को बाँहों में भरते हुए बड़े प्यार से उसको चूम लिया। सना ने भी उसको वैसे ही जवाब दिया; वह सोचने लगी कि उसने कहीं उसके संकेतों को ग़लत तो नहीं समझ लिया। लेकिन वह कुछ समझ पाती उससे पहले उसके मुँह से यह निकला—"मैं वर्जिन हूँ और ख़ुद को आपको सौंपना चाहती हूँ।"

वह रुककर उसको देखने लगा, वह बहुत हैरान लग रह था। वह एक पल के लिए भी यह नहीं सोच पा रहा था कि उसकी उम्र की लड़की जो अमेरिका में रहती थी, अभी तक वर्जिन थी। "हाईस्कूल के दिनों में एक बार जब मैं अपनी आंटी के घर जा रही थी तो मेरे एक सीनियर ने मेरे ऊपर हमला कर दिया था। वह बहुत हिंसक था लेकिन मैं निकल भागने में सफल रही। उसके बाद से मेरी सेक्स में आज तक कोई रुचि नहीं हुई।"

"हम कल शादी कर लेंगे। तब तुम मेरी हो जाओगी," उसने घोषणा की। उसने फ़ैसला कर लिया था। वह चाहता था कि माँ-पापा के आने के पहले ही इस काम को निपटा लें। उसकी माँ थोड़ा-बहुत नाटक करेगी और फिर मान जाएगी। वैसे भी एक तरह से अब वही घर का मालिक था। उसके परिवार वाले जिन लड़कियों से उसको मिलवाते रहते थे और जो क़ीमती कपड़े पहनकर हताशा में उससे मिलती थीं, वह उन सबसे अधिक क़रीब सना से अभी से हो चुका था।

सना चाहती थी कि कोई ऐसा उसके जीवन में आए जो उसके फ़ैसले ले, उसकी देखभाल करे; इतने सालों से अपने बारे में ख़ुद फ़ैसले ले-लेकर वह थक चुकी थी। उसने धीरे से सिर हिला दिया और मुस्कुराने लगी। वह तैयार थी।

वापस इनोवा में बैठने के बाद वह उसका हाथ थामे-थामे ही उसके फ़्लैट की तरफ़ चला। राजेश ने उसको कहा कि वह सुबह तक अपना सब सामान तैयार करके रखे, वह उसको लेने के लिए आएगा।

उसने सना को उसके घर से कुछ दूरी पर उतार दिया। वह अपने फ़ैसले से सन्तुष्ट था। एक बार जब वह कोई फ़ैसला ले लेता था तो फिर वह यह नहीं सोचता था कि वह उस काम को दूसरी तरह से कैसे कर सकता था या उसके नतीजे क्या होंगे। यह उसकी फ़ितरत नहीं थी। वह अपने फ़ैसले के साथ आगे बढ़ गया। वह जानता था कि इस काम को जल्दी से कर लेना ही सबसे अच्छा था, उसके बाद मम्मी जी और गुनीता के ऊपर उसको मान लेने की ज़िम्मेदारी आती। उसने संकल्प लिया कि गुनीता की शादी वह पार्टी के किसी तेज़-तर्रार कार्यकर्ता से करवा देगा। उसका घर बसा देगा ताकि वह उसके दिमाग़ से निकल जाए। घर आकर वह अच्छी नींद सोया और हमेशा

की तरह सुबह उठा और सब कुछ ठीक-ठाक करने लगा। उसने पार्टी के एक कार्यकर्ता और एक पंडित को आर.के. पुरम के एक छोटे से मन्दिर में फ़ोन किया। उनसे उसने कहा कि उसको झटपट एक शादी करवानी थी। उसने यह नहीं बताया कि किसकी शादी। पुजारी ने उसको दोपहर में आने के लिए कहा। भूमिपूजन के नाम पर एक फ़ोटोग्राफ़र को बुलवाया गया। वह सुबह के समय कुर्ता-पायजामा और जवाहर जैकेट पहनकर घर से निकला, जो उसने शपथ ग्रहण समारोह के लिए रखी थी। बीच में रिंग रोड पर रितु कुमार के स्टोर पर रुका। वह उसके सामने से न जाने कितनी बार गुज़र चुका था, उसके शीशे से सुन्दर सलवार-क़मीज़ दिखाई देते रहते थे। दुकान में सेल्स लेडी ने उसको कुछ हैरान होते हुए देखा। वह समझ रही थी कि यह निम्न वर्ग का कोई आदमी है जिसके सितारे बदल चुके हैं। वह सोच-समझकर उठी और उसके पास आई।

"आपकी क्या हेल्प कर सकती हूँ सर?"

उसने जवाब दिया, "मुझे लड़की के लिए शादी का जोड़ा चाहिए। लाल रंग का।" उसने अमेरिकन कॉल सेंटर वाले लहज़े में कहा, जिससे सेल्स गर्ल ने पहले जो अनुमान लगाया था वह जाता रहा।

'एनआरआई?' उसने मन-ही-मन सोचा, हालाँकि उसको इस बात पर यक़ीन नहीं हो रहा था। उसके बाद वह उसको स्टोर के एक कोने में शादी वाले हिस्से में ले गई। वहाँ कपड़े कुछ ज़्यादा ही महँगे थे। उसने दुकान में घूमकर शरारा स्टाइल का एक ड्रेस ख़रीदा।

"इसमें हाथ का काम नहीं है सर। सारा काम मशीन का है," उसने अफ़सोस जताते हुए कहा। उसने भुगतान किया, वह अपनी पसन्द से सन्तुष्ट था, और सीधा लाजपत नगर के लिए निकल गया। उसे कुछ मिनट की देरी हो गई थी। उसने देखा कि सना बिना किसी सवाल के उसका इन्तज़ार कर रही थी, उसके बग़ल में एक टूटा-फूटा सा सूटकेस रखा हुआ था।

राजेश ने उसके चेहरे पर अपने सच में ही आ जाने की वह राहत ढूँढ़ने की कोशिश की जिसकी उसे उम्मीद थी, लेकिन वहाँ ऐसा कुछ नहीं था। ऐसा लग रहा था कि उसने राजेश के न आने के बारे में सोचा भी नहीं था।

राजेश सना को देखकर मुस्कुराया, उसके भरोसे से वह बहुत प्रभावित हुआ। उसने उसकी तरफ़ कपड़े वाला बैग बढ़ा दिया। वह पुजारी के घर में कपड़े बदल सकती थी। जब वे डीडीए मार्केट के पीछे पुजारी के घर के बाहर उतरे तो सना ने उससे उसके माँ-पापा के बारे में पूछा, कि वे क्या कहेंगे।

"यह आसान नहीं होगा," उसने जवाब दिया। "मेरी माँ साल-दो साल के लिए तुमसे नफ़रत करेंगी लेकिन फिर अपने आपको ढाल लेंगी। मैं यही सुझाव दूँगा कि तुम इस नफ़रत को प्यार के पहले चरण के रूप में देखना, कोई जवाब मत देना और यह सब तुमने जितना सोचा होगा उससे भी पहले बीत जाएगा।" उस समय इतना ही कहने का समय था। जब उसने फूल बेचनेवाले को देखा तो उसको याद आया कि जयमाला के लिए वह माला लाना भूल गया था। सना को घर के तूफ़ानी माहौल की आदत थी इसलिए उसने कुछ नहीं कहा। वह खिड़की के बाहर देखने लगी।

मन्दिर के अन्दर वह सना को लेकर हनुमान जी के मन्दिर के पीछे पंडित जी के दफ़्तर में लेकर गया—यह याद दिलाते हुए कि अपने जूते बाहर ही उतार देना।

"यह वधू है," वह बोला। पंडित जी ने उसको देखा। सना कभी मेकअप नहीं लगाती थी और अब मेकअप की वजह से अपनी उम्र से कम की लग रही थी। पंडित जी को चिन्ता हुई कि लड़की की उम्र कहीं कम तो नहीं, इसलिए उसने पहचान पत्र की माँग की। राजेश के सितारे ज़रूर चढ़े हुए थे लेकिन वह नहीं चाहता था कि उसके ऊपर पुलिस केस हो जाए। सना ने अपने झोले से टटोलकर अपना पासपोर्ट निकाला। राजेश सोच रहा था कि वह भी कितना बुद्धू था कि उसने यह सब पहले ख़ुद से चेक नहीं किया था।

सारी तैयारी हो चुकी थी।

"और लड़का कहाँ है राजेश भैया?" पंडित ने पूछा।

"मैं हूँ," राजेश ने जवाब दिया।

मंडप पर सना नये ड्रेस में पंडित की पत्नी के साथ आई दूल्हे का नाम जानने के बाद पंडित ने उसी को लड़की को तैयार करने की ज़िम्मेदारी दे दी थी। पंडित की पत्नी को आम तौर पर यह पसन्द नहीं था कि उसकी

दिनचर्या भंग की जाए, न ही वह इस तरह के नाटक का हिस्सा बनना पसन्द करती थी।

राजेश ने सना को देखा और मुस्कुराए बिना नहीं रह पाया—पंडिताइन ने उसके होंठों पर अपना लाल लिपस्टिक लगा दिया था, उसको यह समझाते हुए कि इससे फ़ोटो अच्छी आएगी। शादी के लिए जो जोड़ा राजेश लेकर आया था वह उसमें एक तरह से तैर रही थी। लम्बाई-चौड़ाई दोनों में वह कपड़ा बड़ा था। राजेश ने जितना सोचा था सना का शरीर उससे ज़्यादा कमसिन था, वह उतना विकसित नहीं हुआ था जितना कि उसने सोचा था। वह कल्पना करने लगा कि थोड़ी देर बाद वह उसके नन्हे स्तनों को चूस रहा होगा, लेकिन पंडिताइन की कर्कश आवाज़ ने उसकी कल्पना को तोड़ दिया, "कैसी लग रही है दुल्हन भैया?"

और देखते-देखते पैंतालीस मिनट में सब हो गया, वे पति-पत्नी हो गए। सात फेरे, जयमाला, उसके ड्राइवर के फ़ोन में कुछ फ़ोटो, और सब सम्पन्न। फ़ोटोग्राफ़र आया ही नहीं। सना को बाद में समझ में आया कि वह जूते पहने हुए ही आ गई थी, लेकिन अपने ढीले-ढाले जोड़े के साथ उसको वही पहने रहना था क्योंकि पंडिताइन ने उसके कपड़ों को बिग बाज़ार के थैले में पैक करके कार में भिजवा दिया था। रितु कुमार वाला थैला उसने अपने इस्तेमाल के लिए रख लिया था। उसके बाद दोनों राजेश के घर की तरफ़ निकल गए। बीच में डिफ़ेंस कॉलोनी के सागर में रुककर उन्होंने खाना खाया—दोनों को बहुत भूख लगी हुई थी और घर में खाना होने की कोई सम्भावना नहीं थी।

जब वे घर पहुँचे तो उन्होंने पाया कि गुनीता घर के बाहर की सीढ़ी पर बैठी हुई है। उसने लम्बी साँस ली। समाचार लगता है सागर की इडली से भी अधिक तेज़ी से फैल गया था। ऐसा लग रहा था जैसे वह रो रही थी, उसके चेहरे पर काजल फैला हुआ था। वह यही उम्मीद कर रहा था कि अधिक कुछ न हो। उसने दरवाज़ा खोला और दोनों महिलाएँ उसके साथ अन्दर आईं। सना अपने हाथ में बैग लिये हुई थी। राजेश ने गुनीता से कहा, "आज से मैं तुम्हारा भाई हूँ, और यह तुम्हारी भाभी है। मैं उम्मीद करता हूँ कि तुम अपने पार्टी के एमएलए की पत्नी को पूरा सम्मान दोगी।"

गुनीता ग़ुस्से में थी। वह राजेश को मार रही थी, साथ-साथ चूमे भी जा रही थी। सना कमरे से निकली और रसोई में चली गई, घर में वही दूसरी जगह थी जो उसकी देखी हुई थी। वहाँ जाकर उसने एक गिलास पानी पिया और वहीं खड़ी रहकर इन्तज़ार करने लगी। वह अपने खोल के अन्दर घुस गई जो उसने बचपन से अपने लिए बना रखा था। कुछ मामलों में वह सीधी थी लेकिन हर मामले में नहीं। वह इस बात को समझती थी कि राजेश के दूसरी औरतों से भी सम्बन्ध हो सकते थे। उसको गुनीता की तेज़ आवाज़ सुनाई दे रही थी। राजेश उसको शान्त करवा रहा था। उसने दरवाज़े से झाँककर देखा तो पाया कि गुनीता ने अपना कुर्ता फाड़ लिया है और उसके गन्दे से ब्रा में उसके बड़े स्तन बड़ी मुश्किल से छिपे हुए थे। राजेश नीचे झुकते हुए उन बटनों को लगाने लगा जो टूटे नहीं थे, उसके बाद उसने गुनीता के कान में कुछ कहा जो उसको सुनाई नहीं दिया। उसके बाद दोनों में कुछ देर रस्साकशी चलती रही, फिर गुनीता उठी और दरवाज़े की तरफ़ बढ़ने लगी। सना वापस रसोई में चली गई, ऐसे जताते हुए मानो वह पूरे समय वहीं थी। कुछ मिनट के बाद राजेश वहाँ आया और उसने सना को बाँहों में भर लिया। सना को राजेश के बदन से गेंदे के फूलों और चार्ली की ख़ुशबू आ रही थी, शायद गुनीता के इत्र की ख़ुशबू थी। साथ में पसीने और सुबह पी गई सिगरेट की गन्ध भी।

"मुझे माफ़ करना कि मेरी वजह से तुमको शादी के पहले ही दिन यह सब देखना पड़ा," राजेश ने फुसफुसाते हुए कहा, लेकिन कोई सफ़ाई नहीं दी।

राजेश सना का हाथ पकड़कर उसको घर दिखाने लगा जो अब उसका भी घर था। वह मेहमानख़ाने और रसोई को पहले ही देख चुकी थी। इसके अलावा, घर में दो बेडरूम थे और साझा बाथरूम। एक कमरा मम्मी जी और पापाजी का था, जिसमें नीले रंग की ट्यूबलाइट लगी हुई थी और देवी-देवताओं की तसवीरों से कमरा भरा हुआ था। कोई ऐसा देवी-देवता नहीं था जिसकी फ़ोटो कमरे में नहीं लगी हुई हो। कमरे में एक पंचांग कैलेंडर था और एक फ़ोटो राजेश की टँगी हुई थी जिसमें वह विधायक की शपथ ले रहा था। उसके बाद राजेश उसको अपने बेडरूम में ले गया, जो अब दोनों का बेडरूम था, जिसमें कुछ ख़ास सजावट नहीं की गई थी। खिड़की पर कुछ पौधे लगे हुए थे

और दीवारें बिलकुल ख़ाली थीं, बाहर एक छोटा-सा आँगन था। राजेश ने सना से कहा कि वह कमरे को अपने हिसाब से सजा ले। उसके बाद राजेश ने अपने सामने ही सना से अपने कपड़े उतारने के लिए कहा। गुनीता के साथ बहसबाज़ी के कारण इस सब में देरी हो गई थी; अब उसको सब करना था।

बाद में शाम के समय, जब वह घर में कुछ सहज हो गई तो राजेश बाहर बैठक में गया, कमरे में एक ट्यूबलाइट के सिवा कुछ नहीं जल रहा था। उसने वहाँ जाकर अपनी माँ को फ़ोन लगाया। चार बार फ़ोन किया और जब वह फ़ोन रखने की सोच रहा था तो उसकी माँ ने फ़ोन उठा लिया। पीछे से हँसी-ख़ुशी की आवाज़ें आ रही थीं, ढोल बजने की आवाज़ और शादी के गानों की आवाज़ें आ रही थीं।

"मम्मी जी मैंने शादी कर ली है," राजेश ने फ़ोन पर कहा।

दो दिन में बस, ट्रेन और कार की यात्रा करते हुए बबीता वापस आ गई। यात्रा के दौरान उसके पास सोचने का बहुत समय था जो गुनीता को नहीं मिला था। वह सोच रही थी कि किस तरह से वह अपनी बहू से मिलेगी। रास्ते-भर वह अपने पति के सामने रोती-कलपती रही लेकिन उसके पति ने बुद्धिमानी दिखाते हुए उससे कुछ कहा नहीं। लेकिन वह व्यावहारिक औरत थी इसलिए जब ट्रेन ग़ाज़ियाबाद पहुँची तो उसके चेहरे की रंगत बदल गई। अब उसके चेहरे पर एक निश्चिन्त भाव आ गया था।

स्टेशन पर ड्राइवर कार लेकर उसका इन्तज़ार कर रहा था, लेकिन न तो राजेश था न ही उसकी बहू। उसको अच्छा नहीं लगा। घर पहुँचकर उसने घंटी बजाई तो दरवाज़ा राजेश ने खोला। बबीता ने जैसे ही अपने बेटे को देखा कि उसकी आँखों से आँसुओं की धारा बहने लगी। वह बैठ गई। बड़े नाटकीय अन्दाज़ से सना का आगमन हुआ, वह रसोई से निकलकर आई थी। उसने लाल रंग का ढीला-ढाला शरारा पहन रखा था। वही शरारा जिसमें वह उस तसवीर में दिखाई दे रही थी जो राजेश के साथ खिंचवाई थी और जो साइड टेबल पर रखी हुई थी। राजेश ने उसको पहले ही समझा रखा था कि उसको अपने सास-ससुर के पैर छूने थे। उसने वैसा ही किया। पैर छूते समय उसकी चुन्नी पैर तले आ गई। वह थोड़ा लड़खड़ाई पर सँभल गई।

बबीता ने नये जोड़े से कहा, "तुम लोगों को जो करना था वह तुम लोग कर चुके। हम लोगों के पास इसको मानने के अलावा और कोई चारा भी नहीं है। अब तुमको सना एक वादा करना होगा कि तुम हमेशा मेरा ध्यान रखोगी और अपने घर में हमारे लिए हमेशा जगह रखोगी।"

सना ने उन लोगों के लिए सलाद और ब्राउनी का डिश दिया जो उसी ने बनाया था। वह खाना बनाना नहीं जानती थी—वह जीने के लिए खाती थी न कि स्वाद के लिए। राजेश के मम्मी-पापा को पास्ता, ब्राउनी तो अच्छा लगता लेकिन तेल वाली चिकनी सलाद नहीं। वे चुपचाप खाते रहे।

अगले साल राजेश के बेटे आदित्य का जन्म हुआ और उसके कुछ समय बाद उसका अमेरिकी पासपोर्ट भी आ गया। बच्चे के जन्म के चालीस दिन बाद पास के कम्यूनिटी सेंटर में पार्टी का आयोजन हुआ। बबीता ने बच्चे की आँखों में काजल लगा दिया था ताकि उसको किसी की नज़र न लग जाए। सना इससे बहुत घबराई। राजेश को वह किसी नौकर के बच्चे की तरह भयानक लग रहा था। साहब लोग ऐसा कुछ नहीं करते हैं। उसने आनाकानी करने की कोशिश की लेकिन उसकी माँ ने उसको कह दिया, 'तू चुप करा' उसकी आवाज़ में प्यार भी था और उत्साह भी।

सना ने जिसका बच्चियों जैसा शरीर फिर वापस आ गया था, शादी का लाल जोड़ा पहन रखा था। वह अपने बेटे के लिए दिल्ली हाट से एक टर्किश नज़रबट्टू लेकर आई थी और बच्चे की नन्ही-सी कलाई में बाँध दिया था। बच्चे को बुरी नज़र से बचाने के लिए सास और बहू दोनों एकमत थे।

राजेश का बेटा उसके लिए भाग्यशाली साबित हुआ, और उसकी पार्टी अब राज्य में सत्ता में आ गई थी—सरकार गठबन्धन की थी लेकिन थी तो। आयोजन सही तरह से किया जाना था। एक तरफ़ बस्ती के लोग आनेवाले थे, उसके पापा के कारख़ाने के साथी भी। इसके अलावा, पार्टी के साथी थे, जिन लोगों ने उसको आगे बढ़ने में मदद की थी। वे लोग बस्ती वाले लोगों से घुलना-मिलना नहीं चाहते थे। उसमें आवेदनों, निवेदनों, सिफ़ारिशों और चमचागिरी का ख़तरा था।

मौसम गर्म था लेकिन उतनी गर्मी नहीं थी, और पास के उस कम्यूनिटी सेंटर में एक बड़ा सा गार्डेन था और अन्दर भी एक जगह थी। इससे रास्ता निकल आया, जो वीआईपी लोग आनेवाले थे उनको अन्दर एयरकंडीशनर वाली जगह में बिठाया जाए जबकि बाक़ी लोग बाहर गार्डेन में रहें, जिसको ठंडा रखने के लिए बड़े-बड़े पंखे लगवाए गए थे। छोटू गेट पर रहनेवाला था और चुनिन्दा लोगों को ही अन्दर जाने देनेवाला था। बबीता सना और बच्चे के साथ पास के कमरे में बैठी हुई थी। वहाँ लोग शगुन देने आ रहे थे और वह उनको अपने पर्स में रख ले रही थी। लक्ष्मण कारख़ाने से आए अपने साथियों का ध्यान रख रहा था और अगर सिकन्द परिवार से कोई आता तो उसका ख़याल रखना भी उसी की ज़िम्मेदारी थी।

सिकन्द परिवार से सिर्फ़ अहान आया था। वह अपने ड्राइवर के साथ आया था और पसीने में तरबतर था। अन्दर आने के बाद ड्राइवर अपने कुनबे के लोगों में चला गया जबकि लक्ष्मण सब कुछ छोड़-छाड़कर अहान की सेवा में लग गया। अहान आया और सीधा अन्दर के कमरे में गया और बबीता के हाथ में शगुन का पैकेट दिया। बबीता उसके वज़न से अनुमान लगाने की कोशिश कर रही थी कि उसके अन्दर क्या होगा। राजेश की पत्नी को उसने पहली बार देखा था। वह रोते हुए बच्चे को सुलाने में लगी हुई थी इसलिए उसने उससे कुछ बात नहीं की। लेकिन अभी उसका काम हुआ नहीं था। वह राजेश के कुछ नेता दोस्तों से मिलना चाहता था। उसके कारख़ाने में मज़दूरों की समस्या चल रही थी और इसी सिलसिले में वह नेताओं से बात करना चाहता था। वह सोफ़े पर बैठकर जूस पी रहा था जो बबीता ने उसके हाथ में ज़बरदस्ती पकड़ा दिया था। लक्ष्मण उसके आसपास ही मँडरा रहा था, वह चाह रहा था कि वह वहाँ से जाए तो वह अपने पोते के जन्म की पार्टी अच्छे से मना सके। वह अहान के पास ही खड़ा था क्योंकि वह उसके सामने नहीं बैठता था और अहान उसको बैठने के लिए कह भी नहीं रहा था।

अहान सोच रहा था कि उसको राजेश से नेताओं से मिलवाने के लिए कहना चाहिए या नहीं—वहाँ एक-एक पल रुकना उसको बहुत पीड़ादायी लग रहा था।

अचानक वहाँ हलचल सी होने लगी। पार्टी के अध्यक्ष मनोज भाई अपनी पत्नी के साथ बच्चे को आशीर्वाद देने के लिए आए थे। उसको देखकर बाहर लोगों में बहुत जोश आ गया था। वह बहुत लोकप्रिय नेता थे, सब उनका बहुत आदर करते थे। वह बिना किसी सुरक्षा के चलते थे। जब राजेश उनको अन्दर कमरे में लेकर जा रहा था तो वह बीच-बीच में रुककर लोगों से मिल भी रहे थे। वह अनेक लोगों को उनके नाम से जानते थे। भीड़ को बाहर रोक पाना मुश्किल होता जा रहा था, एक छोटू से काम नहीं चल रहा था।

"कुंडी लगाओ, लॉक लगाना पड़ेगा दरवाज़े पे," अहान ने सुना कि लक्ष्मण छोटू से कह रहा था। अहान के लिए अब वहाँ रुक पाना मुश्किल हो रहा था। उसने भीड़ में जगह बनाते हुए अपने ड्राइवर को फ़ोन मिलाया और कार लाने के लिए कहा। वह उस शाम का अपना काम अधूरा छोड़कर चला गया और किसी का ध्यान इस बात पर नहीं गया कि वह जा चुका था, लक्ष्मण चाचा का का भी नहीं।

दस

सना अभी तक एक चिकने घड़े की तरह रहती आई थी, जिसकी पेंदी पर काई नहीं जमती थी। वह इधर से उधर, उधर से इधर होती रही लेकिन जिस भी माहौल में वह रही उसके अनुरूप उसने ख़ुद को ढाल लिया। वह अपने माहौल में पूरी तरह से रमी दिखाई देती थी लेकिन उसकी परिस्थितियों ने उसे हर चीज़ से अप्रभावित रहना सिखा दिया था। स्कूल-कॉलेज में पढ़ाई के दौरान, बीच-बीच में काम करने के दौरान, वह लोगों से गहरे जुड़ जाती थी लेकिन जैसे ही उस माहौल से हटती, सबको भूल जाती। उसका सोशल मीडिया पर कोई अकाउंट भी नहीं था।

जब उसने राजेश से शादी की तो वह जल्दी से अपनी हिन्दी सुधारने में लग गई, अपनी सास के साथ टीवी सीरियल देखती। यूट्यूब वीडियो देख-देखकर उसने खाना बनाना सीखा, और उसको यह बात जल्दी ही समझ में आ गई कि उसकी सास भी कोई उससे अच्छा खाना नहीं पकाती थीं। वह हमेशा सिकन्द हाउस के ख़ानसामे के हाथ का पकाया खाना खाती थीं। सना जीवन में अधिकतर अमेरिका में रही थी लेकिन घर का सारा काम ख़ुद करती थी, और घर के किसी भी काम को छोटा नहीं समझती थी। इस बात से बबीता को बहुत ख़ुशी होती थी। उसने डिशवाशर ख़रीदा और बड़े सब्र के साथ अपनी सास को यह सिखाती रहती कि वह प्लेट को खँगालकर उसमें डालें। राजेश की माँ को यह दोहरी मेहनत जैसी लगती थी और वह अपनी प्लेट अपने हाथ से ही धोती रही।

सना ने वाशिंग मशीन ख़रीदी और पूरे घर के कपड़े अलग-अलग रंगों के हिसाब से उसमें डालकर धोती। बबीता को उसके बटन समझ में नहीं आते थे। वह पढ़ी-लिखी नहीं थी इसलिए इस काम को वह नहीं कर पाती थी। लेकिन राजेश के कपड़े अपने हाथ से ही इस्तरी करने पर वह ज़ोर देती रहती थी।

सना के आस-पड़ोस में सरकारी बाबू लोग रहते थे। सना के कारण उनके बीच राजेश की स्वीकृति बढ़ गई थी। कुछ उसके विदेशी होने के कारण उससे प्रभावित रहते थे, अमेरिकी उच्चारण के साथ वह जिस तरह से टूटी-फूटी हिन्दी बोलती थी उस वजह से। जो अधिक सम्भ्रान्त क़िस्म के लोग थे वे इसी वजह से राजेश के परिवार की पृष्ठभूमि को नज़रअन्दाज़ करते हुए सना को अपने जैसा समझने लगे थे। उसको पूजा में, किटी पार्टियों में बुलाया जाने लगा। किसी को अपने बच्चे का दाख़िला अगर अमेरिका में करवाना होता था तो सना की सलाह ली जाती थी। उसको ध्यान नहीं था कि कैसे लेकिन उसका परिचय न्यूयॉर्क की रहनेवाली लड़की के रूप में करवाया जाने लगा जबकि हक़ीक़त में वह न्यूयॉर्क कभी गई नहीं थी। उसने इसको सही करने की ज़रूरत भी महसूस नहीं की। वैसे अभी के माहौल में ऐरिज़ोना उसके लिए बहुत दूर की कोई जगह लगने लगी थी। वैसे भी इससे पहले तो वह किसी की थी ही नहीं, कहीं की थी ही नहीं। बेटे के जन्म ने राजेश के साथ उसको अटूट बन्धन में बाँध दिया था।

कुछ महिलाएँ थीं जो महा-महाराजजी की भक्तिन थीं। उनके साथ वह कभी-कभार महाराजजी के आश्रम भी जाती थी। एक समय था जब वह बहुत आध्यात्मिक हो गई थी, जिस तरह बहुत से कॉलेज स्टूडेंट हो जाते हैं। कुछ अपने निजी हालात की वजह से भी वह धर्म-अध्यात्म की तरफ़ झुक गई थी। एक बार गर्मियों के दौरान मोंताना में एक तन्दुरुस्ती रिसॉर्ट में काम करते हुए उसने रेकी सीखी और प्राणिक उपचार सीखा। ओइजा बोर्ड के माध्यम से उसने अपने नाना से बात करने की कोशिश भी की थी।

जब वह पहली बार महा-महाराजजी के आश्रम गई तो उनके साथ उसका कोई संवाद नहीं हुआ। अपने पतियों के सरकारी वाहनों में निकलीं उसके साथ आई पड़ोसिनों ने उसे दबी जुबान में बताया कि जिस दिन महा-महाराज

बाक़ी सबसे अलग तुम्हें मिलेंगे, वह तुम्हारा भाग्यशाली दिन होगा, क्योंकि ऐसा तभी होता है जब उनके ऊपर पवित्र आत्मा आती है। हो सकता है कि आप एक सप्ताह में सेवा शुरू कर दें, एक महीने में या कभी नहीं। इसी तरह से महाराजजी अपने भक्तों की शुद्धता का परीक्षण करते हैं। भक्तिनों का तो कहना था कि वे किसी की हैसियत वग़ैरह की कोई परवाह नहीं करते। उसको लगा कि आश्रम में इस बात की माँग कृत्रिम तरीक़े से पैदा की जा रही थी ताकि वहाँ आनेवाले अपने अनुभव को अधिक महत्त्व दें। लेकिन उनको ख़ुश करने के लिए उसने यह बात मान ली। आख़िर वे औरतें उसकी नई दोस्त थीं।

"बहते जाओ," जब तीसरी बार उसकी सहेलियों ने उसको आश्रम चलने के लिए कहा तो उसने अपनी बाँह पर लिखा।

महा-महाराजजी, कई साल पहले अपनी गुफा में चले गए थे। वह जगह उनके आश्रम में बहुत नीचे थी और उस जगह के आसपास बहुत से पहरेदार रहते थे। कुछ साल पहले जब भक्तों की तादाद बहुत बढ़ने लगी तो कुछ पुराने भक्तों ने आश्रम प्रबन्धन समिति बनाने का फ़ैसला किया, जिसका काम प्रशासन और रुपयों-पैसों का हिसाब देखना था। शुरू-शुरू में तो रोज़ाना के लाखों रुपये आते थे, अब कहा जाता है कि करोड़ों रुपये आते हैं। महा-महाराजजी के पास पहुँचनेवाले लोगों का भी प्रबन्धन किया जाने लगा। लोगों की भीड़ से उनके ध्यान में बाधा पड़ती थी, उनकी दैवी ऊर्जा पर प्रभाव पड़ता था। इस तरह की अफ़वाहें भी थीं कि बहुत से लोग उनकी जान के पीछे भी पड़े हुए थे।

यह व्यवस्था लोकतांत्रिक तो किसी भी तरह से नहीं कही जा सकती थी। जब समिति का निर्माण हुआ था तभी महा-महाराजजी ने कुछ लोगों को उसका सदस्य मनोनीत कर दिया था। फिर उन्हीं लोगों के हाथ में सब कुछ आता चला गया। उसमें हर साल 'विशेष आमंत्रित' के नाम पर कुछ लोगों को जगह दी जाती थी, जिससे कि उनके नये भक्तों को यह आशा बनी रहे कि वे समिति में आगे भी जा सकते हैं, लेकिन व्यवहार में जो काम का आदमी होता था उसको तेज़ी से आगे बढ़ाया जाता था। आश्रम प्रबन्धन समिति द्वारा बहुत तरह के उपाय आज़माए जाते थे। सबसे नया था पंजीकृत भक्तों के लिए स्मार्ट कार्ड और एक ख़ास फास्ट ट्रैक गेट।

इससे आनेवाले भक्तों को तो सुविधा हो ही जाती, आश्रम प्रबन्धन समिति को इसके ऊपर नज़र रखने में भी मदद मिलती कि कौन आश्रम में नियमित आता था और कौन नहीं।

प्रबन्धन समिति के आँख-कान पूरे परिसर में थे। इसके अलावा आने-जाने के आँकड़ों के आधार पर वे इस बात को तय करते थे कि महा-महाराजजी से कौन कब मिलेगा। इसके कारण प्रबन्धन समिति के पास बहुत ताक़त हो गई थी और रोज़ाना बहुत से लोग जल्दी मिलवाने के लिए पैरवी करते रहते थे जिनमें बड़े-बड़े व्यापारी, नेता और अफ़सर सब होते थे।

नूरिया ने महा-महाराजजी के ऊपर अपना सिक्का जमा लिया था। वह प्रबन्धन समिति की आजीवन सदस्य थी। उसके लिए अब सब कुछ सँभाल पाना मुश्किल होता जा रहा था। आसिफ़ ज़िद पर अड़े हुए थे कि वह शिमला में जाकर बसेंगे। दिल्ली की धूल और उथलेपन से वह पक चुके थे और अब यहाँ उनके लिए कोई आकर्षण नहीं बचा था। बच्चे तो बड़े हो ही चुके थे। अहान फ़ैक्टरी चला सकता था, उनकी दोनों बेटियों की शादी हो चुकी थी। अमन भी अब मुम्बई में था, नूरिया ने उसको समझाया। अगर वह दिल्ली से दूर जाकर रहने लगी तो उसे अपने स्थान पर प्रबन्धन समिति में किसी को विशेष आमंत्रित सदस्य के रूप में डलवाना होगा जो उसके प्रति वफ़ादार रहे और उसके हितों की रक्षा करे।

नूरिया और आश्रम प्रबन्धन समिति के लोगों का ध्यान इस बात पर गया था कि हाल के दिनों में कुछ विधायकों की पत्नियाँ आश्रम में नियमित रूप से आने लगी थीं। समिति के सदस्यों का यही काम था कि वे इस बात पर नज़र रखें कि कौन महा-महाराज ही के लिए, ट्रस्ट के लिए, उनके मक़सद के लिए काम का आदमी हो सकता या हो सकती थी, ख़ासकर इसलिए भी क्योंकि महाराजजी का स्वास्थ्य अब उतना अच्छा नहीं रहता था। कुछ औरतों को उनसे मिलने का मौक़ा मिल गया था, कुछ को नहीं मिल पाया था। उनको बहुत दिन तक इन्तज़ार भी नहीं करवाया जा सकता था। नूरिया उन महिलाओं के प्रोफ़ाइल देखती रहती थी। उनके आवेदन दर्शन की माँग करनेवाले आवेदनों के ढेर में सबसे ऊपर की तरफ़ रखे गए थे।

स्मार्ट कार्ड बन जाने के बाद सबको इसी तरह से फ़ॉर्म भरकर आवेदन करना पड़ता था। नूरिया ने जैसे ही सना का आवेदन देखा तो वह समझ गई कि वह कौन थी।

सिकन्द हाउस में रहनेवाले सभी लोगों के बारे में वह जानती थी लेकिन उनमें से किसी के साथ मिलने-जुलने का मौक़ा उसको नहीं मिल पाया था। सिवाय इसके कि एक बार दिव्या और उसके बीच एक दुर्भाग्यपूर्ण घटना घटित हुई थी और सालों पहले एक बार उसकी माँ से बात की थी। बीच-बीच में जब वह दफ़्तर जाया करती थी, कभी-कभार अभी भी जाती थी, तो अहान उसे दिखाई पड़ता था जिससे उसे चोर की तरह बचना पड़ता था।

सना में उसकी दिलचस्पी हुई और उसने आश्रम में कहलवा दिया कि अगली बार जब वह आश्रम आए तो उसको भीड़ से अलग बुलवा लिया जाए और उसकी सहेलियों को वहीं छोड़ उसकी महा-महाराजजी से मुलाक़ात करवा दी जाए, ज़ाहिर है उसके अपने दफ़्तर के माध्यम से यह सब किया जाए।

जब वह अगली बार आश्रम गई तो उसने काफ़ी फुर्ती से सब कुछ किया। वह आश्रम के परिसर में गई, अपने जूते उतारकर उसने सेवादार को दे दिये, गर्म फ़र्श से उसके तलवों में सनसनाहट-सी होने लगी लेकिन उसने उसके ऊपर ध्यान नहीं दिया। सेवादार ने उसको प्रबन्धन समिति के दफ़्तर जाने के लिए कहा, जिसको महा-महाराजजी से मिलने का मार्ग कहा जाता था। उसके साथ आई औरतों में जोश आ गया लेकिन जल्दी ही उनको यह बात समझ में आ गई कि उनमें से किसी का भी चुनाव नहीं किया गया था। सना को जो कहा गया उसने चुपचाप वही किया, वह ख़ामोशी से एक और सेवादार के पीछे-पीछे चलने लगी, जिसके गले में एक पट्टी लटकी हुई थी जिसके ऊपर लिखा हुआ था, "आश्रम संचालन समिति की ड्यूटी पर।" जाते हुए उसने अपने साथ आई औरतों को देखकर माफ़ी माँगने जैसा भाव जताया।

दफ़्तर में नूरिया उसका इन्तज़ार कर रही थी। उसने ऐसा कोई संकेत नहीं दिया कि उसको सना के बारे में कुछ पता था। उसने सना का स्वागत बड़ी गर्मजोशी से नमस्ते करते हुए किया।

"आश्रम में जैसे ही कोई घुसता है महा-महाराजजी को पता चल जाता है कि उसकी आत्मा शुद्ध है या नहीं," उसने सना से कहा। "आश्रम में वे हर जगह होते हैं। लेकिन उनके साथ आपकी मुलाक़ात अकेले ही होनी चाहिए, इस मुलाक़ात में क्या हुआ इसके बारे में आप किसी को मत बताइएगा। जिस तरह से किसी ने भी उनके साथ अपने दर्शन के बारे में आपको कुछ नहीं बताया उसी तरह से आपको भी किसी को नहीं बताना है, इससे सन्त के साथ आपकी मुलाक़ात पर आपका नज़रिया हावी हो जाएगा, और यह दर्शन दूषित हो जाएगा।"

सना को यह बात समझ में आ गई कि अभी तक किसी ने उसे यह क्यों नहीं बताया था कि महा-महाराजजी से मिलने का अनुभव कैसा होता था। और इससे पहले कि वह इस सूचना के बारे में और सोचती उसके सामने एक फ़ॉर्म लाया गया, जिसमें उसको अपनी सहमति देकर हस्ताक्षर करने थे। मन्दिर समिति से वादाख़िलाफ़ी का मतलब था कि संचालन समिति उस व्यक्ति को आश्रम में जीवन-भर के लिए प्रतिबन्धित कर सकती थी। सना ने अपनी सहमति दे दी, और उसके बाद नूरिया उसको एक और छोटे कमरे में लेकर गई।

कमरे में सफ़ेद मकराना पत्थर लगे हुए थे, और दीवारों पर शीशे। वहाँ किसी तरह की रोशनी नहीं थी लेकिन शीशे में मोमबत्तियों की अनन्त परछाइयाँ झलक रही थीं। कमरे में लकड़ी की एक कुर्सी और एक मेज़ थी और इसके अलावा कुछ नहीं था। पीतल के कटोरे में हाथ-पैर धोने के लिए पानी रखा हुआ था। नूरिया ने उससे कहा कि वह आ रही है, इस बीच वह महा-महाराजजी से मिलने के लिए तैयार हो जाए। कमरे में अकेली होने के बाद वह शीशे में अपनी परछाईं को देखकर उँगलियों से अपने बाल ठीक करने लगी। उसने अपने पैर पानी में डुबाए तो पाया कि पानी बर्फ़ की तरह ठंडा था। वहाँ हाथ-पैर पोंछने के लिए तौलिया नहीं था इसलिए उसने अपनी चुन्नी से तौलिए का काम लिया। जल्दी ही नूरिया लौट आई और उसको लेकर बग़ल के एक कमरे की तरफ़ बढ़ गई, जिसका दरवाज़ा शीशे के एक पैनल के पीछे था।

यह कमरा बिलकुल अलग था। सब कुछ लाल था, लाल दीवारें, लाल और सुनहरा सिंहासन जिसके ऊपर लाल रंग का मखमली खोल चढ़ा हुआ था, और अगरबत्तियाँ जल रही थीं। किसी ऐसी भाषा में धार्मिक संगीत बज रहा था जिसे वह समझ नहीं पा रही थी। कमरे में एक कोने में लाल और सुनहरे रंग की एक चारपाई पड़ी हुई थी। उसके ऊपर महाराजजी लाल रंग का कुर्ता-पायजामा पहने बैठे हुए थे। ख़ूब सारी अँगूठियाँ और गले में हार पड़े हुए थे। वे एक ऑर्थोपेडिक तकिए के सहारे बैठे हुए थे जो लाल रंग का ही था। नूरिया ने उसको और पास जाने के लिए कहा। वह धीरे-धीरे आगे बढ़ने लगी, आसपास के माहौल से वह अभिभूत थी। जब वह उनके पास गई तो उसने पाया कि उस आदमी के चारों तरफ़ बड़े हिसाब से शीशे लगाए गए थे, दीवार पर, मेज़ पर, छत पर, जिससे चारों तरफ़ उसको उसी आदमी की छवि दिखाई दे रही थी। महाराजजी की आँखें चमक रही थीं, मानो वह बेहोश हों, उनका चेहरा भी लाल रंग में चमक रहा था। वह धीरे-धीरे साँस ले रहे थे और सना को ऐसा लगा जैसे उसने उनकी बाँह के अगले हिस्से में सूई के निशान देखे हों।

सना को लग रहा था जैसे वह आदमी अपने शरीर में शायद था ही नहीं। नूरिया के पास गई और उनके कान में इतने ज़ोर से चिल्लाई कि वह चौंक गई, लेकिन उस आदमी ने कोई जवाब नहीं दिया। "अपने इस शिष्य को आशीर्वाद दीजिए, अपनी नई बेटी को, महा-महाराजजी," वह बोली।

वह थोड़ा-सा हिले, और अपने मुँह की बाईं तरफ़ से बोले। अपने हाथों को नमस्कार की मुद्रा में जोड़ा और उसके माथे को थपथपा दिया, शायद बेध्यानी में।

"महा-महाराजजी कई दिनों से ध्यान में हैं और उपवास भी कर रहे हैं, और अब वह बहुत थक गए हैं," नूरिया ने उससे कहा और उसको वापस पहले सफ़ेद कमरे में ले गई और फिर बाहर दफ़्तर में। "महा-महाराजजी को तुम्हारे जैसे लोगों की सेवा की ज़रूरत है, जो शिक्षित हैं, प्यारे हैं, और भीतर से मुक्त हैं। प्लीज़ कुछ समय आश्रम संचालन समिति को दिया करो। मैं ख़ुद तुम्हें गाइड करूँगी," उसने कहा। उसने सना को अपना विज़िटिंग कार्ड दिया

जिसके ऊपर उसका मोबाइल नम्बर लिखा हुआ था, और बदले में सना का मोबाइल नम्बर भी ले लिया। उसने एक बार फिर सना को याद दिलाया कि महा-महाराजजी के साथ मुलाक़ात के बारे में वह किसी को कुछ भी नहीं बताए। उसके बाद उसे बाहर उसके साथ आई औरतों के पास पहुँचा दिया गया। सब एक ही कार में आई थीं और उसको छोड़कर नहीं जा सकती थीं।

नूरिया ने सना के लिए आश्रम में एक नई भूमिका तय कर दी, विदेशी भक्तों के साथ सम्पर्क रखने का काम। उसने सना को बताया कि यह काम बाक़ी सेवादारों के काम से अधिक ग्लैमरस था। बाक़ी सेवादारों को जूते रखने, कैंटीन में सेवा देने का काम करना पड़ता था। सना नूरिया के साथ मिलकर काम करने लगी। वह उसके साथ उसके छोटे से दफ़्तर में बैठकर विचार-विमर्श करती, उसके काम में सहायता करती और वहाँ के तौर-तरीक़े सीखती। जब राजेश घर में नहीं रहता था तो सना कोशिश करती कि अपनी सास के साथ अधिक से अधिक समय बिताए लेकिन उसको नूरिया का साथ अच्छा लगने लगा था—वह पढ़ी-लिखी थी, बड़ी थी, उसके जीवन में मक़सद था, वह उसको घर में खाना पकाने और टीवी सीरियल देखने से आगे एक नई दुनिया दिखा रही थी।

सना घर का कामकाज जल्दी से निपटाकर लगभग रोज़ाना आश्रम जाने लगी। सुबह के समय अपने बेटे को नहला-धुला और खाना खिलाकर बबीता की देख-रेख में छोड़कर वह आश्रम के लिए निकल जाती। दिन का खाना वहीं खाती, अक्सर नूरिया के साथ जो इतना खाना लेकर आती थी कि दोनों के लिए पर्याप्त होता था। शाम के समय वापस लौटती और अपने पति और ससुर के लिए रात का खाना तैयार करती। नूरिया ने उसको तोहफ़े में मलमल के पाँच सलवार-क़मीज़ और एक जोड़ी जूतियाँ दीं और यह सुझाव दिया कि अब नये तरह के माहौल में उसका टी शर्ट, जींस पहनकर आना अच्छा नहीं रहेगा। एक दिन काम समाप्त होने के बाद नूरिया ने उसको अपने साथ कमानी ऑडिटोरियम में चलकर नाटक देखने का आमंत्रण दिया और उसके बाद वह उसको डिनर के लिए हैबिटेट सेंटर लेकर गई।

राजेश सना के इस तरह देर-देर तक ग़ायब रहने की परवाह नहीं करता था, जबकि उसकी माँ अक्सर उससे कहती रहती थी कि वह उसको टोके।

"नूरिया मैडम का प्रभाव उसके ऊपर अच्छा नहीं रहेगा, वह घर तोड़नेवाली औरत है। उसका मनहूस साया हमारे परिवार के ऊपर मत पड़ने दो," बबीता ने उसको सावधान करते हुए कहा।

राजेश ने उसकी बात को टालते हुए कहा, "रहने दो मम्मी, तुम्हें क्या प्रॉब्लम है, अपना काम करके जाती है न? नूरिया मैडम को हमसे क्या लेना-देना? काम नहीं सँभाला जाता है तो एक कामवाली रख लो!" उसने सख़्ती से कहा। राजेश का मानना था कि सना जैसी पढ़ी-लिखी औरत को दिन-भर बबीता के साथ बन्द करके नहीं रखा जा सकता। उसने किसी से लेकर एक वैगनआर कार भी उसको दे दी जिससे कि वह ख़ुद से गाड़ी चलाकर आ-जा सके। इससे उसकी माँ और चिढ़ गई। सना एकाग्र और प्रेरित दिखाई दे रही थी और उसके अन्दर जो बदलाव उसको दिखाई दे रहा था उससे राजेश बहुत ख़ुश था। उसको और ख़ुशी हुई जब उसको यह पता चला कि उसने उसके एक सहकर्मी की पत्नी के लिए बाबाजी के दर्शन का इन्तज़ाम करवा दिया था—जिस बात के लिए उसके साथी विधायक ने उसका बहुत शुक्रिया अदा किया। लेकिन बबीता आसानी से हार माननेवाली नहीं थी, उसका यह पक्का मानना था कि "लड़की को हाथ से नहीं निकलने देना चाहिए, उसको पहले अपने परिवार के बारे में सोचना चाहिए। फॉरनर है, उसकी माँ भी नहीं है, क्या सीखा होगा, कुछ पैसे भी नहीं मिलते वहाँ से," वह काम करते हुए बुदबुदाती रहती थी, वह चाहती थी कि उसका काम उसकी बहू सँभाल ले।

बबीता को यह अच्छा नहीं लग रहा था कि अपने पोते की देखभाल उसको अकेले करनी पड़ती थी। वह इधर-उधर भागता रहता था, जो मिलता मुँह में डाल लेता था, वह बूढ़ी हो गई थी और उसके पीछे दौड़-भाग नहीं कर सकती थी। कहीं चोट खा गया तो ज़िम्मेदारी उसकी नहीं होगी। सना जैसे ही घर से निकलनेवाली होती थी उसको रहस्यमय तरीक़े से पीठ में दर्द होने लगता था, और वह दिन-भर पोते की देखभाल में असमर्थता जताने लगती। वह कहती कि ख़ुद उसकी देखभाल की भी ज़रूरत थी, बशर्ते उसकी बहू के पास समय हो।

सना अपने बेटे आदित्य को लेकर रोज़ाना आश्रम जाने लगी। अपनी कार में उसने अपने बच्चे के लिए एक सीट लगवा दी थी, जिससे उसके पति और उसकी सास दोनों हैरान थे। यह सीट उसने एक एम्बेसी-सेल से ख़रीदी थी। बेटे के आश्रम में होने के कारण उसको अपने काम पर ध्यान लगाने में परेशानी होती थी, जबकि उसको अपना काम बहुत ही अच्छा लगने लगा था। वह इतना बड़ा था कि उसको गोद में लेकर चलना मुश्किल था और आश्रम में अकेले घूमने के लिहाज़ से बहुत छोटा था। आश्रम इस तरह से टहलने के लिए सुरक्षित नहीं था। उसको यह भी अच्छा नहीं लग रहा था कि कोई आया उसके पीछे-पीछे हर कहीं चले।

"काश यहाँ एक अच्छा क्रेच होता," उसने नूरिया से परेशान होकर कहा क्योंकि उसका बेटा कहीं एक जगह टिककर बैठता ही नहीं था। "आश्रम में तो उसके कपड़े बदलने के लिए एक मेज़ तक नहीं है। इस कारण यहाँ उसकी देखभाल बहुत मुश्किल हो जाती है," उसने आगे कहा। जब वह इस बारे में बात कर रही थी तो उसको एक आइडिया आया। उसने सोचा कि आश्रम में टीचर भक्त आती हैं जो सेवादार के रूप में काम करती हैं, तो क्यों न उनको साथ रखकर आश्रम में एक क्रेच शुरू किया जाए। रात में जब उसका पति राजनीति के काम से बाहर था तो उसने जाग-जाग कर एक्सेल शीट पर एक प्रस्ताव तैयार किया और आश्रम संचालन समिति को दे दिया। नूरिया तो वैसे भी सना को बढ़ावा देती रहती थी, उसका आइडिया तो बहुत ही शानदार था। सना और नूरिया की देखरेख में एक शानदार क्रेच तैयार करने के ऊपर काम शुरू हुआ। आश्रम के पास संसाधनों की कमी तो थी नहीं। बबीता ने अनजाने में सना की स्थिति आश्रम में और मज़बूत कर दी थी। उसको जल्दी ही आश्रम समिति में विशेष आमंत्रित सदस्य का दर्जा दे दिया गया। इस मौक़े पर एक दिन जब महाराजजी कुछ बेहतर स्थिति में थे, राजेश, बबीता और लक्ष्मण की उनसे विशेष भेंट करवाई गई।

राजेश इस बात से ख़ुश था कि सना को एक मक़सद मिल गया था। आश्रम में वह इतनी जल्दी सीढ़ियाँ चढ़ रही थी—यह उसके लिए काम का हो सकता था। राजेश ने देखा कि जिस नूरिया को वह, उसकी माँ और उसके पापा

नूरिया मैडम बुलाते थे, उसे सना अपने अमेरिकी तौर-तरीक़े के कारण नूरिया कहकर बुला रही थी। महा-महाराज से मिलने के बाद नूरिया ने उन लोगों को आश्रम के अपने दफ़्तर में चाय पीने के लिए आमंत्रित किया। राजेश ने अपने और सना की ओर से निमंत्रण को स्वीकार कर लिया लेकिन यह भी कहा कि उसके मम्मी-पापा को बच्चे को लेकर घर जाना था। लक्ष्मण समझ गया और आश्चर्य की बात यह रही कि बबीता भी समझ गई। वे राजेश की सरकारी गाड़ी में बैठकर चले गए, राजेश और सना के लिए वैगनआर ही रह गई।

संचालन समिति के दफ़्तर में चाय के साथ नान खटाई, चिवड़ा परोसा गया और नूरिया ने समिति के बाक़ी सदस्यों से राजेश का परिचय करवाया। सरकार का नया, युवा सितारा, जिसकी पत्नी विदेश में जन्मी थी, आश्रम संचालन समिति में विशेष आमंत्रित सदस्य बन चुकी थी। रूपान्तरण का काम पूरा हो चुका था।

वे शाम के समय आश्रम से निकले। सना ने यह समझकर उसके हाथ में कार की चाबी दे दी कि वह कार चलाएगा। "तुम ही चलाओ, मुझे बहुत सारे फ़ोन करने हैं," उसने जवाब दिया और जल्दी से बग़ल की सीट पर बैठ गया। दोनों ने फ़ैसला किया कि रास्ते में एवरग्रीन स्वीट्स पर रुककर कुछ खा-पी लिया जाए। इसी बहाने दोनों को कुछ वक़्त अकेले में बिताने का मौक़ा भी मिल जाएगा। रेस्तराँ में मिनरल वाटर वाले गोलगप्पे खाते हुए राजेश ने उसको बताया कि एमएलए बनने के पहले उसके पास कार नहीं थी और इसलिए उसको कार सीखने का मौक़ा नहीं मिल पाया। सरकारी कार में ड्राइवर भी था और वह उसकी बग़ल में बैठकर गाड़ी चलाना सीखकर अपने आपको शर्मिंदा नहीं करना चाहता था, बल्कि वह कह देता कि वह फ़ोन में बहुत व्यस्त है और इसलिए उसको कभी चलाना ही नहीं पड़ा।

ग्यारह

जब उसने सना से शादी कर ली तो गुनीता ने राजेश को अपने आपको भूलने नहीं दिया। वह जब चाहे उसको फ़ोन कर देती और डाइनिंग टेबल पर उसको अपना फ़ोन उल्टा रखना पड़ता ताकि वह अपनी माँ के सवालों से बच सके, लेकिन फ़ोन लगातार वाइब्रेट करता रहता।

"किसके इतने फ़ोन आते हैं, रात-दिन बेटा, बड़ा आदमी है लेकिन खाना तो खा ले," वह उसको झिड़कते हुए कहती। उसने गुनीता का नम्बर ब्लॉक कर दिया। तब उसने सना के नम्बर पर फ़ोन करना शुरू कर दिया। जब वह फ़ोन उठाती तो पीछे से ब्रिटनी स्पियर्स का गाना "हिट मी बेबी वन मोर टाइम" तेज़ आवाज़ में बजता सुनाई देता।

जिस दिन सना का जन्मदिन था राजेश जल्दी उठ गया। वह जब बैठक में अख़बार पढ़ने के लिए गया तो पाया कि गुनीता बैठी हुई है। वह बैलून का एक बड़ा-सा बुके लेकर आई थी जिसके पीछे अमेरिका का झंडा लगा हुआ था।

"पागल यहाँ क्या कर रही है? कैसे घुसी अन्दर?" उसने हैरानी के साथ पूछा।

"चाबी अभी भी मटके के नीचे है," उसने शरारत के साथ कहा।

लक्ष्मण कुर्ते-पायजामे में बैठक में आया तो उसने गुनीता को देखा।

"ऐसे ही विश करने आई थी पापा, बस जा रही है," उसने अपने पापा से कहा और गुनीता को दरवाज़े की तरफ़ धकेल दिया। वह उससे अगले दिन मिलने के लिए राज़ी हो गया—वह इसी वादे पर वहाँ से गई।

अगली सुबह वे एक मल्टीप्लेक्स सिनेमा में मिले। वहाँ कोई एनिमेशन फ़िल्म चल रही थी, इसलिए वहाँ भीड़ होने की कोई सम्भावना नहीं थी।

"मुझसे क्या चाहती हो गुनीता?" उसने बहुत परेशान आवाज़ में कहा। "सब ख़त्म हो चुका है। अब मैं शादीशुदा हूँ। मेरा एक बच्चा भी है। मेरी पत्नी फिर पेट से है। उसको परेशान करना बन्द कर दो।"

गुनीता सिनेमा हॉल के अँधेरे में अपने लम्बे नाख़ूनों को देखने में व्यस्त थी। जब वह हॉल के बाहर राजेश का इन्तज़ार कर रही तो उसने वहीं मॉल में एक क्योस्क में उन्हें इन्द्रधनुषी रंग में रँगवाया था। "तुम इतनी आसानी से मुझसे पीछा नहीं छुड़ा सकते। आख़िर मैं भी उसी पार्टी की मेम्बर हूँ जिसने तुमको इतना कुछ दिया। बस कुछ मीठे बोल कहे और सोचा कि मैं चली जाऊँगी। नहीं-नहीं, इतना आसान नहीं है।" उसने अपनी तर्जनी दिखाते हुए कहा, जिसमें हीरे की अँगूठी चमक रही थी। उसको अपने नाख़ूनों का नया रंग सच में अच्छा लग रहा था। "ऐसे थोड़ी होता है," उसने कहा।

"मैं कुछ करता हूँ, लेकिन उसको फ़ोन करना बन्द कर दो, प्लीज़," राजेश ने कहा। उसके बाद उसने सीट की बग़ल से थोड़े पॉप कॉर्न खाए, उसकी उँगलियों को एक तरफ़ झटका, उठा और चला गया।

"पिक्चर तो देख लो, पैसे ख़र्चे हैं," जब राजेश वापस जा रहा था तो गुनीता ने उससे कहा।

उसने उसको उस सप्ताह बाद में फ़ोन किया, "मनोज भाई के ऑफ़िस में तुम्हारे लिए काम का इन्तज़ाम हो गया है। बहुत बड़ी जॉब है। उनके दफ़्तर के बाहर चार सेक्रेटरी बैठती हैं, तुम उनमें से एक रहोगी। तीन लड़कियाँ और हैं। सब शिफ़्ट में काम करती हैं। एक समय में दो लड़कियाँ। वह सारा टाइम काम करते हैं। तुमको उनके फ़ोन कॉल लेने होंगे, उनको चाय बनाकर देनी होगी, नोट्स लेने होंगे, उनको ख़ुश रखना होगा। इस बात का ध्यान रखना कि मुझे तुम्हारी ज़रूरत रहेगी। मुझे बताते रहना कि वहाँ क्या होता है। तू एक काम करियो, सीवी भेज दे अपना। फ़ारमैलिटी तो बनती है," उसने अपनी बात पूरी करते हुए कहा।

पार्टी अध्यक्ष के दफ़्तर में किसी भी हैसियत में काम करना किसी भी पार्टी कार्यकर्ता के कैरियर का बहुत बड़ा मोड़ होता है। पार्टी अध्यक्ष को कम्प्यूटर का ज्ञान नहीं था इसलिए वह दोनों सेक्रेटरी में से एक को फ़ोन पर रहने देता और दूसरी को बुलाकर नोट्स देता। वह बहुत तेज़ी से बोलता था जिसे वे लड़कियाँ शॉर्ट हैंड में लिखती थीं। जब उसने पहली बार गुनीता को अपने दफ़्तर में नोट्स लेने के लिए बुलाया तो वह उस रफ़्तार से नहीं लिख पा रही थी जिस रफ़्तार से नेताजी बोल रहे थे, इसलिए वह बार-बार उनको धीरे बोलने के लिए कह रही थी।

"क्या तुमको शॉर्टहैंड नहीं आती?" उसके बोलने से साफ़ लग रहा था कि वह चिढ़ा हुआ है। "अभी सीखी है जॉब मिलने पर, राजेश ने भेजा मुझे," उसने मेज़ पर झुकते हुए जवाब दिया।

"अच्छा? जब तक तुम सब कुछ सीख नहीं लेती तब तलक मेरे किस काम की? जाओ फ़ोन उठाओ, और दूसरी लड़की को भेजो," उसने उसको साफ़ ख़ारिज करते हुए कहा।

गुनीता ने मेज़ के उस तरफ़ उसके पास जाते हुए धीरे-से कहा, "सर एक चांस तो दो। स्ट्रेस ख़त्म कर दूँगी।"

अब वह काफ़ी अनुभवी थी। उसने अपनी उम्मीदों को सँभाला। वह जानती थी कि यह सब भी उसी तरह ख़त्म हो जाएगा जिस तरह राजेश के साथ ख़त्म हुआ था। इसलिए अगर उसको मौक़ा मिला था तो उसको रास्ता निकालना था ताकि पार्टी अध्यक्ष के साथ कुछ अधिक समय मिल सके और वह भी कुछ हासिल कर सके। इसके बाद उसको मौक़ा नहीं मिलनेवाला था।

एक दिन दफ़्तर से घर जाते समय उसने पालिका बाज़ार से पेन के आकार का एक कैमरा ख़रीदा। इस दुकान में उसके एक पड़ोसी का बेटा काम करता था। उसी ने उसको बताया कि कौन-सा कैमरा ख़रीदना चाहिए। अगली बार जब मनोज भाई ने उसको डिक्टेशन देने के लिए बुलाया तो उसने जान-बूझकर अपना वह पेन मेज़ पर पड़ी मालाओं और पर्चियों के बीच रख दिया।

गुनीता ने राजेश से बात की और उससे मिलने के लिए कहा। वह उसको बताना चाहती थी कि पार्टी अध्यक्ष के दफ़्तर में क्या चल रहा है। राजेश उससे एक ऑफ़िस परिसर में सी.सी.डी. में मिला जो शनिवार होने के कारण ख़ाली था।

उसने उसकी बात सुनी और फिर बोला, "क्या तुमको ज़रा भी शर्म नहीं है गुनीता? मैंने वहाँ तुमको काम करने के लिए भेजा था, ये सब करने के लिए नहीं। अभी तो तुमने काम शुरू ही किया है। मनोज भाई अच्छे आदमी हैं, इस तरह के आदमी नहीं हैं। क्यों पार्टी को बर्बाद करना चाहती तो? एक यही रास्ता है तेरे पास आगे बढ़ने का? बड़े आदमी से चिपकना और फिर उसे ब्लैकमेल करना?"

गुनीता ने राजेश की ओर देखा और कोल्ड कॉफ़ी पीती रही। "तुझे क्या पता कि लोग ज़िन्दगी में आगे बढ़ने के लिए क्या-क्या करते हैं? तुमको कुछ पता नहीं? तुमको सब कुछ आराम से मिल गया। अच्छे घर में रहा, स्कूल-कॉलेज पढ़ा, माँ-बाप ने सब कुछ किया तेरे लिए। तू क्या जाने स्ट्रगल क्या होती है? माँ-बाप की छाया के बिना जीना क्या होता है? पार्टी प्रेसीडेंट के लिए अफ़सरों के सामने अंग्रेज़ी झाड़ता है, इसीलिए उसने तुमको रख रखा है। लेकिन सब जानते हैं कि तू लीचड़ आदमी है, काम तो तू टेढ़ा ही करता है न," उसने अपना गिलास ख़ाली करके मेज़ पर रखते हुए कहा।

"मैं भी पढ़ी-लिखी हूँ। बीएससी की डिग्री है मेरे पास, ऑनलाइन एमबीए की पढ़ाई कर रही हूँ। लेकिन किसी को कुछ फ़र्क़ नहीं पड़ता। जो तुम्हारी ताक़त है तुम उसको यूज करते हो। मैं भी वही कर रही हूँ। मुझे कोई यूँ ही क्यों प्रमोट करेगा? क्या तुम? उस अमेरिकन के लिए मुझे रातोरात छोड़ दिया। तुम मुझसे बस इसलिए बात कर रहे हो क्योंकि मैं तुमको परेशान कर रही हूँ। मैं सब समझती हूँ। और वैसे भी तेरे पार्टी प्रेसीडेंट की मैंने कौन-सी इज़्ज़त लूटी है कि तू मेरे पर टूट पड़ा? उसने मना क्यों नहीं किया? सत्ता में वह है मैं नहीं। राजेश कुमार यह ज़रूरी नहीं है कि जो तेरे लिए अच्छा है वह मेरे लिए भी अच्छा हो, और मैं यहाँ अपनी मदद करने के लिए हूँ। मुझे लेक्चर मत झाड़। हेल्प करेगा कि नहीं इतना बता दे," वह बोली।

गुनीता ने उसको तीन धुँधले-से वीडियो दिखाए, जो उसने रेकॉर्ड किये थे। इस सबमें पड़ना ख़तरनाक रहेगा, उसने सोचा। लेकिन पार्टी प्रेसीडेंट का तो सब कुछ चला जाएगा—उसकी पारिवारिक आदमी वाली छवि, पूरी सार्वजनिक छवि, अगर गुनीता उस रास्ते पर चल पड़ी तो वह अपने साथ-साथ उसको भी बर्बाद कर सकती है। राजेश मनोज भाई को कई सालों से जानता था, उसने उनको अलग-अलग तरह के हालात में देखा था। वह उनकी मानसिकता को समझता था। उनकी एक पत्नी थी, दो बच्चे थे और माँ थी जो बहुत चौकन्नी रहती थी। उनके अन्दर अच्छे बच्चे के रूप में दिखने की ग्रंथि थी, वह चाहते थे कि सबकी नज़र में वे अच्छे बने रहें। राजेश ने उनको मैसेज किया और कहा कि वह उनसे मिलना चाहता है; मनोज भाई सबको अपना मोबाइल नम्बर दे देते थे जिससे सबको लगे कि वह उसकी पहुँच में है।

जल्दी ही एक मीटिंग हुई। वे मुद्दे के बारे में बात करना चाहते थे। उस दिन गुनीता की शिफ़्ट थी, लेकिन उसने बीमारी के नाम पर छुट्टी ले ली और उस बातचीत के लिए उसको साथ नहीं जाना पड़ा। राजेश को लगा कि वह ठंडे दिमाग़ से बात नहीं कर सकती थी। वैसे भी कोई पुरुष यह नहीं चाहता कि उसको औरतबाज़ के रूप में जाना जाए, उसको अपने सम्मान की रक्षा का मौक़ा दिये बग़ैर उसको कोने में धकेल दिया जाए।

जब वह वहाँ पहुँचा तो शाम के छह बज रहे थे और वहाँ ख़ूब चहल-पहल थी। विधायक, नेता सब अपने नेता का ध्यान आकर्षित करने के लिए वहाँ टहल रहे थे। नेस्कैफे की मशीन से ख़ूब मीठी चाय-कॉफ़ी परोसी जा रही थी। एक पल के लिए अकेले में मिल पाना सम्भव नहीं लग पा रहा था। वह इन्तज़ार कर रहा था और लोगों से बातचीत करके माहौल का अन्दाज़ा लगा रहा था। समय बीतता जा रहा था, लोग आ-जा रहे थे, फूल लिये-दिये जा रहे थे। मिठाइयाँ बँट रही थीं। जब उसका नम्बर आया तो उसने गुनीता के दिये हुए ख़ुफ़िया पेन को ध्यान से सेट करके अपनी ऊपर वाली जेब में रख लिया, और कुछ घबराते हुए अन्दर बढ़ा।

"आ जा राजेश बेटा," मनोज भाई ने दफ़्तर में उसके आते ही कहा। वहाँ एक सोफ़ा लगा था, बाँस की कुर्सी थी जिस पर एक धारीदार तौलिया लटक

रहा था और नीली ट्यूब की रोशनी भरी हुई थी। उसका बॉस उसको सुनने के मूड में नहीं था, वह कमरे में दरबार लगाए बैठा था। कोई नहीं, राजेश सब्र के साथ उसका इन्तज़ार करता रहा। जब क़रीब 9 बजे मनोज भाई जाने के लिए उठे तो उन्होंने राजेश से पूछा, "वैसे तुमको काम क्या था बेटा? ऐसे ही मिलने आ गए? अच्छी बात है..."

राजेश ने कुछ नहीं कहा, बल्कि अपना मोबाइल फ़ोन निकालकर उसको एक फ़ोटो दिखाने लगा जो गुनीता ने उसको फ़ारवर्ड किया था। वह फ़ोटो उतना खुला नहीं था ताकि उससे मनोज भाई को कम शर्मिंदगी का सामना करना पड़े। पार्टी अध्यक्ष ने ध्यान से देखा और एक ही पल में उनके चेहरे की रंगत बदलने लगी। उन्होंने कमरे से सबको जाने के लिए कहा। अब वे और राजेश आमने-सामने थे।

"आज तक मैंने कोई ग़लत काम नहीं किया। इस लड़की को तुमने भेजा था, मुझे फँसाने के लिए? मैंने तुम्हारे लिए क्या नहीं किया? साले सर्वेंट क्वार्टर में रह रहा था, मैंने एमएलए बना दिया, और क्या चाहिए तुझे?" उन्होंने ग़ुस्से में राजेश से कहा।

"आपकी मदद करने के लिए सर। इस सबको ख़त्म करने के लिए," कहते हुए राजेश काँप रहा था।

गुनीता का मामला सुलझाने के इन्तज़ाम किये गए। पार्टी के एक नेता ने एक मोटी राशि उसके अकाउंट में डाल दी, मल्टी नेशनल कम्पनी में उसके लिए नौकरी का इन्तज़ाम किया गया। तसवीरों को डिलीट कर दिया गया, हालाँकि राजेश ने एक पेन ड्राइव में उन तसवीरों की एक-एक प्रति सुरक्षित रख ली। पार्टी अध्यक्ष ने अपने सभी सचिवों को हटाकर उनके स्थान पर चार अधेड़ मलयाली पुरुषों को काम पर रख लिया, जिनको एक एजेंसी से हायर किया गया था।

राजेश को मन-ही-मन इस बात का बहुत दुख था कि जब उसकी पार्टी गठबन्धन की सरकार में शामिल हुई तो उसको मंत्री नहीं बनाया गया। वह अभी जवान था, मनोज भाई ने उससे कहा था कि उसको अपनी बारी का इन्तज़ार करना चाहिए। उसके पास न तो कोई विकल्प था, न ही कोई सत्ता थी,

इसलिए वह ख़ामोश रहा। वह जानता था कि वह बहुत दिन तक नया नेता नहीं रह पाएगा। वह देखता आ रहा था कि बहुत से नेता ज़बरदस्ती युवा नेता की पहचान से चिपके रहे थे और फिर उनकी जगह दूसरों ने ले ली, उन्हें भुला दिया गया। उसने पेन ड्राइव एक लिफ़ाफ़े में रख ली और उसको टेप से चिपकाकर बबीता को सँभालकर रखने के लिए दे दिया। वह सबूत उसके लिए मौक़ा था, सही समय आने तक वह उसकी माँ के पास सुरक्षित रहनेवाला था।

उसे अब केवल सही समय का इन्तज़ार था और इस उम्मीद के साथ था कि सही समय पर वह आएगा। 'सही समय ही सब कुछ होता है।' यह उन वाक्यों में से एक था जिन्हें सना अक्सर सुबह अपनी बाँह पर लिखा करती थी। उसके सहकर्मियों में से किसी-न-किसी को तो फँसना ही था और इसके एवज़ में वह कॉल करेगा और उनकी जगह ले लेगा। वे सब के सब अशिक्षित, ग़ैर-अनुभवी आवारा लोग थे। पार्टी में पार्टी अध्यक्ष और कुछ अन्य चुनिन्दा लोगों को छोड़कर बाक़ी सारे लोग उसके जैसी पृष्ठभूमि से ही आए थे। लेकिन ज़्यादातर के पास उसकी तरह की सुविधाएँ और अनुभव नहीं थे।

उस साल बाद में पार्टी के कई एमएलए और कुछ मंत्री भी, हौज़ ख़ास के एक ट्रेंडी नाइटक्लब में गए थे। उस नाइटक्लब में एक रबर निर्माता ने उनमें से ही महज़ बयालीस साल के एक युवा के जन्मदिन के उपलक्ष्य में पार्टी का आयोजन किया था। वह बार एक ऐसी जगह थी जहाँ क़िस्मत का पहिया अगर नहीं घूमता और समय ने उनका साथ नहीं दिया होता तो, वे वेटर, बाउंसर और रसोइयों के रूप में काम करते होते।

'प्रवेश के अधिकार सुरक्षित'—यह उनकी तुलना में बहुत अधिक ऊँची सामाजिक स्थिति के लोगों को ध्यान में रखकर लिखा गया था—वे अतिथि के रूप में प्रवेश करने के दावेदार भी नहीं होते। इस सुविधा के आदी नहीं होने के कारण, बार में बहती शराब के कारण और इस कारण कि उन्हें साहब लोगों की तरह ही अमीर घरों की छोटी-छोटी स्कर्ट पहनी हुई जवान और किशोर लड़कियों को देखने का अधिकार मिल चुका है, उसके ज़्यादातर सहकर्मी नशे में धुत्त हो गए। राजेश ने स्प्राइट पीते हुए इस सबका आनन्द लिया और वहाँ से जल्दी निकल गया। बाद में वहाँ दुर्व्यवहार की ढेर सारी घटनाएँ हुईं—

इसमें सबसे मज़ेदार वह थी जब एक भूतपूर्व जिम ट्रेनर और अब खेल मंत्री ने बार टेंडर को यह कहने के लिए घूँसा मार दिया कि बार बन्द हो चुका है। इसके बाद अगली घटना और भी घृणास्पद थी जब नशे में धुत्त एक एमएलए ने मद्धम रोशनी वाले डाँस फ़्लोर के सामने खड़े होकर हस्तमैथुन शुरू कर दिया। उस घटना के कई वीडियो बनाए गए जिन्हें तमाम टीवी चैनलों ने चलाया, बेशक गन्दे हिस्सों को धुँधला करके। लोगों में कई तरह के मत थे; जहाँ आम जन में इसके प्रति एक रोष था वहीं झुग्गियों में रहनेवाले कई युवा इस बात पर फ़ख्र कर रहे थे कि कैसे उनके बीच के ही आदमी ने साहिब लोगों के क़िले में सेंध लगा दी है। अब इस पर कार्रवाई होनी ही थी और इससे भी महत्त्वपूर्ण यह था कि लोगों को दिखाई दे कि कार्रवाई हुई है। निलम्बन, निष्कासन, और बाद में फेर-बदल। अपने बेटे, माता-पिता और गर्भवती सना के साथ राजेश ने श्रम एवं सामाजिक कल्याण मंत्री के पद की शपथ ली। यह एक ऐसा मंत्रालय था जिसके लिए विशेष रूप से पार्टी ने कहा था कि इसे राजेश को ही दिया जाए।

यह मंत्रालय बहुत ही छोटा था। वैसे तो उनकी पूरी सरकार ही बहुत तुच्छ थी और एक नाज़ुक गठबन्धन पर टिकी हुई थी। उसके पहले दिनों से विपरीत जब सब कुछ एक बोनस की तरह था और आगे सब कुछ अच्छा ही दिखाई पड़ता था, अब राजेश के पास खोने के लिए बहुत कुछ था। उसे सना और बच्चों के बारे में सोचना था।

"उन्हें नौकरों की तरह जीने के बारे में कुछ भी मालूम नहीं है, वे इस तरह से अपना जीवन जी नहीं सकते हैं, उन्हें ऐसा जीवन जीना भी नहीं चाहिए। मैं उन्हें ऐसा जीवन जीने नहीं दूँगा।" वह दिन-भर एक मंत्र की तरह इन बातों को दोहराता रहता और अपने रोज़मर्रा के कर्तव्यों से भटकता रहता। उसे इसका एहसास तब हुआ जब छोटू ने इस ओर इशारा करते हुए पूछा कि वह क्या बोलता रहता है।

राजेश घबराया हुआ था, नवजात बच्चे के रोने की आवाज़ से रात में उसकी नींद टूट गई थी और अब वह सो नहीं पा रहा था। वह शान्त और अँधेरे में घुप्प अपने बैठक वाले कमरे में टहलता हुआ भविष्य के बारे में सोच रहा था।

क्या सरकार गिर जाएगी, और अगर ऐसा हुआ कि सरकार ने अपना कार्यकाल पूरा नहीं किया तो राजेश को अपना सरकारी फ़्लैट ख़ाली करना पड़ जाएगा।

और फिर उसके बाद क्या? सना के पास एक पैसे की बचत नहीं है और न ही पैसे बनाने की कोई कला ही उसे आती है। उनके पास रहने के लिए भी कोई जगह नहीं होगी। जब किराए पर घर देने की बात आती है तो इस देश में सबसे बुरा किरदार नेताओं का ही माना जाता है, उसके बाद वकीलों को। अगर मकान-मालिकों को किसी नेता से आपके सम्बन्ध होने की भी भनक लग जाए तो वे आपको घर देने से साफ़ इनकार कर देते हैं। वे डर जाते हैं और उनका डर एक स्तर तक लाज़िमी भी है। उन्हें लगता है कि ऐसे राजनीतिक रसूख़ वाले शक्तिशाली किरायेदार डराने और धमकानेवाले होते हैं। घर ख़ाली करने के लिए कहने पर वे अपने इसी राजनीतिक सम्बन्ध का फ़ायदा उठाते हैं और मकान-मालिक को परेशान करते हैं। यह बात किसी भी विचारधारा वाली पार्टी के सबसे शक्तिशाली नेता और सबसे छोटे मुलाज़िम दोनों पर बराबर लागू होती है। अपने सबसे अयोग्य रिश्तेदारों को भी आगे बढ़ानेवाली बात के अलावा यही एक ऐसी समस्या है जो सभी नेताओं को एक जैसा करती है। उस मायावी सरकारी फ़्लैट को पाने के लिए अक्सर ही पार्टी लाइन को पार कर लिया जाता है। इस बात से कोई फ़र्क़ नहीं पड़ता कि इसके लिए वैचारिक या नैतिक कारण क्या बताए जाते हैं।

'एक ऐसे घर में रहने पर कैसा महसूस होता है जो आपको किसी ने यूँ ही दे दिया हो, जहाँ से आपको जाने के लिए कोई नहीं कह सकता है? जो आपका हो?' जब और चिन्ता न कर पाता तो वह यह सोचकर हैरान होता। राजेश को अक्सर ऐसा लगता था कि उसकी पृष्ठभूमि और पेशे को देखते हुए उसे कभी कोई भी अपना घर किराए पर नहीं देगा। वह इस बात की कल्पना भी नहीं कर सकता था कि गर्व से भरे उसके माता-पिता का सिकन्द हाउस में दोबारा स्वागत होगा—उनका कमरा अब किसी और के क़ब्ज़े में था—न ही वह चाहता था कि उनकी दोबारा ऐसी क़िस्मत हो।

इतने सालों तक उसके पिता के मालिक रहे सिकन्द साहब अब दिल्ली के अपने जीवन से सेवानिवृत्त हो चुके थे और नूरिया मैडम के साथ शिमला वाले घर में रह रहे थे। राजेश ने सुना था कि उनका छोटा अवैध बेटा देखने में बहुत ही सुन्दर था और मुम्बई में अभिनेता बनने के लिए संघर्ष कर रहा था। साहिब अंकल ने घर और फ़ैक्टरी अहान के नाम कर दिये थे। उनकी बेटियों की शादी हो चुकी थी। वह अब ज़िम्मेदारियों से मुक्त थे। अहान अपने माता-पिता के प्रति कुछ ख़ास सम्मानजनक व्यवहार नहीं रखनेवाला था। दाँव पर बहुत कुछ लगा था और उसे अपने लिए एक ऐसे घर की ज़रूरत थी जो किसी सरकार, चुनाव या मालिक का मोहताज न हो और जहाँ से उसे कोई निकाल न सके।

बारह

आसिफ़ ने वर्षों कड़ी मेहनत की थी ताकि फ़ैक्टरी ठीक-ठाक तरीक़े से चलती रहे। इस काम में दशकों लग गए लेकिन सही पद पर सही व्यक्ति के होने से अब यह हो पा रहा था। बेशक कुछ क़र्ज़े थे लेकिन किस सफल व्यापार में ऐसी देनदारियाँ नहीं होती हैं? उन्होंने फ़ैसला किया कि अब अन्तत: आराम करने का समय आ गया है और वह अब शिमला में कुछ ज़्यादा समय बिताएँगे। उनके दोहरे जीवन का भी उन पर बहुत अधिक असर पड़ा था और अब वे बुरी तरह थक चुके थे। लड़कियों का जीवन अब स्थायी हो चुका था और उन्हें इस बात का पूरा भरोसा था कि सही पेशेवर प्रबन्धन के मार्गदर्शन में अहान अब आत्मनिर्भर हो जाएगा और चीज़ों को सँभाल लेगा। इतने सालों में उन्होंने अपनी बची हुई ज़िन्दगी शिमला में आराम से बिताने के लिए अच्छा-खासा पैसा भी बचा लिया था; किसी और चीज़ की इच्छा नहीं थी। अब सब कुछ अगली पीढ़ी के लिए था, अहान के लिए था।

इसमें किसी तरह का कोई संशय नहीं था कि फ़ैक्टरी और घर अमन नहीं बल्कि अहान के हिस्से में जाएँगे। उनका छोटा बेटा स्त्रैण था, उसका सपना था कि वह इंटरटेनमेंट की दुनिया में जाए। उसके इस सपने को पूरा करने के लिए आसिफ़ ने अँधेरी में दो कमरे का एक फ़्लैट और हर महीने कुछ पैसे अमन को देना शुरू कर दिया था। आसिफ़ को पूरा भरोसा था कि अमन समलैंगिक है और इसका कारण उसकी माँ का उसे बहुत ज़्यादा लाड़-प्यार था।

नूरिया ने इनमें से दोनों ही बातों को मानने से इनकार कर दिया और दोनों में से किसी एक का भी ज़िक्र होने पर वह हड़बड़ा जाती थी। आसिफ़ ने फ़ैसला किया कि सबके लिए यही बेहतर होगा कि अमन मुम्बई में ही रहे और ख़ुद अमन के लिए भी यही सबसे अच्छी स्थिति होगी। उन्होंने कोई राय नहीं बनाई लेकिन वास्तव में वह यह नहीं चाहते थे कि विभाजन के बाद उनके पिता ने कड़ी मेहनत से जो कुछ भी हासिल किया है वह यूँ ही बेकार चला जाए। वह इस सबके एक संरक्षक मात्र थे और चाहते थे कि यह सब कुछ उनकी वैध सन्तान यानी कि उनके बड़े बेटे को मिले और उसके बाद उनके पोते को।

अन्ततः अहान को चेयरमैन वाला कमरा मिल गया जिसमें पहले उसके पिता बैठा करते थे। पहली बार अपने पिता की परछाईं से मुक्त अहान ने एक अच्छा बॉस बनने की पूरी कोशिश की। वह सुबह जल्दी जागकर 7 बजे तक जिम पहुँच जाता। उसका इरादा भीड़ से अलग सुबह की ऊर्जा में कसरत करने का था। सुबह के इस पहर में वहाँ व्यापारियों, मकान-मालिकों, हाउसवाइफ़ और हाउसवाइफ़ बनने की इच्छा रखनेवाली औरतों—जिन्हें पतियों की तलाश होती है—जो सुबह 11 बजे वाले स्लॉट में आती हैं, के बजाय पेशेवर और सेवाएँ देनेवाले लोग ज़्यादा होते हैं। जिम में नहाने और सुबह का नाश्ता ख़त्म करने के बाद वह 9:30 बजे तक अपने दफ़्तर में होता था।

रात में ओबन के लिए अपने प्यार और उसके बाद 11 बजे रात का खाना खाने के अपने शौक़ के बावजूद उसने लगभग एक महीने तक अपनी यह दिनचर्या ज़ारी रखी। दुर्भाग्य से एक दिन सुबह उसकी नींद खुली और उसे इस बात का एहसास हुआ कि शॉक एब्ज़र्बर बनाने और उन्हें बेचने की प्रक्रिया में उसकी ज़रा भी रुचि नहीं है। इस पूरी प्रक्रिया में उसकी कोई भूमिका नहीं है और उसी पल उसका वह उत्साह जाता रहा। उसे रोकनेवाला कोई नहीं था; उसके पिता शिमला में अपने सेब के बाग़ानों में व्यस्त थे और जो भी हो रहा था उन्हें उसकी जानकारी देने की चिन्ता किसी को नहीं थी। आख़िरकार अब वहाँ का कर्ता-धर्ता अहान था और उससे ऊपर कोई नहीं था। वह दोपहर के खाने के समय दफ़्तर पहुँचने लगा और ट्रैफ़िक से बचने के लिए शाम 4 बजे तक निकल जाता।

दीवाली वाली एक शाम ताश के पत्तों के खेल में उसे बहुत भारी नुक़सान हुआ। अहान के फ़ैसले को ओबन ने धूमिल कर दिया था और उसने खेल को छोड़ देने की पारुल की विनती को नज़रअन्दाज़ कर दिया—आख़िरकार यह एक पार्टी थी और उसे चिन्तित नहीं होना चाहिए था। क़र्ज़ बढ़ता गया : नई ख़रीदी गई बीएमडब्ल्यू कार, मालदीव में अपने बच्चों के दोस्तों और उनके माता-पिता के साथ छुट्टियाँ। किसी ने भी अपने बच्चों के लिए कामवाली नहीं रखी थी, उसके लिए पेशेवर नर्सों को रखा जाता था। पारुल के गहने, वे हीरे जिसकी उसे हमेशा से चाह थी, वे भी लिए गए।

काम में उसने चीनी प्रतिद्वंद्वियों द्वारा अपने एक बड़े ख़रीदार को तोड़ लेने के ख़तरे को नज़रअन्दाज़ कर दिया। अपने सीईओ के पद छोड़ देने की घटना पर भी ध्यान नहीं दिया। सीईओ एक ऐसा आदमी था जिसकी अपने बॉस की देखा-देखी व्यापार में रुचि ख़त्म हो चुकी थी। उसने बेहतर तनख़्वाह और जीवन के लिए दोहा में नौकरी कर ली थी।

अहान अपने इसी रास्ते पर चलता रहा। पैसे अब भी आ रहे थे। हालाँकि उत्पादन में थोड़ी गिरावट आई थी और उसने अपने टार्गेट को उसी अनुसार तय कर लिया था। मज़दूरों का संघ मज़बूत होता जा रहा था। लक्ष्मण यह सब देख रहा था। लेकिन वह केवल एक मुलाजिम था और कुछ भी कहना उसे उचित नहीं लग रहा था। मज़दूरों ने लम्बे भोजन अवकाश, आठ घंटे के बाद ओवर-टाइम और अस्थायी कर्मचारियों के लिए भी भुगतान के साथ वाली छुट्टियों की माँग शुरू कर दी थी। शुरुआत में कुछ घंटों के लिए ही सही लेकिन काली पट्टी और सांकेतिक धरनों का इस्तेमाल शुरू हो चुका था। एक बिलकुल ही अलग मामले में कुछ मज़दूरों ने एक महिला और उधार को लेकर शॉप फ़्लोर पर ही आपस में लड़ाई कर ली। इस घटना में दोनों को चोटें आईं और दोनों ही पक्षों ने मुआवज़े माँगे। अहान ने न तो उनकी माँगों को नकारा और न ही उन्हें स्वीकार किया। उस समस्या पर फ़ौरन ध्यान न देने का कारण उसका आलस और अकर्मण्यता थी न कि उन मज़दूरों के प्रति सहानुभूति की कमी। इसके अलावा उसका ध्यान प्राग में मनाए जानेवाले चालीसवें जन्मदिन और उसके बाद पारुल के बिना केवल लड़कों के गैंग

के साथ बुडापेस्ट की छुट्टियों पर ज़्यादा था। यह सब कुछ बहुत रोचक होनेवाला था। उसने पूर्वी यूरोप के बारे में बहुत कुछ सुना था। उसने सोचा कि वह वापस लौटने के बाद इस मामले से निपटेगा। इस बीच मज़दूरों का ग़ुस्सा शान्त हो जाएगा।

उसकी यह यात्रा उसकी उम्मीदों पर खरी उतरी। अगर बजट और लौटने की मजबूरी नहीं होती तो इससे उबरने के लिए उसे कुछ और दिनों की छुट्टी की ज़रूरत थी। एक चिकित्सीय घटना घट गई थी, उसकी धड़कन अनियमित हो गई थी। बेशक इसका कारण वह पदार्थ था जिसका सेवन उसने यात्राओं के दौरान किया था। सौभाग्य से विदेश में रहने और हवाई जहाज़ में यात्रा के दौरान कुछ नहीं हुआ था और भारत में सब कुछ सँभालना बहुत आसान था।

लगभग दो सप्ताह के बाद वह फ़ैक्टरी वापस लौटा। कोई सौ मज़दूर अपनी नीली वर्दी में फ़ैक्टरी के गेट पर खड़े होकर उसका इन्तज़ार कर रहे थे। वह कुछ माह पहले ही आयातित अपनी कम्पनी की विशाल एसयूवी कार में था। उसने ड्राइवर को गाड़ी धीरे करने के लिए कहा ताकि वह देख सके कि क्या हो रहा है। वह इस बात से अनजान था कि उसके ड्राइवर ने ही यूनियन के मज़दूरों को उसके वहाँ पहुँचने के सही समय की जानकारी दी थी। किसी को चोट न पहुँचे, यह ध्यान रखते हुए उसने गाड़ी आगे बढ़ाई। भीड़ ने कार के शीशे पर मुक्का मारना और उसमें अन्दर झाँकना शुरू कर दिया। धरने में शामिल एक अति-उत्साही मज़दूर ने धरने का नियम तोड़ते हुए अहान की प्यारी गाड़ी के वाइपर तोड़ दिये। अहान के सब्र का बाँध टूट गया और उसने कार से बाहर निकलकर उस मज़दूर को एक थप्पड़ मार दिया। स्थिति बेक़ाबू हो गई। भीड़ में से निकलकर एक आदमी ने अहान की गाड़ी की खिड़की का शीशा बेरहमी से तोड़ दिया। पुराने टायरों से बेरिकेड बनाया गया था जिसमें अब मज़दूरों ने आग लगा दी थी। इस धरने को लेकर लक्ष्मण अभी तक निष्पक्ष था लेकिन अहान बाबा को ख़तरे में देखकर अपने मालिक के प्रति उसकी वफ़ादारी ने सिर उठाया और किसी तरह अहान को अपने स्कूटर के पीछे बिठाकर वहाँ से भागने की कोशिश की। वहाँ के लोग लक्ष्मण की बहुत अधिक इज़्ज़त करते थे और अब उसका

बेटा भी एक महत्त्वपूर्ण आदमी बन चुका था, इसलिए किसी ने भी उसे रोकने की हिम्मत नहीं की।

सुरक्षित घर वापस लौटने के बाद अहान ने जीवन में पहली बार डर को साक्षात अपने सामने महसूस किया। उसका पूरा शरीर काँप रहा था। उसने लक्ष्मण को गले लगा लिया और पूरी ईमानदारी और गम्भीरता के साथ उसका धन्यवाद किया। इस अनुभव से दोनों ही हैरान थे। वह अपने कमरे में गया और अन्दर से दरवाज़ा बन्द कर अपने लिए एक गिलास में थोड़ी शराब निकाली। उसे याद नहीं है कि इससे पहले वह कब इस तरह से रोया था। चीज़ें बहुत तेज़ी से ख़राब हो रही थीं और उनकी गति इतनी ज़्यादा थी कि कुछ भी उसके नियंत्रण में नहीं रह गया था। उसे अभी इसी वक़्त अपने पिता और उनकी मदद, दोनों की ज़रूरत थी। उसे अपने पिता के पास शिमला जाना होगा, उस औरत के पास।

अहान ने फ़ैसला किया कि वह चंडीगढ़ तक की यात्रा हवाई जहाज़ से करेगा और वहाँ से शिमला तक अपनी कार में जाएगा। उसने इस बारे में किसी को नहीं बताया, वह नहीं जानता था कि नूरिया के घर में उसका स्वागत किस तरह होगा। हालाँकि वह इस बात को लेकर आश्वस्त था कि उसके पिता उसे निराश नहीं करेंगे। लेकिन उसे इस बात का भी भरोसा नहीं था कि वह उसे वहाँ आने से रोकने के लिए किसी तरह का बहाना नहीं बनाएँगे। चंडीगढ़ तक की हवाई यात्रा आरामदेह थी लेकिन हवाई अड्डे से घर तक की टूटी सड़क पर कार चलाने से उसकी हालत ख़राब हो गई। लगभग चार घंटे तक वह उस ट्रैफ़िक जाम में सड़क पर फँसा रहा। बसों में बेतहजीब पर्यटक भरे थे जो उल्टियाँ कर रहे थे, सब कुछ जाम करते हुए सेल्फ़ी लेने के लिए रुक रहे थे और हर जगह चिप्स और बिस्किट के ख़ाली पैकेट फेंकते जा रहे थे। इन बचे और फेंके हुए खानों पर बन्दरों का झुंड अलग टूट रहा था।

घर पहुँचते ही वहाँ सालों से काम कर रहे बिना दाँत वाले पहाड़ी चौकीदार ने उसे तुरन्त पहचान लिया। उसने उसे सलाम किया। वह कार से उतरा और उसे देखते ही वहाँ की भोटिया लूसी ने अपने पुराने दोस्त को देखकर उस पर छलाँग लगा दी और भौंकने लगी।

उसके पिता घर के सामने वाले बग़ीचे में थे। उन्होंने जॉगिंग सूट, लोफ़र और हैट पहना हुआ था और गुलाब के पौधों की छँटनी कर रहे थे। उन्होंने ऊपर देखा, मुस्कुराए और अहान को गले से लगा लिया। उन्हें देखकर ऐसा लग रहा था जैसे वह अहान के आने का इन्तज़ार ही कर रहे थे। शाम हो चुकी थी और उसकी यह यात्रा काफ़ी लम्बी रही थी। गोधूलि तक वे दोनों बग़ीचे में ही बैठकर बच्चों, सेब के बाग़ानों और शिमला में बन्दरों से होनेवाली समस्याओं के बारे में बातें करते रहे। दोनों में से किसी ने भी नूरिया का ज़िक्र नहीं किया। हालाँकि अहान बीच-बीच में इधर-उधर नज़रें घुमाकर उसके वहाँ होने के बारे में पता लगाने की कोशिश कर रहा था। उसे उम्मीद थी कि वह किसी भी पल उनके सामने आ जाएगी। नहाने के बाद जब वह अपने पिता के साथ शराब पीने के लिए तैयार था तब उसने निष्कर्ष निकाला कि वह यहाँ नहीं है। यह एहसास होते ही उसने चैन की साँस ली।

उन दोनों ने साथ में बैठकर खाना खाया। अहान अब इस बात का और अधिक दिखावा नहीं कर सकता था कि वह यहाँ सिर्फ़ और सिर्फ़ अपने पिता के साथ समय बिताने आया है। उसके पिता भी जानते थे कि उसके आने के पीछे कोई और ही कारण है।

उसने आसिफ़ को फ़ैक्टरी में होनेवाली पिछली सभी घटनाओं के बारे में बताया। सिवा अपनी अनुपस्थिति, डर और लेटलतीफी के। आसिफ़ ने उसकी बात बहुत ही ध्यान से सुनी। अहान की बात ख़त्म होने के बाद कमरे में कुछ देर शान्ति रही। बीच-बीच में गिलास में बर्फ़ के टुकड़ों के टकराने की आवाज़ें आ जाती थीं।

आसिफ़ ने पूछा, “तो तुम मुझसे क्या चाहते हो?”

उसने कहा, “वापस लौटकर सब कुछ फिर से ठीक करना।”

फिर से एक लम्बी चुप्पी। उसे इसके बारे में सोचना होगा। क्या वह सुबह तक इस पर विचार कर सकते हैं? यहाँ पहाड़ों में शाम जल्दी महसूस होती है। उन्हें अब सोना चाहिए। अहान अपनी लापरवाही से शर्मिंदा था लेकिन उसने कुछ भी नहीं कहा। वह बुज़ुर्ग आदमी ऊपर की मंज़िल पर अपने कमरे में चला गया। पीछे यह जवान लड़का अपनी ओबन और पुराने डीवीडी के साथ रह गया।

इस पुराने घर के कमज़ोर पड़ गए बोर्ड और आवाज़ गूँजने की इसकी क्षमता में आई वृद्धि के कारण उसे अपने पिता की आवाज़ सुनाई दे रही थी। वह शायद फ़ोन पर नूरिया से बात कर रहे थे।

अगली सुबह थकान, नये तकिए और पहाड़ की तीखी हवा के कारण अहान की नींद जल्दी खुल गई। उसे ताज़ा और ख़ाली दोनों ही महसूस हो रहा था। उसे कुछ पल के लिए इस बात से चिढ़ हुई कि उसके पिता ने न तो कॉफ़ी मशीन लगवाई थी और न ही कैफ़ेटेरिया ही बनवाया था। उसे इंस्टैंट कॉफ़ी से ही काम चलाना पड़ रहा था।

वह सुबह के नाश्ते के लिए ऊपर वाले कमरे में गया कि उसकी नज़र नूरिया पर पड़ी। वह आसिफ़ के साथ नाश्ते की टेबल पर बैठी थी। उसने सोचा कि यह ऐसी कौन-सी जगह गई थी जहाँ से इतनी जल्दी वापस भी लौट आई। पहाड़ों में रात के समय यात्रा करना लगभग असम्भव था। क्या वह सारा समय यहाँ इसी घर में ऊपर उसके पिता के कमरे में थी? उसने उसे नज़रअन्दाज़ कर दिया और अपने पिता के साथ वाली कुर्सी पर नाश्ते के लिए बैठ गया। उसने तिरछी नज़रों से नूरिया को देखा और नूरिया ने उसे ऐसा करते हुए पकड़ लिया। उसने अपनी नज़र दूसरी ओर फेर ली और ऐसा दिखाने लगा जैसे नूरिया वहाँ है ही नहीं। उसके पिता ने अपना गला साफ़ किया और उसे अंडे, बेकन, टोस्ट खाते हुए और सन्तरे का रस पीते हुए देखते रहे। जैसे ही उसका खाना ख़त्म हुआ, उन्होंने कहा, "मैंने यहीं रहने का फ़ैसला किया है अहान। एक नया जीवन शुरू करने के लिए जो कुछ भी चाहिए वह सब कुछ मैंने तुम्हें दिया। मैंने तुम्हें एक चलता हुआ व्यापार, पारिवारिक घर, शिक्षा सब कुछ दिया है। और अब मुझे लगता है कि मेरे पास तुम्हें देने के लिए कुछ भी नहीं है। अब आगे मैं तुम्हारे लिए कुछ भी नहीं कर सकता हूँ। तुम्हें यह सब कुछ ख़ुद ही सँभालना होगा।" उन्होंने नूरिया को देखा और नूरिया ने भी सहमति में उनका उत्साह बढ़ाते हुए अपना सिर हिलाया।

अहान को विश्वास नहीं हो रहा था। वह लगातार अपने पिता को देख रहा था। उस बूढ़े आदमी का हाथ काँप रहा था। उसने अपने हाथ में पकड़ा हुआ फ़ोर्क रखा और अपने बेटे की नज़रों से नज़रें नहीं मिलाई।

नूरिया फूलदार कप में रखी अपनी चाय पी रही थी। उसने अपना कप नीचे रखा और अपनी कुर्सी से उठकर खड़ी हो गई।

"अब हमारे टहलने का समय हो गया है जानू," उसने ऐसा कहते हुए अहान को पूरी तरह से नज़रअन्दाज़ कर दिया। जिस तरह अहान ने उससे बात करने की कोई कोशिश नहीं की उसी तरह नूरिया ने भी ऐसा कोई प्रयास नहीं किया। अहान वहाँ से उठकर अपने कमरे में गया। अपना बैग उठाया और दिल्ली के लिए निकल गया। आसिफ़ उसे अलविदा कहने के लिए गेट पर नहीं थे।

कुछ ही दिन बाद अपने गुलाब के प्यारे पौधों की झाड़ियाँ साफ़ करने के दौरान, आसिफ़ को दिल का दौरा पड़ा। नूरिया ऊपर अपने कमरे में अपने कन्धे तक के लम्बे बालों को सुखा रही थी। वह हमेशा ही ऐसा करती थी जबकि यहाँ शिमला में उसे देखनेवाला भी कोई नहीं था। उसने अपनी खिड़की से आसिफ़ को हाथ में गुलाब काटनेवाली कैंची के साथ लुढ़कते देखा और दौड़कर नीचे गई। उसके आधे भीगे बालों में क्लिप लगा था और बाक़ी के बाल सीधे थे। वे सीधे चंडीगढ़ गए और वहाँ आसिफ़ को अस्पताल में भर्ती किया गया।

नूरिया ने किसी को नहीं बताया। अहान अपने पिता के सम्पर्क में नहीं था।

नूरिया ने लगातार उन्हें अपनी नज़रों के सामने रखा। वह अपने सूटकेस और श्रृंगार के सामान के साथ अस्पताल में रहने चली गई। हर दिन वह बड़ी ही मेहनत के साथ मेकअप करती, अपने बाल बनाती और साड़ी पहनती। आसिफ़ की स्थिति तेज़ी से बिगड़ रही थी और अस्पताल का बिल बढ़ता जा रहा था। नूरिया के पास आसिफ़ के पैसों को इस्तेमाल करने का अधिकार नहीं था। उसने लक्ष्मण को फ़ोन करके बताया कि आसिफ़ को दिल का दौरा पड़ा है। बेशक उसने उससे पैसों की कोई बात नहीं की क्योंकि इस मामले में लक्ष्मण कुछ नहीं कर सकता था।

लक्ष्मण बिना खटखटाए ही अहान की केबिन में घुस गया। उसकी आँखों में आँसू थे और उसने अहान को पूरी बात बताई। अहान ने दिव्या को फ़ोन लगाया।

उसने कहा, "पापा मर रहे हैं, दिव्या। उनका समय आ गया है।"

अहान ने बड़ी ही विनम्रता से अस्पताल में क़दम रखा। इस साल यह दूसरी बार था जब वह नूरिया से मिल रहा था। वह विनम्र था और उसने नूरिया को आंटी कहकर पुकारा।

उसने कहा, "आंटी, आप बिलकुल चिन्ता मत कीजिए। आप शिमला जाकर थोड़ा आराम क्यों नहीं कर लेती हैं? अब मैं यहाँ आ गया हूँ और पापा का ध्यान रखने के लिए यहाँ नर्सें भी हैं।"

नूरिया बुरी तरह थक चुकी थी। वह भी अब जवान नहीं थी। उसे सोने के लिए अपना बिस्तर चाहिए था जहाँ आराम मिल सके। अस्पताल के उस सोफ़ेनुमा बिस्तर ने उसकी पीठ की हालत बिगाड़ दी थी। अस्पताल के बाथरूम में शॉवर नहीं था और वह पिछले कई दिनों से आधी बाल्टी गर्म पानी और मग से नहा रही थी। उसके बालों की सफ़ेदी साफ़ दिखाई पड़ रही थी। उसे यह सब ठीक करना होगा, आसिफ़ को उसे इस हालत में नहीं देखना चाहिए।

"मुझे गर्म पानी से नहाने और थोड़ा आराम करने की बहुत ज़्यादा ज़रूरत है। मैं कुछ दिनों में ही वापस लौट आऊँगी और उनकी देखभाल करूँगी।" नूरिया ने अहान से कहा और आसिफ़ को उनके बेटे की देखरेख में छोड़कर पहाड़ों के रास्ते शिमला के लिए निकल गई।

जब नूरिया अहान के साथ थी, उस बीच दिव्या ने शिमला वाले घर का दौरा कर लिया। नूरिया को इस बात की ज़रा भी ख़बर नहीं थी। उसने अपनी कार से निकलकर देवदार की ख़ुशबू में गहरी साँस ली। देखा कि उसके पापा के प्यारे गुलाब मर रहे हैं और किसी ने उनकी देखभाल नहीं की थी।

वहाँ काम करनेवाले कर्मचारी तब से वहाँ थे जब वह छोटी थी। उसे वह बुज़ुर्ग जोड़ा हमेशा से याद था जैसे उनको वह याद थी।

"पापा को दिल्ली ले के जा रहे हैं, काका। वहाँ इलाज अच्छा है।" उसने उस घर के केयरटेकर से कहा। "अपनी देखभाल के लिए रख लो, पता नहीं अब कब आएँगे।" उसने अपने बड़े से बैग में हाथ डालकर एक जैसे तीन लिफ़ाफ़े निकाले जिन पर हरे अक्षरों में सिकन्द ऑटोमोटिव्स लिखा था। उनमें एक-एक लाख रुपये थे जिन्हें उसने उस घर में रहनेवाले तीन लोगों को थमा

दिया जो सालों से उस घर की देखभाल कर रहे थे। दिव्या ने अपने पिता के कमरे में दिखाई पड़नेवाली उस औरत की हर चीज़ को कचरे के एक काले रंग के बड़े से झोले में डालना शुरू कर दिया जो वह अपने साथ लेकर आई थी। किसी ने भी उसे रोकने की कोशिश नहीं की, यह सब कुछ साहब लोगों का मामला था और बेहतर यही था कि इस सबमें न पड़ा जाए। उसने सब कुछ इतनी जल्दी और लापरवाही से किया कि इस दौरान उसे नूरिया के बालों के कंडिशनर की बोतल का ढक्कन बन्द करना भी याद नहीं रहा। उसने उस खुली कंडिशनर की बोतल को नूरिया की सिल्क की साड़ी पर ही फेंक दिया। आधी खाई चॉकलेट के डिब्बे को एक दूसरे बैग में ठूँसा। उसने पूरे घर में फैली हुई बाबा जी जैसे किसी आदमी की ढेर सारी तसवीरें भी जमा कीं। नूरिया उस बाबा जी जैसे दिखनेवाले आदमी की भक्त थी। उसने उन तसवीरों को गत्ते के एक अलग बक्से में फेंका। उसने नूरिया की चीज़ों को जलाना चाहा लेकिन बाद में अपना फ़ैसला बदल दिया। दरअसल उसे यह समझ में नहीं आ रहा था कि सारे सामान को घर से बाहर कैसे निकाला जाए और इस पूरी प्रक्रिया में उसे देरी हो रही थी। वह नूरिया से मिलना नहीं चाहती थी। चंडीगढ़ की एक महँगी सुरक्षा एजेंसी से लाए गए एक सुरक्षा गार्ड को वहाँ तैनात कर दिया गया। उसके साथ कुछ बाउंसर भी थे। उन्होंने सामान से भरे उन झोलों को नीचे आउटहाउस में पहुँचाया और घर के मुख्य हिस्से में नया ताला लगा दिया जो दिव्या अपने साथ लेकर आई थी। ताला लगने के बाद दिव्या ने चाबी अपने बैग में रख ली। नूरिया और उसके बेटे को अब उस घर में घुसने की अनुमति नहीं थी और उसका सारा सामान उसे सौंप दिया जाना था। दिव्या ने सुरक्षा गार्ड को सब कुछ अच्छे से समझा दिया जिसे आउटहाउस की ज़िम्मेदारी सौंपी गई थी।

उसने केयरटेकर को अलविदा कहा और उससे विनती की कि वह उसके पिता के गुलाब के पौधों को ज़िन्दा रखे। सारा काम ख़त्म होने के बाद वह चंडीगढ़ के उस अस्पताल के लिए निकल गई जहाँ उसके पिता भर्ती थे। अन्ततः उसने उस औरत को उसकी औक़ात दिखा दी थी। शिमला के भीड़-भाड़ वाले बाज़ार में नूरिया और दिव्या की कार एक-दूसरे के पास से गुज़री।

हालाँकि दोनों ही अपने विचारों में इतनी मगन थीं कि उन्होंने एक-दूसरे को नहीं देखा।

अपनी माँ और दूसरी बहनों से मिली सहमति के बाद, सबसे नज़दीकी रिश्तेदार के रूप में अहान और दिव्या अपनी ज़िम्मेदारी पर अपने पिता को अस्पताल से वापस सिकन्द हाउस के गेस्ट रूम में लेकर आ गए। यह वही गेस्ट रूम था जिसे उन्होंने सालों से अपना माना था। गेस्ट रूम को उनकी ज़रूरतों के हिसाब से तैयार कर दिया गया था। उसमें अस्पताल वाला एक बिस्तर लगा था और चौबीस घंटे रहनेवाली एक नर्स का भी इन्तज़ाम किया गया था। उनके पिता सिकन्द हाउस में ही अपनी अन्तिम साँसें लेंगे, अपनी धर्मपत्नी के सामने।

शिमला वाले घर में अन्दर न जा पाने के बाद नूरिया ने अहान के नम्बर पर फ़ोन लगाया। अहान ने कुछ घंटे पहले ही अस्पताल से निकलते वक़्त अपने उस नम्बर से मिस्ड कॉल दी थी। लेकिन अब यह नम्बर नहीं लग पा रहा था। उसने ज़रूर उसका नम्बर ब्लॉक कर दिया होगा। उसने ड्राइवर के फ़ोन से उस नम्बर पर फ़ोन लगाया। फ़ोन लग गया लेकिन उसकी आवाज़ सुनते ही अहान ने फिर से कॉल काट दी और दोबारा नहीं उठाया। उसे कुछ भी समझ में नहीं आ रहा था। इसलिए वह वापस चंडीगढ़ के उस अस्पताल लौट गई। वहाँ पहुँचकर उसे पता चला कि सिकन्द परिवार वहाँ से जा चुका था। तिलमिलाते हुए वह दिल्ली के लिए निकल पड़ी; दिल्ली वाले उसके फ़्लैट की चाबी अब भी उसके पास थी। उसे आसिफ़ को ढूँढ़ना था और इसके लिए वह सिकन्द हाउस के बाहर धरने पर बैठने के लिए भी तैयार थी। उसने अमन को फ़ोन किया लेकिन वह मुम्बई में नहीं था। वह अपने एक फ़ैशन-डिज़ाइनर दोस्त के साथ इबिज़ा गया हुआ था। उसने उसे सब कुछ बताते हुए वापस लौटने के लिए कहा। अमन ने कहा कि वह देखेगा कि इस मामले में वह क्या कर सकता है क्योंकि उसके पास वापसी की टिकट नहीं थी। वह अपने दोस्त और कुछ अन्य लोगों के साथ चार्टर्ड एयरक्राफ़्ट में यात्रा कर रहा था।

आसिफ़ की स्थिति बिगड़ती जा रही थी। उसके लिए वह यात्रा अच्छी नहीं रही थी। उसका अन्त निकट था।

आसिफ़ को बहुत गम्भीर हार्ट अटैक आया। उसके परिवार में से किसी ने भी नूरिया को यह नहीं बताया कि उसकी मृत्यु हो गई और मातमपुर्सी और अन्तिम दर्शन के लिए लोग सिकन्द हाउस में सुबह 11 बजे से 2 बजे तक आ सकते हैं। दशकों के प्यार, साथ और प्यार की निशानी के रूप में एक सुन्दर-सा बेटा होने के बावजूद उसे यह ख़बर अगले दिन के 'हिन्दुस्तान टाइम्स' में छपे शोक सन्देश से मिली। इस शोक सन्देश में उसके जन्म के नाम के साथ ही उसके दुख में डूबे उसके पहले परिवार के लोगों का नाम शामिल था। उसके जीवन से नूरिया और अमन की निशानी को मिटा दिया गया था।

उसे आसिफ़ को देखना था, उसे सिकन्द हाउस जाना ही था। उसने मदद के लिए लक्ष्मण कुमार को कॉल करने का फ़ैसला किया। उसने लैंडलाइन से उसका नम्बर लगाया, उसे डर था कि वह उसका फ़ोन नहीं उठाएगा। अनजान नम्बर देखकर लक्ष्मण ने फ़ोन उठा लिया। बहुत सारी तैयारियाँ करनी थीं। उस ओर बहुत ही शोर-शराबा था। जब उसे समझ आई कि फ़ोन नूरिया ने किया है तो उसने कहा, "मैडम कुछ सुनाइए नहीं दे रहा है, बस अभी वापस फ़ोन करता हूँ।" उसने न तो वापस फ़ोन किया और न ही दोबारा उसका फ़ोन उठाया।

वह सिकन्द हाउस के पास गई तो वहाँ मुख्य दरवाज़े पर कई सारे पहलवान और बाउंसरों को खड़े पाया। उसने अपनी गाड़ी धीमी की लेकिन उन लोगों ने उसे पहचान लिया था। उसने उन लोगों से पास ही की किसी जगह के लिए रास्ता पूछा और वहाँ से निकल गई। यूँ ही गाड़ी चलाते हुए वह एक बहुत ही सँकरे और छोटे बाज़ार तक पहुँच गई और सड़क किनारे की दुकानों को देखने लगी। हलाल मीट शॉप, स्टेशनरी मार्ट, कई सारे दर्ज़ी, साइबर कैफ़े और कपड़ों की दुकानें जिनमें बुर्क़े से ढके पुतले खड़े थे। इन सबके अलावा एक मूर्ति बबलगम-गुलाबी रंग के कपड़े में वहाँ खड़ी थी जिसकी तर्जनी उँगली दूर बीच में कहीं इशारा कर रह थी। उसे देखकर नूरिया को बी.आर. अम्बेडकर की मूर्ति की याद हो आई। उसने फुटपाथ के किनारे गाड़ी लगाई और उसमें से उतर गई। वह कपड़े की दुकान के अन्दर गई और बाद में एक काले बुर्क़े में बाहर आई। सिर्फ़ उसकी आँखें दिखाई पड़ रही थीं।

उसने एक ऑटो-रिक्शा वाले को आवाज़ दी और उसके ड्राइवर को सिकन्द हाउस का पता बताया।

गेट पर वापस पहुँचने के बाद उसने देखा कि लोगों का हुजूम घर के अहाते में घुस रहा था। उनमें से कई लोगों को वह पहचान रही थी। नूरिया ने ऑटो वाले को वहीं इन्तज़ार करने और मीटर चालू रखने के लिए कहा। वे किसी भी समय बाहर आ सकते थे। कुछ ही देर में एक ताबूत इमारत के अन्दर से बाहर आती हुई दिखाई पड़ा, रास्ता इतना चौड़ा था कि सब कुछ बहुत ही आराम से और सुरक्षित तरीक़े से हो रहा था। राजेश और लक्ष्मण सँकरी जगहों से निकलने में ड्राइवर की मदद कर रहे थे और उसके बाद वे दोनों ही कूदकर अन्दर चले गए, अगली सीट पर ड्राइवर के साथ राजेश और पीछे की सीट पर लक्ष्मण। उसने अनुमान लगाया कि अहान अपने पिता के साथ गाड़ी के अन्दर ही होगा। उसे अमन की याद आ गई जो अब तक नहीं लौटा था। ऑटो के ड्राइवर को इस सब में किसी तरह की रुचि नहीं थी। नूरिया ने उसे जनाज़े के पीछे चलने के लिए कहा। आसिफ़ के पहले परिवार से अनजान शवदाह-गृह में वह जनाज़े के पीछे चलने लगी।

दिल्ली की सर्दी के कुहासे और चिता से निकलनेवाले धुएँ के कारण शवदाह-गृह के आसपास की हवा धुँधली हो गई थी। वह आसिफ़ के शरीर के पास गई और उसके पैरों में गिरकर उसे चूमने लगी। वहाँ मौजूद सभी जानते थे कि वह कौन है। उसके बुर्क़े ने उसे दुनिया से बचा रखा था और किसी ने भी, यहाँ तक कि दिव्या और अहान ने भी उसे वहाँ से उठाकर अलग करने की हिम्मत नहीं दिखाई। अलविदा कहकर उसने प्रण लिया कि वह अपना और अमन का हक़ लेकर रहेगी।

अहान इस उम्मीद में सब कुछ बर्दाश्त कर रहा था कि शायद इसके बाद सब कुछ ख़त्म हो जाएगा। पंडित ने प्रार्थना समाप्त की और पार्थिव शरीर को धीरे-धीरे उस शवदाह-गृह से उठाकर चिता जलानेवाली जगह पर ले जाया गया जिसके ऊपर छत थी लेकिन चारों तरफ़ से खुला था। वहीं बग़ल में तीन और चिताएँ पहले से जल रही थीं। वहाँ इकट्ठी भीड़ एक समान उदासीन आवाज़ में 'राम नाम सत्य है' बोल रही थी।

अहान ने अपने पिता की चिता को मुखाग्नि दी। उसकी माँ जिसने बेवजह अपनी शादी वाली सोने के कम वाली लाल बनारसी साड़ी पहनने पर ज़ोर दिया था—उसकी पत्नी और बहनों के साथ खड़ी थीं। उन्होंने सफ़ेद चिकनकारी वाले कपड़े और हल्के पीले रंग के शॉल पहन रखे थे—ऐसा लग रहा था जैसे वे इस दिन की उम्मीद में थे। श्रीमती सिकन्द के चेहरे पर किसी भी तरह के भाव नहीं थे। उन्होंने बड़ा सा धूप वाला चश्मा पहना हुआ था।

अहान असहज रूप से चिता के नज़दीक खड़ा था। उसकी आँखें धुएँ से जल रही थीं, और उसके पिता के जलते हुए शरीर से निकलनेवाली आँच से उसका चेहरा गर्म हो गया था। बीच-बीच में एकाध चिंगारी उड़कर उसके शॉल पर पड़ रही थी। शोक में शामिल होने आए लोगों का सब्र अब ख़त्म हो रहा था। वे काफ़ी लम्बे समय से अपने चेहरे पर शोक वाला भाव लिये या तो चुप खड़े थे या धीमी आवाज़ में बात कर रहे थे। वे सभी इस इन्तज़ार में थे कि कब अहान के सामने उनकी उपस्थिति दर्ज हो और वे वहाँ से निकल जाएँ। कुछ लोगों ने बीच-बीच में चेहरे पर मुस्कान लाते हुए बहुत धीमी आवाज़ में बातचीत भी शुरू कर दी थी। उनकी वह मुस्कान जल्द ही उनके चेहरे से ग़ायब भी हो जाती थी। उनमें से एक क़रीबी परिचित अब और इन्तज़ार नहीं कर सकता था क्योंकि उसकी फ़्लाइट का समय हो रहा था। अपने आसपास के कुछ लोगों को धक्का देते हुए वह आदमी चिता से कुछ ही फुट की दूरी पर खड़े अहान तक पहुँचा। अहान ने उसे देखा और शोक में शामिल होने के लिए उसका धन्यवाद किया। अब वह व्यक्ति वहाँ से जाने के लिए मुक्त था।

इस पहल से औरों को भी हिम्मत मिली। एक-एक करके सभी लोग चिता के पास पहुँचने के लिए उस सँकरी जगह पर क़तारों में खड़े हो गए जहाँ अहान खड़ा था और उसके पिता का शरीर आग में जल रहा था। राजेश ने लोगों को सँभालने का काम अपने ज़िम्मे ले लिया और एक व्यक्ति के लौटने के बाद ही दूसरे को जाने दे रहा था। जब बुर्क़े से ढकी एक औरत चिता के पास पहुँची तो राजेश ने उसे बिना रोके जाने दिया।

नूरिया अहान के पास गई जो बहुत ही मशीनी रूप से लोगों के शोक सन्देश सुन और स्वीकार कर रहा था। उसने एक काले रंग की आकृति देखी जिसने उसके पास आते ही अपना पर्दा हटा लिया। एक-दूसरे को देखते ही उनके सामने उम्र भर की अनुपस्थितियाँ और बहाने और बेइज़्ज़ती आँखों के सामने तैरने लगे। बिना किसी पूर्व योजना के अहान ने नूरिया को थोड़ा ज़ोर से धकिया दिया और वह चिता के किनारे जाकर गिरी।

हैरानी और दर्द में नूरिया बहुत तेज़ चिल्लाई। उसका सिंथेटिक बुर्क़ा आग की लपटों में धू-धू करके जलने लगा। वहाँ जमा भीड़ अचम्भित और हैरान थी। राजेश तेज़ी से आगे बढ़ा। उसने अहान की शॉल खींचकर नूरिया के शरीर को उसमें लपेटा और ठीक बग़ल में ठंडी हो चुकी चिता की राख में धकेल दिया। वह राख परिवार के सदस्यों के आने का इन्तज़ार कर रही थी। उसने नूरिया के शरीर को शॉल से कसकर बाँधा। वे राख में लोटते रहे और इस तरह आग बुझ गई।

महा-महाराजजी की कृपा, वह ज़िन्दा थी।

पारुल ने हैरान होते हुए कहा, "अहान यह तुमने क्या किया?"

नूरिया के आग में झुलसने और राजेश के उसे बचाने के बीच का पल अहान के लिए स्याह था। उसने सूनी आँखों से पारुल को देखा।

पारुल के मौसाजी उनकी मदद के लिए आगे आए। नूरिया को उसी ताबूत गाड़ी में मौसाजी के क्लिनिक भेज दिया गया जिस पर आसिफ़ के शव को शवदाह-गृह तक लाया गया था। मौसाजी के क्लिनिक के सभी कर्मचारी एक जगह जमा हो गए थे। उनके पास अपने तरीक़े थे और उन्होंने पुलिस में इसकी रिपोर्ट दर्ज नहीं करवाई।

महा-महाराजजी की कृपा, उसका बदन उतना ज़्यादा भी नहीं जला था। दर्द असह्य था और हवा भी बर्दाश्त नहीं हो रही थी। वह बिलकुल अकेली थी और कोई भी उसकी मदद करने के लिए वहाँ नहीं था। किसी को अमन से सम्पर्क करने का ख़याल तक नहीं आया। नूरिया के मोबाइल फ़ोन का पता नहीं चल सका। सब लोग पहले फ़ोन और बाद में अमन के बारे में भूल गए।

उलझन-भरे शुरुआती कुछ दिनों में मौसाजी ने दरवाज़े पर सुरक्षा गार्डों को तैनात कर दिया था और केवल सना को भीतर जाने की अनुमति थी। उसने उस पर एक तेज़ बिल्ली की तरह निगरानी रखी हुई थी। मौसाजी किसी राजनीतिक पचड़े में नहीं पड़ना चाहते थे और उसके अकेले रहने का कोई कारण भी नहीं था। उन्होंने अहान से यही कहा। वह यहाँ एक पीड़िता थी। नूरिया बेहोशी की हालत में थी और उसे सना की मौजूदगी का आभास भी नहीं हो रहा था। सना लगातार अपने लैपटॉप पर काम कर रही थी, जल्द ही न्यूजर्सी के एडिसन में भारतीय-अमेरिकियों के लिए आश्रम एक बहुत बड़े प्रवचन का आयोजन करनेवाला था, और एएमसी ने उसे इसका इंचार्ज बनाया था। यह वास्तव में एक सम्मान की बात थी। वे उसे अमेरिका भी भेजेंगे। वह अपनी शादी के बाद पहली बार वहाँ जानेवाली है।

नूरिया बेहोशी की हालत में कभी-कभी कुछ बड़बड़ा देती थी लेकिन सना को कुछ ज़्यादा समझ में नहीं आता था—यह सब कुछ हिन्दी में था, हालाँकि उसकी हिन्दी इतनी भी बुरी नहीं थी लेकिन एक बेहोश आदमी की बातों को समझना असम्भव हो रहा था। उसकी शुरुआती बातों में 'अमन' और 'जानू' दो शब्द काफ़ी स्पष्ट थे। सना इसे नज़रअन्दाज़ करते हुए अपने काम में लगी रही।

नूरिया अब ठीक होने लगी थी। उसने सना को पहचान लिया और हल्के होंठों से मुस्कुराई। वह बार-बार 'अमन, 9820422765' कह रही थी। सना ने अपनी हथेली पर यह नम्बर लिखा और इसकी तसवीर लेकर राजेश को व्हाट्सअप कर दी।

राजेश ने इसे छोटू को भेज दिया और उसे इस नम्बर पर भेजे जानेवाले सन्देश के बारे में बताया। अनजान आदमी की ओर से : "मदर सीरियस। कम इमीडिएटली। ब्लेसिंग्स नर्सिंग होम, एल-32, जीके 1, न्यू दिल्ली।"

ठीक होने के दौरान, अपने बेटे को साथ पाकर नूरिया ने सना को आश्रम की क़ानूनी टीम से सम्पर्क करवाने के लिए कहा। अख़बार में एक श्रद्धांजलि छपी जिसमें लिखा था कि नूरिया सिकन्द और अमन सिकन्द अपने प्यारे पति और पिता के जाने पर शोक जता रहे हैं। इस शोक सन्देश के साथ आसिफ़

की एक तसवीर थी जिसमें वह बसन्त के मौसम में अपने शिमला वाले बग़ीचे में दिख रहे थे।

उसने अहान को अपने बिस्तर के पास बुलवाया। मौसाजी परिस्थितियों पर अपनी नज़र बनाए हुए थे। उन्होंने अहान को समझाते हुए कहा कि उसे ऐसा करना चाहिए क्योंकि उसने पहले ही सब कुछ गड़बड़ कर दिया है और वह चाहते हैं कि अब नूरिया बिना कोई नई परेशानी खड़ी किये उनके नर्सिंग होम से बाहर चली जाए।

नूरिया ने अहान से कहा, "अहान, मैंने हमेशा ख़ुद को तुम्हारे परिवार के मामलों से बाहर रखने की कोशिश की है और मैं तुम लोगों से भी बदले में यही चाहती थी। लेकिन तुम और उस दिव्या ने कभी भी मुझे चैन से नहीं रहने दिया और इसका परिणाम हम सबके सामने है। क्या यह मेरी ग़लती है कि तुम्हारे पिता को तुम्हारी माँ की ज़रूरत नहीं रह गई थी? यह तुम्हारे पिता की ग़लती क्यों नहीं थी? या फिर तुम्हारी माँ की जो अपने पति को किसी और के प्रति आकर्षित होने से रोक नहीं सकी? और ऐसा भी तो हो सकता है कि इस सबमें किसी की भी गलती न हो? शायद तुम्हारे पिता ने मुझसे प्यार किया था, न कि उससे, और शायद उन्होंने हम सबसे ही प्यार किया था, या शायद उन्हें ऐसा महसूस हुआ था कि उन्हें तुम्हारे परिवार को ज़्यादा प्यार करना चाहिए क्योंकि तुम लोग पहले आए थे?" अहान के चेहरे पर ग़ुस्सा साफ़ झलक रहा था। इन सब बातों का कोई अन्त नहीं था। उसने अपनी मुट्ठी भींच ली और जाने के लिए खड़ा हो गया।

नूरिया ने अपनी बात ज़ारी रखते हुए कहा, "ख़ैर मैंने यह सब नज़रअन्दाज़ करने की कोशिश की क्योंकि मुझे तुम्हारे पिता से प्यार था। उनकी पहली शादी तुम्हारी माँ के साथ कर दी गई थी, वह परिस्थितियों को देखकर लिया गया एक फ़ैसला था, लेकिन हम दोनों ने एक-दूसरे को चुना था और यह बहुत मुश्किल काम था। अगर तुम सबने भी उनके बारे में वैसा ही महसूस किया होता जैसा कि वह तुम लोगों के लिए करते थे तो उनका जीवन अलग, अधिक ख़ुशनुमा और शान्त होता। अब वह जा चुके हैं, और मैं अब तुममें से किसी के प्रति भी एहसानमन्द नहीं हूँ।

मैं सीधा मुद्दे पर आती हूँ, मुझे सिकन्द हाउस में अमन का हिस्सा चाहिए। इसमें उसका भी हक़ है। तुम चाहो या न चाहो वह भी तुम्हारी ही तरह सिकन्द है। तुम्हें तुम्हारे पिता ने सिकन्द बनाया है न कि तुम्हारी माँ ने और अमन को भी उसके पिता ने ही सिकन्द बनाया है। मैं कोई विवेकहीन औरत नहीं हूँ, लेकिन अगर तुमने मेरी शर्तें नहीं मानीं तो मैं सती एक्ट के तहत तुम्हारे ख़िलाफ़ मुक़दमा दायर करूँगी। मैंने सभी विकल्पों के बारे में पता कर लिया है, मैं यूँ ही बहकी-बहकी बातें नहीं कर रही हूँ। ऐसा ही हुआ था। तुमने मुझे मेरे पति की चिता पर धक्का दिया था। इसकी सज़ा उम्र क़ैद है। और तुम जानते हो कि इस बात के पर्याप्त सबूत हैं।"

उसके चेहरे की बाईं तरफ़ के फफोले चमक रहे थे। "अगर तुमने मेरी बात मान ली तो सब कुछ यहीं ख़त्म हो जाएगा और मैं कह दूँगी कि मैं फिसलकर चिता पर गिर गई।"

अहान ने कुछ नहीं कहा। बस उसे घूरता रहा। उसके शरीर का ज़्यादातर हिस्सा अस्पताल की चादर से ढँका हुआ था। बाँह पर सिलिकन के पैबन्द लगे हुए थे और उसे यह समझ नहीं आ रहा था कि उसकी मांसपेशियाँ जल गईं थीं या उम्र के साथ लटक गई थीं।

"तुमने कुछ नहीं किया? तुमने कुछ नहीं किया? तुमने मुझसे मेरे पिता को छीन लिया और उन्हें आसिफ़ बना दिया। नूरिया या जो भी तुम्हारा नाम है, अगर तुम्हें लगता है कि तुमने मेरा सबसे बदतर रूप देखा है तो यह तुम्हारी ग़लती है।" अहान ने दाँत भींचते हुए कहा। मौसाजी इस बात को लेकर स्पष्ट थे कि अब क्लिनिक में कोई नया ड्रामा नहीं होना चाहिए, दूसरे मरीज़ों को भी ध्यान में रखना था। "और तुम्हें लगता है कि मैं अपना पुश्तैनी घर यूँ ही तुम्हें दे दूँगा? और वह भी तुम्हारे उस छक्के बेटे के लिए? सपने देखती रहो, पागल औरत।" उसने बड़े ही बुरे तरीक़े से फ़र्श पर थूका और कमरे से बाहर निकल गया।

उस दिन शाम को राजेश बिना लक्ष्मण को अपने साथ लिये उसके घर गया। दरवाज़े पर खड़े गार्ड ने उसे तुरन्त अन्दर आ जाने दिया। उसने उसकी यह जाँच भी नहीं की कि उसे बुलाया गया है या नहीं। राजेश सिकन्द हाउस में काम करनेवाले सभी घरेलू कर्मचारियों के लिए लीजेंड जैसा कुछ था।

वह बग़ीचे से होते हुए आगे बढ़ा। तभी एक जवान माली ने उसे रोककर उसके साथ सेल्फ़ी खींची। उसने इस बात को माना कि सिकन्द हाउस को देखने पर केवल पेड़ और पौधे ही दिखाई देते हैं, चाहे आप उस हवेली के किसी भी कोने में क्यों न खड़े हों वह चारों तरफ़ बग़ीचे से घिरी हुई थी।

बैठक में घुसने के बाद वह थोड़ी देर हिचक में रहा लेकिन फिर उस कशीदे वाली कुर्सी पर बैठ गया। वह कुर्सी पाकिस्तान में रायबहादुर के पुश्तैनी घर से आई थी। यह बहुत ही ठोस थी और अपने नीचे वह उसे बहुत भारी लगी। इतने सालों में उसने जितना सोचा था उससे कहीं अधिक भारी। उसके थोड़ी देर तक इन्तज़ार करने के बाद अहान भी आ गया। दोनों ने एक-दूसरे से हाथ मिलाया और फिर हिचकते हुए एक-दूसरे से गले भी मिले। राजेश फिर से सोच रहा था कि उसे नीचे ज़मीन पर बैठना चाहिए या ऊपर और सोचते हुए वह नीचे ही बैठ गया।

किसी भी तरह की दुआ-ख़ैरियत नहीं हुई। राजेश ने सलाह देते हुए कहा, “भैया, आप नूरिया मैडम से सेटल कर लो, प्रॉब्लम हो जाएगी। पहले से कई केस हैं, फ़ैक्टरी के, पापा ने बताया।” अहान ने लक्ष्मण की ढिठाई को नोट किया। उसने मौसाजी के किसी आदमी से बात की थी। वह बड़े वकील दूसरे मामलों में उसकी मदद कर रहे थे, उसने ही उसे सूचना दी थी कि उसके पास बहुत ही कम विकल्प बचे हैं। उसने यह भी स्पष्ट कर दिया था कि वह क्रिमिनल लॉ का विशेषज्ञ नहीं है। वह इस मामले को अपने किसी दूसरे सहकर्मी के पास जाएगा। और यह भी कि चाहे कुछ भी हो वह निचली अदालत में नहीं जाएगा।

“राजेश, मैं कभी भी उस औरत को इस घर में घुसने नहीं दूँगा।” अहान ने कहा और फिर हिन्दी में दोहराया कि “मैं उसे कभी इस घर में घुसने नहीं दूँगा।”

राजेश ने जवाब दिया, “हाँ, तो मत करो। लेकिन आपको उसे पैसे देने होंगे, मामले को सुलझा लीजिए वरना बहुत बड़ी समस्या खड़ी हो जाएगी।

"आप चिन्ता मत करो भैया, मैं सही दाम लगवाकर मामले को सही कर दूँगा, यह मेरी गारंटी है।" उसने आश्वासन देते हुए कहा।

महा-महाराजजी ने समाधि ले ली थी लेकिन आश्रम अभी भी फल-फूल रहा था। महाराज कुँवारे थे लेकिन उनके भाइयों-बहनों के बच्चों ने ज़मीन और ट्रस्ट पर अपना हक़ पाने की पूरी कोशिश की थी। महाराजजी के जीवित रहते उन लोगों को आश्रम में प्रवेश की भी अनुमति नहीं थी लेकिन उनसे जल्दी ही निबट लिया गया। एएमसी के सदस्य ही आश्रम के ट्रस्टी भी थे। उन लोगों ने आश्रम की ज़मीन और अन्य सभी सम्पत्ति को अपने नियंत्रण में ले लिया था।

हालाँकि नूरिया उस आश्रम की आजीवन सदस्य और ट्रस्टी दोनों ही थी लेकिन उसने कुछ दिनों के लिए वहाँ की रोज़मर्रा की राजनीति से ख़ुद को अलग कर लिया था। शिमला जाकर रहना, आसिफ़ की बीमारी और उसकी मौत, इससे जुड़ा सब नाटक और उसके अपने ठीक होने का इन सब पर बहुत अधिक असर पड़ा। नतीजतन दूसरे लोगों ने उस जगह पर क़ब्ज़ा कर लिया जिसे नूरिया ने अपने लिए बनाया था। नूरिया को इस बात की भी जानकारी नहीं थी कि इन दिनों मीटिंग कब होती थी। वह यह भी नहीं जानती थी कि ट्रस्ट में उसके पुराने दफ़्तर का क्या हुआ। उसके पास अब भी उसका स्मार्ट कार्ड था। क्लिनिक से निकलने के बाद वह सबसे पहले आश्रम गई। महा-महाराजजी की आभा अब भी सबसे शक्तिशाली थी। उनकी ही आभा ने उसे बचाया था। वह आश्रम पहुँची और सीधे अपने पुराने दफ़्तर की ओर बढ़ी। अन्दर जाने के बाद उसने देखा कि उसकी मेज़ के पीछे सना लैपटॉप में अपनी आँखें गड़ाए बैठी हुई है। उसकी आँखों पर एक मोटे ग्लास का चश्मा है और कुर्सी के पीछे एक झोला लटक रहा है।

नूरिया से यह बर्दाश्त नहीं हुआ कि उसके पति के पुराने नौकर की बहू सना उसकी कुर्सी पर बैठी हुई थी। सना फ़ोन पर किसी से बात कर रही थी और उसने नूरिया को बैठने का इशारा किया। बैठने के बजाय नूरिया ने उस छोटी सफ़ेद खिड़की के बाहर देखना शुरू कर दिया और तभी उसकी नज़र

एक बक्से पर पड़ी जिसमें उसकी चीज़ें रखी थीं। उसने उसे अनदेखा कर दिया और खिड़की से बाहर खेल के मैदान को देखने लगी जहाँ कुछ छोटे बच्चे खेल रहे थे। उन बच्चों के साथ उनकी जवान शिक्षक और एक जैसे हरे रंग की सलवार-क़मीज़ और वी-आकार में तह किये गले में पड़े सफ़ेद कड़क दुपट्टे में कुछ आयाएँ खड़ी थीं।

सना ने फ़ोन पर अपनी बात ख़त्म की। "शायद मुझे दरवाज़े पर दस्तक देकर आना चाहिए था।" नूरिया ने कहा। सना कुर्सी से उठी और नूरिया को गले से लगाया। कपड़ों के नीचे के उस स्पर्श से सना सिहर उठी। नूरिया की त्वचा अब भी पूरी तरह से ठीक नहीं हुई थी। वह सिकुड़ गई।

सना ने पीछे हटते हुए कहा, "माफ़ कीजिए, मैं आपको दर्द नहीं पहुँचाना चाहती थी।"

"बैठिए, बैठिए, आप क्या पिएँगी? आपको ऐसे देखकर बहुत अच्छा लग रहा है।" सना ने कहा। वह अब भी उस बुज़ुर्ग महिला के उस दर्द से घबराई हुई थी और घबराहट में ही उसे अपनी टेबल की ओर ले गई।

नूरिया ने अपनी बात कहनी शुरू की, "मैं तुम्हारा जितना भी शुक्रिया अदा करूँ उतना कम है सना, तुमने मेरी इतनी अच्छी तरह से देखभाल की।"

सना ने उसकी बात को बीच में ही काटते हुए कहा, "मैंने आपकी देखभाल नहीं की, महा-महाराजजी ने की। हम यहाँ एक परिवार हैं और हम अपने बड़ों के लिए हमेशा ही उपस्थित रहेंगे।" वह मुस्कुराई।

सना ने पीछे मुड़कर उस बक्से को उठाना चाहा जिसमें नूरिया का सामान रखा था और नूरिया उसके बारे में जानती थी। सना के पीछे मुड़ते ही नूरिया ने कहा, "सना, मैं फिर से वापस लौटना चाहती हूँ, एक बार फिर से सक्रिय होकर काम करना चाहती हूँ।"

सना ने उसकी अन्तिम पंक्ति पर किसी तरह की प्रतिक्रिया नहीं दी। इसके बजाय उसने उस गत्ते के बक्से को नूरिया के हाथों में थमा दिया और जल्द ठीक होने की शुभकामना दी। सना के मोबाइल फ़ोन में अलार्म की घंटी बजी। "मुझे जाना होगा। मेरे बड़े बेटे को स्कूल से लाने का समय हो गया है लेकिन आपसे मिलकर बहुत अच्छा लगा, नूरिया।" उसने कहा।

उसके पास अब देने के लिए न तो ख़ूबसूरती है, न ही पद और न ही पैसा। उसने ख़ुद को आईने में देखा। नूरिया आईने में दिखाई पड़नेवाली उस औरत को पहचान नहीं पा रही थी जिसके चेहरे पर निशान थे, झुर्रियाँ थीं, जिसकी त्वचा काली पड़ रही थी और बालों में सफ़ेदी आ चुकी थी। लेकिन वह लड़ेगी, अन्त तक लड़ेगी। अपने बेटे अमन के लिए लड़ेगी, फिर भले अमन को इस लड़ाई में रुचि हो या न हो। वह लड़ेगी आसिफ़ के लिए, अपने उस परिवार के लिए जिसे उन्होंने एक साथ मिलकर बनाया था। जैसे ही वह और सना दरवाज़े की ओर बढ़ीं वैसे ही नूरिया ने सना से पूछा, "बेटा, क्या राजेश की उससे बात हुई?"

तेरह

राजेश पार्टी अध्यक्ष से मिलकर गुनीता की समस्या को अपने फ़ायदे में करने में सफल रहा था। उसने मंत्रालय से जुड़े अपने कर्तव्यों का बड़े ही अच्छे तरीक़े से निर्वहन किया था। उम्र-भर साहब लोगों के साथ काम करने का सीधा मतलब यह था कि उसे उनसे निबटने के बेहतर तरीक़े मालूम थे जो पार्टी में मौजूद उचक्कों के लिए आसान नहीं था। बेशक, उसने पैसे भी कमाए थे। किसी को भी इस बात की उम्मीद नहीं थी कि उसने ऐसा नहीं किया होगा। हालाँकि उसने सब कुछ इस हिसाब से किया था कि किसी को भी इससे आपत्ति नहीं थी। कम-से-कम इस जगह आकर उसका लक्ष्य अपने परिवार की सुरक्षा करना था न कि अधिक-से-अधिक पैसे कमाना। यह एक ऐसी मूर्खता है जिसके कारण कई नेताओं का कैरियर शुरू होने से पहले ही ख़त्म हो चुका था। उनकी पत्नियाँ अचानक ही आल्टो के बदले मर्सिडीज़ में घूमने लगी थीं, लाजपत नगर के बदले एम्पोरियो मॉल से ख़रीदारी करने लगी थीं और उनके साथ पसीने में लथपथ व्यापारी चलते थे, जिनका काम दुकान में नक़द पैसे चुकाना होता था। ऐसी ही एक कहानी झारखंड के एक नेता के बारे में बताई जाती थी जिसने दहेज में अपनी बेटी के ससुराल वालों को देने के लिए एक खनन व्यापारी को कारटीयर कम्पनी की एक जैसी सत्ताईस घड़ियाँ ख़रीदने पर मजबूर कर दिया था।

ज़ाहिर है इस तरह के व्यवहार से लोगों का आपकी ओर ध्यान आकर्षित होता है, वे आपके प्रति ईर्ष्यालु हो जाते हैं और अन्त में सब कुछ पतन की ओर चला जाता है। उसे देखकर हैरानी होती थी कि उसके सहकर्मियों को यह चीज़ दिखाई नहीं दी थी। उसके लिए एक अच्छी बात यह भी थी कि सना या उसके माता-पिता दोनों को ही इन चीज़ों में कुछ ख़ास रुचि नहीं थी। वह इतनी ज़्यादा घुमक्कड़ थी कि उसे किसी भी तरह की सुरक्षा की कमी महसूस नहीं होती थी—आख़िर उसे उन चीज़ों की कमी कभी नहीं महसूस हो सकती थी जो उसके पास कभी थी ही नहीं। वह अपनी उस दुनिया में सन्तुष्ट थी जिसे उसने अपने लिए बनाया था। इस दुनिया में पहली बार उसके पास अपना परिवार था और काम के लिए आश्रम। जहाँ तक लक्ष्मण और बबीता की बात है तो उनके पास जितना कुछ था वह काफ़ी था और अब इससे अधिक की उम्मीद करना एक तरह से हास्यास्पद ही होता।

साल-दो साल में चुनाव होनेवाले थे और हमेशा की तरह कुछ भी सम्भव था। राजेश जानता था कि उसे सबसे पहले एक घर मतलब कि एक फ़्लैट का इन्तज़ाम करना होगा। घर ख़रीदना बड़ी बात हो जाती और इससे कई लोगों का ध्यान उसकी ओर आकर्षित हो सकता था। हालाँकि वह जिस इलाक़े में घर ख़रीदना चाहता था वहाँ घर ख़रीदने के लिए उसके पास पर्याप्त पैसे भी नहीं थे। उसने अपनी सही और तार्किक क़ीमत लगाई थी। वह अपने बच्चों को उन अन्तरराष्ट्रीय स्कूलों में पढ़ा सकता था जहाँ प्रवासी कर्मचारियों के बच्चे पढ़ते थे, आख़िरकार वे भी विदेशी नागरिक ही थे। लेकिन उसने उन्हें स्थानीय स्तर के ही सबसे अच्छे स्कूल में डालने का फ़ैसला किया था। इन स्कूलों में नामांकन की प्रक्रिया इतनी अधिक मुश्किल थी कि अच्छे-अच्छे लोगों की नींदें उड़ी रहती थीं। वह चाहता था कि उसके बच्चे देश के सबसे रसूख़दार परिवारों के बच्चों के साथ रहें और दोस्ती करें न कि प्रवासी कर्मचारियों के उन बच्चों के साथ रहकर अपना समय बर्बाद करें जो जल्द ही अपने देश वापस लौट जानेवाले थे। अपने नये पद के कारण अब वह अपने बच्चों का नामांकन शहर के सबसे अच्छे स्कूल में करवा सकता था जहाँ उसके बच्चे साहब-लोगों के बच्चों के कन्धे से कन्धा मिलाकर चल सकते थे।

यह स्वीकृति की राह में एक और क़दम था। वह जानता था कि इन जैसे लोगों के लिए घर का पता कितना मायने रखता है। इसलिए उसने एक अनजान कॉलोनी में बड़ा घर लेने के बजाय रसूख़दार लोगों की ही किसी एक कॉलोनी में छोटा घर लेने का फ़ैसला किया। सना के अमेरिकी होने के कारण उनका स्तर बढ़ना भी तय ही था। वह दिन में ही सपने देखने लगा। उसके सामने एक फ़िल्म चल रही थी जिसमें वह शाम को काम से घर लौटा है और उसी अमेरिकी टीवी धारावाहिक की तरह जो सना हमेशा देखती रहती है, सना रसोई में ब्राउनी बेक कर रही है और बच्चे खेल रहे हैं। वह सना को अपनी बाँहों में उठाकर कमरे में ले जाता है जहाँ वे दोनों सोते हैं और सना को यह सब कुछ बहुत अच्छा लग रहा है।

उसने पहले कई बिल्डरों की मज़दूरों की समस्या सुलझाने में मदद की थी और अब समय आ गया था कि उनसे बदले में कुछ लिया जाए। वह जानता था कि वह जिन कॉलोनियों में रहना चाहता था वहाँ इन बिल्डरों के ज़्यादातर प्रोज़ेक्ट ऐसे थे जिनमें परिवारों को अपने घर की मरम्मत के लिए पैसों की ज़रूरत होती थी या फिर ये आपस में लड़ाई कर रही बहुओं को शान्त करने के लिए पारिवारिक सम्पत्ति का बँटवारा करनेवाले लोग थे। इसके अलावा इन इलाक़ों में ऐसे भी कई लोग थे जिनकी बहनों ने पैतृक सम्पत्ति में अपना हक़ माँगा था और उनके हक़ के बदले पैसा देने के लिए उन लोगों को पैसों की ज़रूरत होती थी। ऐसे लोगों को ये बिल्डर दोबारा उस इमारत को बनाने के बदले एक या दो फ़्लैट दे देते थे। इन बिल्डरों के पास उन घरों को बेचने के लिए अपने वित्तीय मॉडल थे और वे इन घरों को न्यूनतम निवेश के बाद अत्यधिक लाभ के साथ बेच देते थे। उन्हें राजेश द्वारा की गई मदद का शुक्रगुज़ार होना चाहिए और इस आपसी रिश्ते का सम्मान करना चाहिए।

उसने पड़ताल शुरू की और अब उसके सामने ऐसी कई सम्भावनाएँ थीं जिन पर विचार किया जा सकता था। इनमें से कुछ बहुत अच्छी थीं और कुछ बहुत ही बुरी। वह उन विकल्पों को देखने के लिए अकेला गया। उसने न तो सना को साथ लिया और न ही अपने माता-पिता को।

ज़्यादा बुद्धिमानी इसी में थी, और उसे सर्वसम्मति से लिये गए फ़ैसले में यक़ीन नहीं था—आख़िरकार उस जहाज़ का कप्तान अब वही था और उस जहाज़ पर सवार हर आदमी को उसके फ़ैसले को मानना था और साथ चलना था।

उसने ऐसे बड़े अपार्टमेंट देखे जिनका रुख़ हाईवे की तरफ़ था और शान्त बग़ीचों के रुख़ वाले छोटे फ़्लैट भी देखे। बिल्डर ने उसके हिसाब से ही क़ीमतें तय की थीं और उसी अनुसार जगह दिखा रहा था।

ऐसी ही एक मीटिंग के दौरान उसने बिल्डर को सिकन्द हाउस की समस्या के बारे में बताया और उसका भरोसा जीत लिया। सही क़ीमत मिलने पर यह बिक्री के लिए भी मिल सकता है। यह एक बहुत ही अच्छी प्रॉपर्टी थी और उस इलाक़े की लैंडमार्क बन चुकी थी। इस इमारत के दोनों तरफ़ बग़ीचा था जो इसे दूसरी इमारतों से ख़ास बनाता था।

उसने बिल्डर को सलाह देते हुए कहा, "इस प्रॉपर्टी में डिस्प्यूट होनेवाला है, अभी अच्छे प्राइस में उठा लो। सारी बात मैं करूँगा, और जब बनेगा तब इसमें एक फ़्लैट मेरा। लेकिन यह बात अभी किसी को नहीं बताना, चुप रहना, नहीं तो डील नहीं हो पाएगी।" उसने चेतावनी देते हुए कहा। यह उससे कहीं अच्छा था जो बिल्डर उसे अपनी ओर से देता, लेकिन इस डील के लिए दलाली करना उसके लिए और भी फ़ायदेमन्द था।

यह सबसे ठीक होगा। तीन बेडरूम, एक उसके और सना के लिए, एक उसके माता-पिता के लिए और एक उसके बच्चों के लिए। उसकी ज़रूरतों के हिसाब से यह पर्याप्त है।

उसने अहान को फ़ोन करके प्रस्ताव के बारे में बताया। नूरिया को देने के लिए पैसों का इन्तज़ाम करने का यही एकमात्र तरीक़ा था। वह बिल्डर और उसके मुंशी के साथ एक बार फिर सिकन्द हाउस आया।

बिल्डर ने बात शुरू करते हुए कहा, "सिकन्द साहब, क्या प्लॉट है! आप सोचो, हम इसे अपना घर समझकर बनाएँगे, हम इसे अपने परिवार के घर की तरह बनाएँगे सर जी। कोई कमी नहीं होगी, सब कुछ फ़र्स्ट क्लास बनाकर देंगे, सब फ़ैसिलिटी होगी, लग्जरीज़ ही कहो, टैरेस में जकूजी, पूल, इम्पोर्टेड मोडुलर किचेन, आप ख़ुश-ख़ुश रहोगे।"

अहान ने सफ़ारी-सूट पहने पसीने से लथपथ उस बिल्डर की तरफ़ देखा। उसके हाथों में रोलेक्स की घड़ी थी और बालों में डाई का रंग साफ़ दिखाई दे रहा था। उसने अपने गिलास में व्हिस्की डाली और किसी भी आदमी को पीने का प्रस्ताव नहीं दिया। वह सब बैठ गए।

राजेश ने जवाब देते हुए कहा, "वह सब तो ठीक है, लेकिन पहले लेन-देन की बात तो फ़ाइनल कर लो। पैसों की बात कर लेते हैं।" उसने आगे कहा, "एक नम्बर और दो नम्बर का ब्रेकअप भी इम्पोर्टेंट है।" बिल्डिंग के दूसरे फ़्लैट भी बिकने ही वाले थे, राजेश ने इस मीटिंग को एक दिशा देना शुरू कर दिया। और एक बार जब यह डील हो जाएगी तब कभी सिकन्द हाउस के नाम से जानी जानेवाली इस इमारत में राजेश और अहान का हिस्सा बराबर-बराबर होगा। एक-एक फुट।

बिल्डर ने राजेश को अपने साथ मिलाकर अब उस प्रॉपर्टी पर अपना हक़ हासिल कर लिया था। यह इमारत अब भी आनेवाले विनाश से अनछुई थी। बाद में तो वह सम्भवत: आधुनिक स्टील और काँच की एक इमारत के रूप में उभरनेवाली थी।

अहान को यह बात बाद में पता चली कि उसके साथ-साथ राजेश को भी एक फ़्लैट उस इमारत में मिलनेवाला है।

राजेश अहाते में टहल रहा था। वह एक ऐसा विजेता था जो एक वीरान शहर में अकेला आया था और बिना ख़ून की एक बूँद बहाए ही इस पर क़ब्ज़ा कर चुका था। उसने पुराने सर्वेंट क्वॉर्टर्स देखे और उसकी नज़र उस गराज पर भी पड़ी जहाँ वे लोग बीड़ी और बातचीत के लिए मिला करते थे। उसने घर में घुसकर उसे देखना शुरू कर दिया, बेडरूम में घुसा, ऊपरी मंज़िल पर उस बैठक में गया जहाँ उसने पहली बार टेलिविज़न देखा था। वह अहान के पुराने कमरे में गया और उसकी खिड़कियों से बाहर नीचे के बग़ीचे को देखने लगा। उसकी नज़र सेमल के उस पेड़ पर भी पड़ी, बचपन में जिससे वे रुई के फाहे चुना करते थे। उसने अपनी जेब से एक चमकीली काली कलम निकाली और दीवार पर 'राजेश कुमार' लिख दिया।

उसने बिल्डर को अलविदा कहा और घर जाने के रास्ते में बंगाली स्वीट शॉप पर रुक गया। वह घर के लोगों के लिए मिठाई ख़रीदकर ले जाना चाहता था। उसने सना की पसन्दीदा मिठाई चमचम ख़रीदी।

आभार

अखिल सिब्बल, मेरी प्राण-वायु और सब कुछ।

मेरु गोखले, नीरजा पंत और नमिता गोखले को हमेशा मेरा साथ देने के लिए।

प्रोमिला और कपिल सिब्बल का आभार उनके प्यार और दोस्ती के लिए।

भंडारी, मिश्रा और पंत परिवार के सभी सदस्यों को धन्यवाद, आप सब मेरी दुनिया हैं।

मीता कपूर का धन्यवाद जो इस यात्रा में शुरू से अन्त तक मेरे साथ रहीं।

मेरे काम में भरोसा जताने के लिए हार्पर कॉलिन्स टीम, उदयन मित्रा और प्रेरणा गिल का दिल से शुक्रिया। इस किताब के जीवन्त आवरण चित्र के लिए बोनीता वाज-शीमराय और त्रिनांकुर बनर्जी का धन्यवाद।

रवि सिंह, पैट्रिक फ्रेंच और फ़ैज़ा सुल्तान ख़ान का आभार कि उन्होंने मुझे हमेशा प्रोत्साहित किया।